Donna Leon est née en 1942 dans le New Jersey et vit à Venise, théâtre de ses romans policiers, depuis plus de vingt-cinq ans. Son premier roman, *Mort à La Fenice*, a été couronné par le prestigieux prix japonais Suntory, qui récompense les meilleurs romans à suspense. Les enquêtes du commissaire Brunetti ont conquis des millions de lecteurs à travers le monde.

Donna Leon

LA TENTATION DU PARDON

ROMAN

Traduit de l'anglais (États-Unis)
par Gabriella Zimmermann

Éditions Calmann-Lévy

TEXTE INTÉGRAL

TITRE ORIGINAL
The Temptation of Forgiveness

ÉDITEUR ORIGINAL
Atlantic Monthly Press, New York, 2018
William Heinemann, Londres, 2018

ISBN 978-2-7578-7882-8
(ISBN 978-2-7021-6336-8, 1re publication)

À Ann Hallenberg

« La loi condamne, mais l'amour pardonne. »

HÄNDEL, *Esther*, acte II, scène III

1

Ayant quitté son appartement dans les temps pour arriver à l'heure à son rendez-vous avec son supérieur à la questure, Brunetti avait pris place à l'arrière d'un vaporetto n° 1 et feuilletait distraitement *Il Gazzettino*[1] du jour. Conscient, sans lever les yeux, que l'embarcation venait de quitter la Salute[2] pour gagner l'arrêt de San Marco-Vallaresso situé sur le côté opposé du Grand Canal, il sentit le bateau ralentir dans un grondement de machines. Son radar vénitien, pareil à celui d'une chauve-souris, lui signala qu'ils étaient encore loin de la rive gauche et que le bruit du moteur aurait donc dû rester le même : peut-être le capitaine avait-il essayé de contourner un obstacle flottant sur leur chemin.

Brunetti baissa son journal, leva les yeux, mais ne vit rien. Ou, plus précisément, son regard rencontra un mur de grisaille qu'il reconnut aussitôt comme un banc de brume venant dans leur direction. Il avait du mal à y croire ; il était parti de chez lui, moins de vingt minutes plus tôt, par un temps parfaitement clair. On eût dit que, pendant qu'il parcourait un article sur le dernier échec

1. Un des deux quotidiens de Venise, l'autre étant *La Nuova di Venezia e Mestre*.

2. Nom à la fois de la basilique et de l'arrêt correspondant.

en date des digues du MOSE[3] – après plus de trente ans de projets et de malversations –, quelqu'un avait tiré un épais rideau gris devant son vaporetto.

Du brouillard en novembre était à prévoir, d'autant plus qu'il avait fait très froid cette semaine-là. Brunetti jeta un coup d'œil au passager assis à sa droite, mais celui-ci était si captivé par l'écran de son téléphone qu'il n'aurait pas remarqué un vol de séraphins descendus des cieux pour escorter leur bateau.

Le pilote stoppa le vaporetto à quelques mètres de la muraille de brume et le moteur passa au point mort. Brunetti entendit une femme murmurer derrière lui *« Oddio »*, avec une certaine surprise, mais sans crainte. Sur la rive gauche, le commissaire distinguait encore l'hôtel Europa et le palazzo Treves, mais Ca' Giustinian[4] semblait avoir été happée elle aussi par le brouillard dense qui enveloppait le Grand Canal.

L'homme installé à ses côtés finit par lever les yeux de son portable et regarda fixement devant lui, puis reporta son attention sur le petit écran au creux de sa main. Brunetti plia son journal et se retourna. À travers la porte vitrée, il vit des bateaux venir vers eux et d'autres s'éloigner vers le pont du Rialto. Un nº 2 quitta l'arrêt Accademia en se dirigeant vers le vaporetto, mais ralentit et sembla s'arrêter.

Brunetti entendit alors klaxonner un taxi quelques instants avant de le voir faire une embardée pour éviter le nº 2 à l'arrêt et continuer vers eux à pleine vitesse. Lorsqu'il le dépassa, Brunetti eut le temps de distinguer

3. Acronyme pour Modulo Sperimentale Elettromeccanico (module expérimental électromécanique), jouant sur l'assonance avec Moïse, qui se dit Mosè en italien.

4. Palais abritant les bureaux de la Biennale.

le chauffeur qui s'adressait à une blonde se tenant debout dans son dos, et dont la bouche s'ouvrit en un cri qui força aussitôt l'homme à regarder de nouveau devant lui. Le visage impassible, il reprit la barre juste à temps pour éviter la proue du nº 2 et disparut dans la nappe de brouillard.

Le commissaire se leva, passa devant son voisin et sortit sur le pont, guettant le bruit d'une collision, mais il n'entendit que le taxi qui s'éloignait. Le vaporetto ralluma son moteur et glissa vers l'avant. De là où il se tenait, Brunetti ne voyait pas tourner le radar sur le toit de la cabine, mais ce devait être le cas, sans quoi repartir eût été trop risqué.

Puis, comme à bord d'un navire magique dans un roman d'aventures, ils traversèrent le rideau gris sans difficulté et le soleil leur fut rendu. Dans la cabine de pilotage, le second, tout à fait détendu, s'était à demi adossé à la vitre, tandis que le capitaine, au gouvernail, fixait l'horizon. Le long du quai, les palais, libérés de leurs drapés brumeux, défilaient lentement vers la gauche tandis que le vaporetto gagnait l'arrêt San Marco-Vallaresso.

Derrière Brunetti, la porte s'ouvrit et les passagers lui passèrent devant pour aller s'entasser face au bastingage métallique. Le second le fit coulisser au moment où le vaporetto accostait : des gens descendirent, d'autres montèrent, la barrière fut refermée et le bateau repartit. Brunetti se retourna vers l'Accademia, mais toute trace de brume avait disparu. Des bateaux circulaient dans les deux sens : devant eux s'étendait le *bacino*[5] et sur la gauche, la basilique, la Marciana[6] et le palais des

5. Le bassin de Saint-Marc.
6. La grande bibliothèque municipale sur la place Saint-Marc.

Doges se tenaient sagement à leur place, tandis que le soleil matinal continuait à dissiper les ombres de la nuit.

Le commissaire jeta un œil dans la cabine, en se demandant si ceux qui s'y trouvaient avaient vu la même chose que lui, mais il ne se souvenait plus des visages présents au moment où il avait aperçu le brouillard. Il aurait pu leur poser la question, mais il y renonça, à l'idée des regards qu'on lui aurait lancés.

Il effleura le bastingage, qui n'était pas humide, tout comme le pont. Le soleil brillant réchauffait la manche droite de son costume bleu foncé jusqu'à l'épaule. L'air était frais et sec, le ciel sans nuages.

Il descendit à San Zaccaria en oubliant son journal à bord et regarda le bateau s'éloigner, emportant avec lui tout espoir de confirmer sa vision. Après avoir lentement longé la *riva*, lassé de se perdre en conjectures impénétrables, le commissaire se concentra sur les tâches qui l'attendaient à la questure.

La veille, il avait reçu dans l'après-midi un e-mail de son supérieur, le vice-questeur Giuseppe Patta, le convoquant dans son bureau le lendemain matin. Aucune justification, ce qui était normal ; un ton courtois, ce qui ne l'était pas.

Le comportement du vice-questeur était typique d'un homme ayant fait ses classes au sein de la bureaucratie gouvernementale. Il se disait plus affairé qu'il ne l'était ; il ne manquait jamais une occasion de s'attribuer personnellement les compliments adressés à l'organisme pour lequel il travaillait ; il était passé maître dans l'art de rejeter la faute ou la responsabilité du moindre échec sur les autres. Cependant, malgré son ascension fulgurante au sein de la hiérarchie, il occupait le même poste depuis des décennies, ce qui pouvait surprendre. La plupart des hommes qui atteignaient son grade continuaient à progresser, rebondissant de province en province, de ville en ville, jusqu'à ce qu'une promotion de fin de carrière les mène à Rome où ils avaient tendance à s'incruster, tels de gros grumeaux à la surface d'un yaourt, privant leurs subordonnés d'air, de lumière et de toute possibilité de gravir les échelons.

À l'instar d'un trilobite du Cambrien, Patta avait fait son trou à la questure de Venise et y était devenu une sorte de fossile vivant. Avec lui, pétrifié dans la même strate, se trouvait son assistant, le lieutenant Scarpa, comme lui un natif de Palerme lui ayant préféré ces nouveaux pâturages. Les commissaires allaient et venaient ; trois différents questeurs s'étaient succédé depuis que Patta était en poste à Venise ; même les ordinateurs avaient été remplacés – deux fois. Mais Patta restait, telle une moule accrochée à son rocher, indifférent aux vagues qui le laissaient intact et bien en place, avec son fidèle lieutenant à ses côtés.

Et pourtant, ni Patta ni Scarpa n'avaient jamais témoigné le moindre enthousiasme ou affection quelconque envers Venise. Si quelqu'un disait que Venise était belle – ou se risquait même à la qualifier de plus belle ville du monde –, Scarpa et Patta échangeaient un regard empli d'une désapprobation tacite. *Peut-être*, semblaient-ils penser tous deux, *mais avez-vous déjà vu Palerme ?*

Ce fut la secrétaire de Patta, la signorina Elettra Zorzi, qui salua Brunetti lorsqu'il entra dans le bureau d'où elle surveillait celui du vice-questeur. « Ah, commissaire. Le vice-questeur a appelé il y a quelques minutes et m'a demandé de vous dire qu'il serait bientôt là. »

Si Vlad l'Empaleur s'était excusé pour n'avoir pas suffisamment aiguisé ses pieux, Brunetti n'en aurait pas été davantage étonné. « Il va bien ? » demanda-t-il spontanément.

Elle pencha la tête sur un côté en entendant sa question et manqua sourire. « Il a passé beaucoup de temps au téléphone avec sa femme, dernièrement, expliqua-t-elle. Difficile à dire : il ne répond qu'à demi-mot à ce qu'elle lui raconte. » Elle avait réussi, on ignorait comment, à installer une sorte de mouchard dans le bureau de son supérieur – Brunetti ne voulait pas en savoir davantage et préférait faire semblant de rien.

« Et quand il est avec Scarpa, ils se mettent à la fenêtre », précisa-t-elle. Cela signifiait-il que son appareil espion était sur le bureau de Patta ? Ou que ce dernier se doutait de quelque chose et faisait en sorte de couvrir sa voix lorsqu'il conversait avec son bras droit ? Ou bien appréciaient-ils simplement la vue ?

« Comment ? »

Brunetti haussa les sourcils. Son chemisier, remarqua-t-il, était d'un rouge vif, avec des boutons blancs aux poignets et sur le devant ; le tissu avait la grâce liquide de la soie.

Elle croisa les mains sur son bureau. « Je n'ai aucune idée de ce qui le perturbe. » Brunetti sentit qu'elle lui posait en réalité une question, ce qui n'avait aucun sens : d'ordinaire, si quelqu'un savait ce que Patta avait en tête, c'était bien la signorina Elettra. « Il ne semble pas nerveux lorsqu'il parle à sa femme. Il l'écoute, mais il lui dit de faire au mieux.

– Et avec Scarpa ?

– Avec lui, il est tendu. » Elle s'interrompit comme pour se donner le temps de la réflexion. « Peut-être que le vice-questeur n'aime pas entendre ce que Scarpa lui raconte. Il lui coupe souvent la parole. Il lui a même dit de ne plus l'ennuyer avec ses questions », ajouta-t-elle en oubliant qu'elle n'aurait pas dû être capable d'entendre tout cela depuis son bureau.

– Il y a de l'eau dans le gaz, constata Brunetti d'un ton impassible.

– On dirait bien, approuva-t-elle. Voulez-vous l'attendre dans son bureau ou voulez-vous que je vous appelle lorsqu'il sera là ?

– Je monte. Appelez-moi à son arrivée. » Incapable de résister à une dernière remarque avant de partir, il ajouta : « Je ne voudrais pas que le vice-questeur me trouve en train de fouiner dans ses tiroirs.

– Lui non plus, rétorqua une voix grave depuis le couloir.

– Ah, lieutenant, fit Brunetti, désinvolte, en souriant à l'homme appuyé contre le montant de la porte. Une fois de plus, nos deux cœurs battent à l'unisson lorsque nous nous soucions du vice-questeur.

– Est-ce de l'ironie ? s'informa Scarpa en ébauchant à peine un sourire. Ou peut-être du sarcasme, commissaire ? Ceux d'entre nous qui n'ont pas eu le privilège de fréquenter l'université ont parfois du mal à faire la différence. »

Brunetti réfléchit comme il se devait à la question, puis répondit : « Dans le cas présent, je dirais qu'il s'agit simplement d'une hyperbole, lieutenant, où l'exagération manifeste est censée souligner l'absurdité du propos. C'est une figure rhétorique servant à faire de l'humour. En philosophie – justement l'une de ces matières que l'on étudiait à l'université –, on l'appelle *"reductio ad absurdum"*. »

Scarpa ne disait rien. Prenant conscience qu'il était déjà allé suffisamment loin, Brunetti s'abstint d'ajouter qu'il trouvait cette figure de style tout à fait adaptée à ses conversations avec le vice-questeur.

« Et c'est censé être amusant ? finit par demander Scarpa.

– Exactement, lieutenant. Exactement. Il est si parfaitement absurde de songer que je pourrais abuser de la confiance du vice-questeur que cette seule idée suffit à nous faire rire. » Brunetti montra les dents comme sur l'injonction d'un dentiste.

Scarpa abandonna sa posture détendue d'un coup d'épaule contre le chambranle, ce qui lui fit gagner quelques bons centimètres. La rapidité avec laquelle il s'était redressé, lui qui était si relâché l'instant d'avant, rappela à Brunetti les serpents qu'il avait vus dans des documentaires à la télévision : qu'on les laisse tranquilles et ils gisent comme morts, enroulés sur eux-mêmes ; mais au moindre bruit, les voilà dressés sous le soleil tel un fouet qui claque, capable de frapper n'importe où.

Brunetti, le sourire aux lèvres, se tourna vers la signorina Elettra et déclara : « Je monte dans mon bureau. Merci de me prévenir lorsque le vice-questeur arrivera.

– Certainement, commissaire, acquiesça-t-elle avant de se tourner vers Scarpa. Et que puis-je pour vous, lieutenant ? »

Brunetti se dirigea vers la porte. Scarpa ne bougea pas d'un iota et resta debout dans l'embrasure, bloquant de fait le passage. Le temps s'arrêta. La signorina Elettra détourna le regard.

Enfin, le lieutenant s'avança vers elle, permettant à Brunetti de quitter le bureau.

2

Brunetti trouva sur son bureau ce qu'il ne voulait surtout pas y voir : un dossier qui n'avait cessé de prendre du volume depuis sa création. La dernière fois qu'il l'avait examiné devait remonter à deux mois ; il l'avait laissé traîner pendant une semaine dans la corbeille des affaires à traiter, comme un convive amené à dîner par un ami et du genre à boire trop, ne rien dire de tout le repas et s'incruster même après le départ des autres. Ce dossier n'avait pas été invité et n'avait pratiquement rien révélé à Brunetti qui ne savait plus comment s'en débarrasser.

La chemise vert foncé contenait les infractions relevant de la circulation automobile : imprudences, délits de fuite après un accident, destruction des radars de vitesse au bord de la route, conduite en état d'ébriété ou au téléphone ou, plus dangereux encore, en tapant des textos. Dans une ville sans voitures, ce genre de méfaits était rarement soumis à l'attention de la questure de Venise.

Cette chemise, toutefois, renfermait aussi des cas d'acquisition illégale de documents : immatriculation de véhicules, attestations d'assurance, permis de conduire ou encore résultats de tests d'auto-école. Même si ces papiers devaient être enregistrés au bureau central de Mestre, toute tentative illicite de se les procurer était signalée, comme tout crime commis dans les villes jumelées, à la police vénitienne.

Le poids de cette chemise s'expliquait surtout par les cas survenus sur le continent. Après avoir lu le premier rapport, Brunetti n'avait pu que saluer la créativité sans limites de ses congénères. Ce nouveau délit avait d'abord été repéré à l'hôpital de Mestre où, en deux jours à peine, cinq hommes étaient arrivés aux urgences avec des récepteurs radio miniaturisés enfoncés si profondément dans les oreilles qu'ils ne pouvaient plus les enlever et n'avaient eu d'autre choix que d'aller à l'hôpital. Durant les examens, on avait trouvé sur tous ces hommes des appareils de transmission scotchés sur le ventre et des caméras miniatures fixées à la poitrine, qui filmaient au travers de leurs boutonnières.

Comme quatre d'entre eux étaient pakistanais et qu'aucun ne parlait italien, on avait fait appel à un interprète avant de téléphoner à la police. Les cinq hommes s'étaient inscrits dans la même auto-école à Mestre et avaient échoué une première fois à l'examen oral lorsqu'il leur avait fallu expliquer la signification de certains panneaux routiers. Les transmetteurs, comme la police le découvrit plus tard, leur avaient été donnés par des hommes envoyés par l'auto-école, ceux-là mêmes qui leur avaient enfoncé les récepteurs dans les oreilles. Pendant l'examen, les caméras relayaient les images des panneaux à identifier jusqu'à des gens qui leur chuchotaient la réponse à l'oreille. Ainsi avaient-ils passé leur examen et obtenu leur permis de conduire.

Ce service coûtait entre deux et trois mille euros et avait déjà probablement placé des centaines de chauffeurs non qualifiés au volant non seulement de voitures, mais aussi de camions destinés au transport international.

Certain que tout le monde avait déjà pris connaissance du dossier, Brunetti décida de le laisser sur son bureau, comme une voiture reste bloquée dans un embouteillage sans autre issue que la bande d'arrêt d'urgence.

Il se disait parfois qu'il ne le gardait là que pour se rappeler à quel point les gens pouvaient se montrer inventifs, en tout cas lorsqu'il s'agissait de gagner de l'argent.

Son téléphone sonna.

« Le vice-questeur est arrivé, commissaire, lui apprit la signorina Elettra du ton qu'elle employait lorsque Patta pouvait l'entendre.

– J'arrive tout de suite », répondit Brunetti en se levant.

Patta se trouvait devant le bureau de la signorina Elettra, avec qui il discutait de son emploi du temps pour l'après-midi. Exhibant son bronzage d'automne, il portait ce jour-là un costume gris foncé que Brunetti ne lui connaissait pas ; en attendant la fin de leur conversation, le commissaire prit le temps de l'observer. Il nota comment la veste de Patta semblait caresser ses épaules, l'élégance du pli unique de son habit. Son regard descendit le long des manches de la veste et s'attarda sur les boutonnières. Oui, c'était bien du cousu main, détail vestimentaire qui ne manquait jamais de provoquer l'admiration de Brunetti.

Les chaussures noires de Patta avaient bien évidemment été elles aussi confectionnées sur mesure ; les petits trous décoratifs à la pointe du pied ne servaient qu'à accentuer la souplesse du cuir. Les lacets étaient à glands. Il en coûtait à Brunetti de reconnaître combien il appréciait ces souliers.

« Ah, bonjour, commissaire, dit Patta aimablement. Venez donc dans mon bureau. » Avec le temps, Brunetti s'était mis à soupçonner que Patta ajustait sa prononciation selon l'importance de son interlocuteur. Avec le questeur, Patta parlait un italien d'une pureté impeccable, plus toscan qu'en Toscane. Il recourait au même registre avec la signorina Elettra. En revanche, son degré d'accent palermitain était inversement proportionnel à l'estime qu'il portait à son interlocuteur. Il pouvait alors se mettre à produire des sons étranges : les substantifs féminins se terminaient en « i[7] » ; les doubles « l » se métamorphosaient en un double « d » ; la « Madonna » devenait la « Maronna » et « bello » devenait « beddu ». Le « i » initial s'évanouissait parfois dans certains mots, mais revenait bien vite à la vue de quelqu'un de haut placé. Le bel italien de Patta à l'encontre du commissaire lui laissait entendre qu'il avait pris du galon, mais le bon sens incita Brunetti à considérer cette promotion comme temporaire.

Patta entra le premier et laissa le soin à Brunetti de fermer la porte. Le vice-questeur se dirigea vers son bureau, puis changea de direction et s'installa dans l'un des fauteuils qui lui faisaient face, laissant Brunetti choisir le sien. Une fois assis, Patta commença :

« Je voudrais vous parler franchement, commissaire. » Brunetti renonça à lui demander comment, dans ce cas, il lui avait parlé jusqu'à présent et préféra adopter une expression ouverte et pleine d'intérêt. Au moins Patta n'avait-il pas perdu de temps en préliminaires.

« Il s'agit d'une fuite.

– Une fuite ? s'enquit Brunetti, résistant à l'envie de regarder le plafond.

– Partie de la questure », précisa Patta.

Ah, ce genre de fuite, se dit Brunetti, se demandant ce que le vice-questeur avait à l'esprit. Comme aucun

7. Marque caractéristique du pluriel masculin.

article embarrassant n'était paru récemment dans *Il Gazzettino* ou dans *La Nuova di Venezia*, il n'avait pas d'indices.

Ne sachant comment répondre, il posa de nouveau son regard sur la veste de son supérieur et ses boutonnières faites à la main. La beauté était là où on la trouvait, et sa vue constituait toujours un réconfort.

« Qu'y a-t-il, commissaire ? » s'informa Patta en reprenant son ton inquisiteur habituel.

Sans hésitation, et peut-être pour la première fois depuis des années, Brunetti répondit honnêtement. « Les boutonnières de votre veste, signore. »

Surpris, Patta ramena son bras droit à lui et fixa son poignet, comme s'il craignait que Brunetti n'ait l'intention de lui voler ses boutons. Après les avoir examinés, il lâcha : « Eh bien ? »

Brunetti sourit avec aisance et naturel. « Elles sont magnifiques, monsieur le vice-questeur.

– Mes boutonnières ?

– Oui.

– Vous pouvez voir la différence ?

– Elle est évidente. Cela fait plaisir de voir du cousu main de cette qualité. C'est comme la mousse du café : il n'y en a pas forcément, et pour la plupart des gens, c'est sans importance, mais quand il y en a et que vous la remarquez, elle semble lui donner meilleur goût. »

L'expression de Patta s'adoucit et Brunetti eut l'étrange sensation que le vice-questeur était soulagé, comme en repérant un ami dans une pièce où il ne s'était attendu qu'à des visages inconnus.

« J'ai trouvé un tailleur à Mogliano, révéla Patta. Je peux vous donner son nom, si vous voulez.

– C'est très aimable à vous, monsieur. »

Patta tendit le bras et tira sur sa manchette, puis s'enfonça dans son fauteuil.

Brunetti prit conscience que c'était leur toute première conversation personnelle, menée sur un pied d'égalité, et qu'ils parlaient de boutonnières.

« Ces fuites, monsieur, pourriez-vous m'en dire davantage ?

– Je voulais vous en parler, Brunetti, parce que vous connaissez les gens ici », répondit le vice-questeur, rappelant à Brunetti qu'il s'agissait toujours du même vieux Patta pour qui les rouages internes de la questure relevaient des mystères de Delphes.

Brunetti agita une main en l'air pour rejeter ces vérités dont, selon Patta, il connaissait le secret, ou peut-être pour les convoquer depuis le fond des abîmes.

« On se confie à vous », insista Patta. Ses soupçons relaxèrent Brunetti ; le sujet de conversation avait beau être inédit, leur vieil antagonisme avait bel et bien été restauré. Il écarta sa sollicitude momentanée pour Patta et revint à son bon sens originel.

« Et que m'aurait-on confié, monsieur le vice-questeur ? »

Patta s'éclaircit la gorge et répondit en s'efforçant visiblement de masquer son indignation. « Si j'en crois les rumeurs, certains se plaignent du lieutenant Scarpa. » Puis, d'un ton plus calme, comme s'il jugeait ce point de moindre importance, il précisa : « Il paraîtrait aussi que quelqu'un aurait diffusé le nom d'un suspect convoqué ici pour un interrogatoire. »

Retiens-toi, se dit Brunetti en songeant à Scarpa. Il n'avait pour le lieutenant que mépris et méfiance, et ne cherchait pas spécialement à dissimuler ces sentiments, que Patta ne remarquait pourtant jamais, comme tant d'autres choses relatives à la questure. Le mieux était de jouer la carte de la surprise ; celle de l'outrage aurait été excessive. En y mêlant peut-être un brin de curiosité. Mais qu'en était-il donc de ces fuites ?

« Êtes-vous autorisé à me dire d'où vous détenez ces informations, monsieur ?

– Elles m'ont été toutes deux rapportées par le lieutenant lui-même, répliqua Patta.

– Le lieutenant vous a-t-il révélé ses sources ? »

Après un moment d'hésitation, Patta répondit : « Il m'a dit qu'il les tenait d'un de ses informateurs. »

Brunetti se frotta la lèvre inférieure de la main gauche. « Je trouve étrange qu'un informateur puisse fournir des éléments au sujet de la questure que personne ici ne semble connaître. Vous pourriez vous renseigner auprès de la signorina Elettra.

– Je voulais vous en parler d'abord », rétorqua Patta sans autre explication.

Brunetti opina du chef, comme s'il suivait parfaitement le raisonnement du vice-questeur. C'était sans doute le cas : Patta hésitait à déranger la signorina Elettra au nom d'un soupçon peut-être dénué de fondement. « Cette source est-elle fiable ?

– Comment le saurais-je ? répliqua Patta. Ce n'est pas à moi de traiter avec les informateurs. »

L'instinct de survie professionnel conseilla à Brunetti de se garder de tout commentaire. « Quelqu'un aurait pu faire courir ce bruit pour créer des frictions entre le lieutenant et son équipe. Il ne fait aucun doute que les collègues du lieutenant ont sur lui une opinion bien précise. » Il marqua un temps puis ajouta, alors que Patta tentait encore de comprendre ce qu'il entendait par là : « Je ne tiendrais pas compte de ces propos, monsieur, si j'étais vous. »

Patta remua dans son fauteuil : peut-être, songea Brunetti, sous l'effet de la gêne ? Il attendit un instant, en signe de respect, puis se leva. « S'il n'y a rien d'autre, monsieur le vice-questeur, je retourne dans mon bureau. »

3

Brunetti ferma la porte derrière lui et alla trouver la signorina Elettra dans l'espoir d'en apprendre davantage. Il fut surpris de voir Vianello debout à côté d'elle, penché vers son ordinateur, le doigt pointé sur l'écran. « Ah, je vois, dit l'inspecteur avec déférence. C'est simple comme bonjour. » Il hocha la tête d'un air satisfait avant de se redresser. « J'ai essayé deux fois, mais je ne voyais pas ce qui aurait dû me sauter aux yeux. »

La signorina Elettra leva les sourcils à l'intention de Brunetti, en une interrogation silencieuse. Il sourit et secoua la tête. « Le vice-questeur a toujours quelque chose à nous apprendre. Il soupçonne en ce moment une fuite dans la questure. » Il attendait de voir comment allait réagir Vianello. Comme ce dernier restait silencieux, Brunetti ajouta : « Il a dû regarder trop de films d'espionnage. Ou alors, c'est le lieutenant : c'est lui qui a rapporté cette rumeur. »

La signorina Elettra, qui s'était détournée lorsque Brunetti avait pris la parole, réactiva son écran et cliqua sur la première page de *Il Gazzettino* que Brunetti avait lu sur le bateau. Elle parcourut quelques lignes, regarda le commissaire, puis reporta son attention sur l'ordinateur sans le moindre commentaire. Brunetti se demanda pourquoi le sujet ne l'intéressait pas ; elle était d'habitude friande de potins. Peut-être le lieutenant Scarpa n'éveillait-il pas sa curiosité.

Vianello émit un soupir d'incrédulité. « Ce n'est pas comme si nos affaires étaient secret-défense ! »

Les yeux toujours rivés sur l'écran, la signorina lança avec indolence : « A-t-il mentionné le contenu de ces fuites ?

– Il a juste évoqué le fait que le lieutenant Scarpa ne soit pas la personne la plus appréciée dans la maison. » Il ne parla pas de l'autre fuite supposée, l'estimant sans importance.

La signorina Elettra fut sensible au nom de Scarpa. Tout à coup souriante, elle regarda Brunetti et dit : « Non, impossible !

– C'est exactement ce que j'ai dit au vice-questeur.

– N'avons-nous rien de mieux à faire que de nous préoccuper du lieutenant et des fuites fantômes à son sujet ? » intervint Vianello.

Brunetti s'apprêtait à partir, mais sa curiosité l'emporta. « Quel problème étiez-vous en train de résoudre quand je suis entré ? »

Vianello et la signorina Elettra échangèrent un regard et l'inspecteur déclara : « Allez-y. Dites-le-lui. Je peux encaisser, je suis un homme.

– C'était un des devoirs de son fils, expliqua la signorina Elettra.

– Luca est dans une classe avancée en informatique, enchaîna Vianello. Son professeur leur a donné un problème qu'il avait des difficultés à résoudre. Je voulais me pencher sur la question, parce que les ordinateurs ici sont beaucoup plus sophistiqués. Je me croyais capable de m'en sortir.

– Mais ? relança Brunetti, même s'il se doutait de la suite.

– Je n'y suis pas arrivé, avoua Vianello en haussant les épaules.

– J'ai dû réfléchir un long moment avant de comprendre comment y parvenir, intervint la signorina Elettra avant de se tourner vers Vianello. Luca a-t-il trouvé la solution ?

– Je le lui ai demandé au petit déjeuner, répondit Vianello en riant. Il m'a dit qu'il avait eu une révélation pendant la nuit, qu'il s'était levé pour y travailler et qu'il avait fini par le résoudre.

– A-t-il trouvé la même réponse que nous ? » Brunetti nota la délicatesse de son pluriel.

« Je ne sais pas. Il était pressé. Il m'a dit qu'il m'en parlerait au dîner. »

Ils furent interrompus par l'arrivée d'Alvise. « Oh, vous voilà, commissaire », dit-il en le saluant. Il s'appuya contre le montant de la porte, la main sur le cœur, le souffle court, pour montrer qu'il avait grimpé l'escalier en courant. Alvise était le plus petit dans la police : les marches étaient-elles plus hautes pour lui que pour les autres ?

« Il y a une femme en bas qui veut vous parler, annonça-t-il, non sans effort.

– Il aurait été plus facile de m'appeler, Alvise », nota Brunetti.

Le visage d'Alvise se pétrifia ; il baissa la main et cessa de haleter, figé devant le bon sens éclatant de cette remarque, avant de lâcher : « Je sais, dottore. Mais je voulais lui montrer que j'avais saisi l'importance de sa requête.

– Alors descends et fais-la monter dans mon bureau, s'il te plaît », répondit Brunetti qui ne voyait pas ce qu'il aurait pu dire d'autre. Alvise, qui avait recommencé à panteler, ne put que hocher la tête ; il pivota et partit.

Aucun ne parla avant que le bruit des pas du policier n'eût disparu dans l'escalier. « Pourquoi êtes-vous toujours si indulgent avec lui, signore ? » demanda la signorina Elettra.

Brunetti eut un moment d'hésitation : il ne s'était jamais véritablement interrogé sur son comportement à l'égard d'Alvise. « Parce qu'il en a besoin.

– Ah, fut tout ce qu'elle répondit.

– Je retourne dans mon bureau. »

Une fois seul, il alla à la fenêtre et observa la vigne sur le mur de la demeure située sur la rive opposée. De temps en temps, quelques feuilles tombaient dans le canal. *C'est marée basse*, remarqua Brunetti. Ah, comme les poètes aimaient cette image de partance, les choses emportées par l'inexorable marée.

Il entendit des pas s'approcher puis aperçut dans l'embrasure de la porte Alvise et, derrière lui, la tête d'une femme qui le dépassait d'au moins dix centimètres. « Commissaire, commença Alvise en le saluant vivement et en faisant un pas de côté pour céder la place à l'inconnue. Voici la signora Crosera. Elle aimerait vous parler.

– Merci, Alvise », dit Brunetti. En se dirigeant vers eux, il reconnut la femme, sans se rappeler pourquoi. Mais cela lui revint rapidement en mémoire : elle était professeure à l'université et, même si elle enseignait dans une faculté différente, connaissait Paola qui la tenait en haute estime. Paola la lui avait présentée quelques années auparavant puis, fait coutumier à Venise, ils l'avaient recroisée à plusieurs reprises dans la rue, parfois en compagnie d'un homme de haute taille, aux cheveux grisonnants, si raides et si épais que Brunetti en avait été jaloux, conscient qu'une zone de la taille d'une pièce de monnaie se dégarnissait à l'arrière de son crâne.

« Ah, professoressa Crosera », fit-il, en prenant sa main tout en espérant lui donner l'impression qu'il l'avait immédiatement reconnue. Elle était presque aussi grande que lui ; ses cheveux brun foncé, assortis à ses yeux sombres, lui tombaient sur les épaules. Elle avait des lèvres pleines, qu'elle ne parvint qu'à tirer vers le haut en essayant de sourire.

« Je vous en prie, asseyez-vous », lui dit Brunetti. Il attendit qu'elle s'installe et décida de prendre place derrière le bureau, pour lui rappeler qu'elle était venue le consulter en qualité d'officier de police, et non comme le mari d'une collègue.

Posée au bord du fauteuil, les genoux serrés, elle ne cessait de regarder autour d'elle. Elle portait un pantalon noir et une veste vert foncé, et semblait manquer de sommeil. Elle se pencha pour poser son sac à main à ses pieds ; lorsqu'elle se redressa, elle contrôlait mieux son expression.

« En quoi puis-je vous aider, professoressa ? fit calmement Brunetti, comme s'il était tout naturel pour une enseignante universitaire de se retrouver, en état d'agitation, devant un commissaire de police.

– J'ai pensé qu'il me serait plus facile de parler à quelqu'un que je connaissais. » Elle se corrigea immédiatement : « Non pas que je vous connaisse personnellement, commissaire. Paola ne m'a jamais parlé de vous… Je veux dire, de votre profession. De votre travail. Pour ce qu'elle m'en raconte, vous pourriez être aussi bien notaire ou électricien. »

Brunetti sourit. « C'est probablement parce qu'elle veut nous épargner à tous deux du temps et des ennuis.

– Je vous demande pardon ? dit-elle, incapable de dissimuler sa confusion.

– Si elle racontait à ses collègues que je suis policier, ils n'arrêteraient pas de frapper chez nous pour nous parler de leur voisin qui installe une salle de bains sans autorisation, ou ils nous appelleraient à 3 heures du matin pour se plaindre que les étudiants du dessus font un raffut de tous les diables. » Il sourit et la vit se détendre un peu.

« Oh non, je ne suis pas là pour ce genre de chose, affirma-t-elle avant de se pencher pour déplacer son sac de quelques centimètres. Le sujet est bien plus grave. » Elle croisa et décroisa les jambes, puis changea légèrement de position dans son fauteuil. La lumière qui traversait la fenêtre tombait sur le côté droit de son visage, creusant les ombres sous sa tempe. Elle joignit les mains et les observa un moment. « Je sais que Paola et vous avez des enfants.

– Oui, deux.

– Des adolescents, je crois ?

– Plus pour très longtemps, nuança Brunetti.

– Nous aussi. Deux enfants. Un garçon et une fille.

– Comme nous. Un garçon et une fille, précisa-t-il, même si elle devait déjà le savoir. Et dans quelques années, ce seront un homme et une femme. » Il sourit, comme s'il lui offrait en cadeau cette confidence personnelle. « Cela donne à réfléchir.

– Vous êtes fier d'eux, n'est-ce pas ? »

Brunetti s'était attendu à ce qu'elle lui parle des siens, mais certaines personnes avaient besoin d'un long moment avant de se tranquilliser et accepter le fait d'avoir été parler à un policier de leur propre chef. Il leur fallait être sûres que la conversation soit triviale, voire amicale, avant de pouvoir s'épancher suffisamment pour révéler la raison de leur venue.

« Oui, je crois bien, répondit Brunetti. Et Paola aussi. » Il ne l'avouait que rarement et ajouta donc immédiatement, comme pour conjurer le sort : « Mais ni elle ni moi ne sommes très objectifs sur la question, j'en ai peur. Quelle matière enseignez-vous, professoressa ? enchaîna-t-il, l'assurant ainsi de la discrétion de Paola à son sujet.

– L'architecture. J'enseigne à temps partiel à présent, parce que je travaille comme consultante en design urbain. Surtout en Turquie, mais aussi en Roumanie et en Hongrie. Je voyage beaucoup. »

Le silence s'installa. Brunetti attendait : d'expérience, c'était la tactique la plus efficace. Les gens qui venaient le voir avaient quelque chose à dire, et tôt ou tard, si on ne les harcelait pas de questions, ils finissaient par parler.

Il s'écoula au moins une minute avant que la signora Crosera ne reprenne la parole. « Les miens aussi sont de bons enfants. Mais mon fils a… a changé. » Elle se pencha en avant et Brunetti crut qu'elle allait prendre son sac et lui montrer une photo de la fille restée sage, ou du garçon qui ne l'était plus. Mais elle ne faisait que s'agiter avant de soudain redevenir immobile.

« Je suis inquiète… », déclara-t-elle, et sa gorge se noua après ce mot. Elle enfouit son visage dans ses mains.

Brunetti détourna les yeux et regarda par la fenêtre, le seul geste décent qu'il pût lui offrir. Il tombait un crachin irrégulier, le genre de pluie qui irrite la population et n'est d'aucune utilité aux agriculteurs. Bien qu'irrémédiablement citadin, Brunetti ne manquait jamais d'avoir une pensée pour les paysans les jours pluvieux – indépendamment de la saison – et il leur souhaitait des terres fertiles et des récoltes fructueuses. Au fil des ans, la pluie avait abîmé ses chaussures, trempé ses imperméables et même détérioré une fois son plafond, mais il continuait de l'accueillir à bras ouverts, saluait son arrivée et éprouvait un plaisir physique à la regarder tomber.

La pluie redoubla d'intensité et il se demanda si la professoressa Crosera avait laissé son manteau à l'accueil. Il savait qu'il avait deux parapluies de secours dans son placard ; il pourrait donc lui en procurer un sans problème, une fois leur entretien fini. Mais comment pouvaient-ils finir, s'ils n'avaient même pas commencé ?

« C'est au sujet de mon fils », l'entendit-il articuler. Brunetti nota qu'elle avait toujours les yeux fermés, même si ses mains étaient maintenant posées sur ses genoux. Une rafale contre la vitre attira son attention sur la pluie désormais battante.

« Je pense pouvoir parler maintenant, affirma-t-elle plus calmement. Mon fils a quinze ans. Il est au lycée Albertini. Mes deux enfants y sont, d'ailleurs. » C'était l'établissement que le commissaire aurait certainement choisi, s'il n'avait décidé d'inscrire ses enfants à l'école publique. Ce lycée privé, onéreux, dont presque tous les cursus se faisaient en anglais, était situé dans un palais sur le campo Santi Giovanni e Paolo et méritait sa bonne réputation : la plupart de ses bacheliers continuaient leurs études à l'université, beaucoup d'entre eux décrochant des bourses pour l'étranger.

« C'est une très bonne école », dit Brunetti.

Il fallut à la signora Crosera un moment avant de pouvoir hocher la tête.

« Depuis combien de temps vos enfants y sont-ils inscrits ? reprit-il, s'abstenant de parler uniquement de son fils.

– Sandro est en deuxième année de lycée.

– Et votre fille ? s'enquit Brunetti avec douceur, comme si la question coulait de source.

– Elle est en quatrième année.

– Cela se passe bien ? poursuivit-il, aussi vague que possible.

– Pour Aurelia, oui, répondit-elle instantanément, comme si elle réagissait à une bénédiction. Pour Sandro…, commença-t-elle, mais sa voix s'éteignit. Non. Plus maintenant.

– Il ne travaille pas assez ? s'informa Brunetti par pure politesse, envisageant déjà les raisons de l'échec scolaire de son fils.

– Il ne travaille plus, répondit-elle avec hésitation. Au début, ça allait. Mais cette année… » Ses mains cherchèrent et trouvèrent les bras inflexibles du fauteuil. Elle fixa le bureau de Brunetti comme si elle pouvait y lire les bulletins scolaires de son fils, ses notes en baisse, sa conduite déplorable.

Le commissaire émit le son préoccupé dont on accompagne habituellement les mauvaises nouvelles. Il voulait qu'elle lui présente les faits d'elle-même, sans devoir les lui extirper à coups de questions plus ou moins subtiles. Il se demanda de quoi il pouvait bien s'agir et la drogue lui vint immédiatement à l'esprit, le premier en tête des cauchemars des parents.

Ces derniers temps, Brunetti s'était mis à contracter inconsciemment les muscles de ses hanches en descendant l'escalier de chez lui. Cette tension lui avait échappé jusqu'au jour où il avait, en affrontant la dernière marche, relâché tout son corps au point de gémir de soulagement. À l'évocation d'adolescents se heurtant aux écueils de la vie moderne, son esprit se crispait d'une façon similaire : il se blindait mentalement pour s'empêcher de penser à ses propres enfants et s'obligeait à garder son calme en entendant parler d'un adolescent qui tournait mal.

« L'an passé, Sandro était le deuxième de sa classe. Mais ces deux derniers mois, il a eu de mauvaises appréciations de la part de ses professeurs. C'est trop tôt encore pour les notes, mais il ne rapporte aucun livre chez nous et je ne l'ai jamais vu faire des devoirs. Ou lire.

– Ah », fit Brunetti doucement, contraint de constater la différence avec ses propres enfants qui invitaient des amis pour travailler avec eux dans leur chambre, ou allaient chez eux pour préparer ensemble leurs examens ; ravis de leurs cours, enthousiastes à l'idée d'apprendre.

Elle croisa de nouveau les jambes, dans un sens, puis dans l'autre. « Mon mari n'a pas…, commença-t-elle, avant de changer subitement d'angle. J'ai fini par me résoudre à venir vous voir pour obtenir certaines informations. »

Brunetti, qui pensait qu'elle était venue au contraire en livrer, ne souffla mot. Beaucoup de gens, savait-il, voyaient comme une trahison la moindre révélation faite à un policier. *Et si c'était moi ? Pourrais-je parler de mes enfants à un inconnu ?* Le fait que la professoressa Crosera soit venue voir la police – plutôt qu'un médecin, ou les services sociaux, voire un prêtre – laissait deviner quel genre de sujet elle voulait aborder.

« Que voulez-vous savoir exactement, professoressa ?

– Je sais que c'est un délit de vendre de la drogue, mais est-ce un délit d'en consommer ? » demanda-t-elle d'une voix plus aiguë.

C'était donc bien cela, songea Brunetti sans surprise, heureux de pouvoir lui répondre : « Non. Pas d'en consommer. Le délit consiste à en vendre, surtout à proximité des écoles ou à des mineurs. » Il vit à quel point cela la soulageait.

« Je voulais m'en assurer. Donc si l'on ne fait qu'en prendre, on n'a pas de problèmes ? » Elle sembla consternée de s'entendre prononcer une telle absurdité et ajouta rapidement : « Vis-à-vis des autorités, je veux dire.

– Dans la mesure où vous n'en vendez pas, non, répéta Brunetti, faisant mine de ne pas avoir saisi sa question maladroite.

– Pensez-vous que ce soit une bonne loi ? »

La question surprit Brunetti, qui ne se sentait pas tenu de faire des commentaires sur la justesse des lois, et n'en avait aucune envie. « Ni votre avis ni le mien n'ont d'importance là-dessus.

– Alors qu'est-ce qui est important ?

– Que les innocents soient protégés. Telle est la mission de la loi », rétorqua-t-il. Au fond de lui, il n'y croyait pas : les lois, promulguées par les gens au pouvoir, étaient faites pour les maintenir au pouvoir. Si elles protégeaient au passage les gens innocents, tant mieux, mais ce n'était qu'un bénéfice secondaire.

« Je n'avais jamais envisagé la question sous cet angle », reconnut-elle.

Brunetti non plus, et il ne le ferait sans doute jamais. Il se permit de hausser les épaules. « Je suppose que la plupart des gens ne s'interrogent pas beaucoup sur l'utilité de la loi.

– Punir les gens. C'est le but que j'ai toujours personnellement attribué à la législation. Je crois que je préfère votre interprétation, commissaire », sourit-elle après un moment de réflexion.

Brunetti acquiesça sans faire de commentaire, puis laissa enfin poindre son impatience : « Nous parlions de votre fils, professoressa. »

4

Elle sembla ébranlée par sa brusquerie. « Oui, oui. Bien sûr. » Elle baissa les yeux sur le bureau du commissaire et finit par avouer : « Je crois qu'il se drogue. » Elle se tut, comme si elle avait accompli sa mission et pouvait désormais s'en aller.

Brunetti décida qu'il était temps d'accélérer l'entretien. « Vous le croyez, ou vous le savez ?

– Je le sais. Enfin, je pense le savoir. Les enfants parlent entre eux à l'école, et un garçon a dit à Aurelia que Sandro allait avoir de gros problèmes à cause de son comportement.

– De gros problèmes ? Mais a-t-il parlé de drogue ? »

Cette question la surprit manifestement. « De quoi d'autre aurait-il pu parler ? » Elle baissa la voix et ajouta : « La drogue, je ne vois que cela.

– À quand cela remonte-t-il ?

– Cela fait une semaine qu'il l'a dit à Aurelia, et elle m'en a parlé il y a deux jours.

– Pourquoi ne pas vous l'avoir dit tout de suite ?

– Elle m'a expliqué qu'elle voulait observer Sandro elle-même avant de m'en parler.

– Et l'a-t-elle fait ? »

Elle lui lança un regard perçant et répondit, sur la défensive : « Elle a essayé de lui parler, mais il s'est mis en colère et lui a dit de se mêler de ses affaires. »

Brunetti pensa à ses propres enfants et au ton qu'ils employaient entre eux de temps à autre. Son visage devait clairement exprimer son scepticisme, car elle observa : « Il n'avait jamais parlé à Aurelia comme ça. Elle a dit qu'il était vraiment hors de lui.

– Mais vous, professoressa, qu'avez-vous remarqué d'autre ? En quoi a-t-il changé ?

– Il est d'humeur maussade et n'aime pas que je lui demande comment se passe l'école. Parfois il ne rentre pas dîner, ou bien il appelle et dit qu'un ami l'a invité à rester manger.

– Et vous le croyez toujours ? demanda Brunetti d'un ton neutre.

– Je ne suis pas de la police, rétorqua-t-elle avant de lever les yeux vers lui. Je suis désolée. Cela m'a échappé. » Elle s'en tint là, sans chercher à se justifier ou à s'excuser, ce qui plut à Brunetti.

« J'ai entendu bien pire, répliqua-t-il. Votre mari a-t-il noté ces changements ?

– Je vous l'ai dit, je voyage pour mon travail. Je m'absente parfois plusieurs jours de suite.

– Et les enfants ? Qui s'en occupe ? » Brunetti n'avait pas plus tôt fini de poser cette question qu'il la jugea intrusive.

« Ils vont chez ma sœur », expliqua-t-elle.

Comme il venait de se montrer trop indiscret, Brunetti s'abstint de toute nouvelle interrogation au sujet de son époux, mais ses pensées devaient se lire sur son visage.

« Mon mari travaille à Vérone et il finit parfois trop tard pour prendre le dernier train. Donc il reste dormir chez des amis. Mais c'est rare. »

Dans le cas d'un entretien standard, s'il avait ressenti le besoin de s'accrocher à tout élément digne d'intérêt, Brunetti aurait demandé « Des amis ? » ou bien : « Rare, c'est-à-dire ? » Au lieu de cela, songeant à l'homme à l'épaisse chevelure grise, il reprit : « Que fait-il dans la vie ?

– Il est expert-comptable. » Elle lança un regard furtif à Brunetti. « Il trouve que Sandro est trop maigre et n'écoute pas ce qu'on lui dit. »

Brunetti fut tenté de dire que les adolescents étaient ainsi faits.

« Si je lui parle de drogue, mon mari rétorque qu'il est impossible que Sandro en prenne, dit-elle, les yeux baissés et les lèvres pincées.

– Qu'avez-vous remarqué d'autre, professoressa ? répliqua-t-il sans autre commentaire.

Elle se tourna pour regarder par la fenêtre ; il pleuvait vraiment très fort. Elle se prit la tête dans les mains.

« Il ne parle plus beaucoup. C'est comme s'il avait un casque sur les oreilles, comme s'il écoutait de la musique ou quelqu'un d'autre. Je ne sais pas. Si je lui pose une question, il me demande toujours de la répéter, puis il met un long moment à me répondre. Je pense qu'il dort mal. Et il se met facilement en colère, alors qu'il était si gentil. »

En l'entendant parler, Brunetti prit sa décision. La professoressa Crosera était peut-être une collègue ou une amie de Paola, mais pas la sienne, et rien ne l'obligeait à consacrer davantage de temps à cette situation qui lui semblait plutôt du ressort des services sociaux. Évitant la confrontation directe, il déclara : « Si je vous avais décrit mon fils il y a trois ans, je vous aurais dit la même chose, sauf pour ce qui est du sommeil. »

Le visage de la femme trahit son étonnement. Elle croisa les mains sur ses genoux telle une élève convoquée chez le proviseur, consciente d'avoir commis un méfait mais ignorant lequel.

Brunetti laissa s'écouler un certain temps puis lança, sans réfléchir : « J'ai bien peur de ne pas comprendre pourquoi vous êtes venue, signora. »

Cette fois, elle répliqua sans la moindre hésitation : « Je croyais que la police ferait quelque chose.

– Mais encore ? Que voudriez-vous qu'elle fasse ?

– Qu'elle trouve ceux qui vendent de la drogue. Et qu'elle les arrête. »

Comme ç'aurait été agréable, songea Brunetti. Les arrêter, les faire passer en jugement, puis en prison, avec tous ceux qui travaillaient pour eux, tous ces petits dealers qui traînaient dans les parcs en attendant qu'un lycéen s'asseye près d'eux, ou qui croisaient leur route en boîte, ou au cinéma, ou encore – comme par hasard – juste à la sortie des cours.

Malheureusement, les choses ne se passaient pas comme ça. On les arrêtait, on les emmenait à la questure pour les interroger, voire les menacer, tout en sachant que cela ne servirait à rien. On rédigeait un rapport formel sur leur arrestation. S'ils étaient étrangers, il fallait les sommer de quitter le pays dans les quarante-huit heures et les laisser partir. S'ils étaient italiens, on leur disait qu'ils feraient l'objet d'une enquête avant de les renvoyer chez eux.

« Eh bien, pourquoi ne faites-vous rien ? » insista-t-elle, face à son silence persistant.

Brunetti prit un carnet et un stylo. Il écrivit d'abord le nom de la professoressa Crosera, puis celui de ses deux enfants et de leur école, en sautant une ligne pour y inscrire plus tard le nom de son mari. Il fut tenté de lui montrer la page et de lui demander si elle y voyait un indice quant à la personne qu'il convenait d'arrêter, et pour quel motif, mais se contenta de garder son stylo en l'air. « Pour pouvoir parler à l'ami de votre fille, il faut qu'un avocat ou un de ses parents soit présent pendant l'entretien. Voulez-vous me donner son nom ? »

Pour la première fois depuis son arrivée, peut-être même depuis que son fils était aux prises avec ce problème, la professoressa se retrouva face aux conséquences judiciaires que pouvait engendrer sa situation. Lorsqu'un tourbillon se formait en mer, n'importe qui pouvait s'y faire emporter, même ceux qui ne naviguaient qu'en eaux calmes.

« Non, rétorqua-t-elle en haussant la voix. Je ne peux pas lui faire ça. » Cette fois, elle ne se rendit pas compte de son insulte implicite envers la police.

Brunetti posa son stylo sur le bureau et croisa les mains devant lui. « Savez-vous où votre fils se procure la drogue que vous l'imaginez prendre, professoressa Crosera ? Ou quel type de drogue il consomme ? »

Comme elle ne s'attendait pas à cette question, elle évita le regard du commissaire et fixa ses genoux.

Brunetti exécrait les conséquences de la drogue sur les individus, exécrait son influence nocive même sur les meilleurs esprits, alors qu'il vivait avec trois personnes convaincues qu'il fallait toutes les légaliser. Pourquoi les gens aspiraient-ils encore et toujours à la facilité ?

La drogue changeait tout. Des femmes s'étaient offertes à lui, des hommes lui avaient offert leur épouse, voire leur fille, pour éviter de se faire arrêter, de se faire enfermer là où ils n'y auraient plus accès. Il avait un jour vu mourir d'overdose une femme encore vêtue de sa robe de mariée ; il avait été appelé dans un appartement où un petit garçon de trois ans était mort de faim pendant que ses parents faisaient la fête depuis une semaine entière, grâce à l'argent volé à ses quatre grands-parents pour acheter de l'héroïne.

« Non, finit-elle par répondre. Si j'essayais de le faire parler, il me mentirait. Je ne sais pas comment je le sais, mais je le sais. »

Il était de nouveau en train de regarder par la fenêtre lorsqu'il l'entendit proférer, d'une voix rauque et presque inaudible : « C'est mon petit garçon et je ne sais pas quoi faire. »

À la vue des larmes de la femme gouttant sous ses doigts et tombant sur sa veste, absorbées par la laine, Brunetti se leva d'un bond. Il alla à la fenêtre fixer la façade de l'église San Lorenzo. *Saint Laurent*, un martyr.

Le père de Brunetti était mort d'un cancer, après une longue et terrible agonie, dans un hôpital tenu par des gens qui voyaient dans la souffrance un instrument efficace de rédemption et qui avaient donc refusé de lui donner des analgésiques durant ses derniers jours de vie. Trois jours avant le décès, Brunetti, déjà commissaire à l'époque, avait volé une boîte d'ampoules de morphine confisquée par la police et les avait administrées, à huit heures d'intervalle, à son père mourant, qui s'était éteint en paix dans les bras de son plus jeune fils. Ensuite, Brunetti était rentré chez lui pour briser les ampoules restantes et vider toute la morphine dans l'évier de la cuisine. Il n'avait que peu d'opinions catégoriques sur le monde, mais il savait que la souffrance n'était jamais souhaitable.

« Pouvez-vous faire quelque chose ? » demanda la professoressa d'une voix plus normale.

Comme elle était de nouveau en mesure de discuter, Brunetti revint à son bureau.

« Je peux aller vérifier si l'on vend de la drogue à son école et trouver ceux qui la vendent. » Il n'avait rien entendu dire sur le lycée Albertini, mais se renseigner était un bon point de départ.

La professoressa Crosera s'agita dans son fauteuil, soudain nerveuse, peut-être impatiente de s'en aller, maintenant que quelqu'un d'autre allait prendre la situation en main. Non, ce n'était pas lui rendre justice. « Pourriez-vous me donner votre numéro de téléphone ? »

Elle acquiesça ; Brunetti en prit note puis écrivit au-dessus *Albertini*, au cas où quelqu'un trouverait son carnet et souhaiterait savoir de qui il avait parlé.

Il savait que, tout comme il ne pouvait pas faire grand-chose pour l'aider, il n'avait plus grand-chose à dire non plus. Un coup d'œil à la professoressa lui confirma qu'elle n'avait pas la capacité, et encore moins l'envie, de lui en apprendre davantage.

Brunetti se leva en la remerciant de sa visite. Elle sembla surprise de se voir ainsi congédier, mais accepta de se faire raccompagner à la porte. Afin de compenser la sécheresse de son interrogatoire, il lui sourit et lui promit de faire ce qui était en son pouvoir, sans lui préciser que cela ne pèserait pas lourd. Après son départ, il retourna à la fenêtre pour réfléchir à cet entretien et au chagrin de cette femme. Il fut soulagé de constater que la pluie avait cessé.

5

Après le déjeuner, Brunetti appela Vianello et lui demanda de monter dans son bureau. Il lui offrit un siège et lui fit un rapport détaillé de sa conversation avec la professoressa Crosera.

Vianello hocha la tête. « Ses enfants vont au lycée Albertini ?

– Cela change-t-il quelque chose ?

– Ça aurait pu il y a cinq ans, mais on trouve de la drogue partout, maintenant. » Brunetti fut soudain frappé de voir combien les cheveux de son ami avaient grisonné et comme son visage s'était creusé. « Il fut un temps où les jeunes des écoles privées en prenaient moins, mais ce n'est plus le cas. Du moins, c'est ce qu'on m'a dit.

– Qui donc ? »

Brunetti se rendit compte trop tard de son impair. À la questure, chacun gardait le nom de ses sources pour soi. Vianello marqua un temps, puis répondit d'un ton égal :

« Quelqu'un de bien informé, qui m'a expliqué que toutes les écoles connaissaient ce problème désormais, à un degré plus ou moins grave. »

Brunetti le savait, bien sûr, comme il savait qu'en hiver, la pollution en ville grimpait bien au-delà du seuil décrété sain par une agence scientifique européenne. Mais dans la mesure où il n'en sentait pas l'odeur, ni l'effet dans ses poumons, il faisait comme si de rien n'était, bien conscient que la seule solution aurait été de quitter Venise. Il en allait de même avec la drogue. Tant que la question ne concernait pas ses enfants…

« Je suis bien content que nous soyons nés à notre époque, déclara-t-il.

– Pourquoi ? fit Vianello, l'air surpris.

– Parce qu'il n'y avait pas autant de drogue en circulation quand nous étions ados. Ou du moins, cela ne semblait pas si… normal, comme aujourd'hui. Certains de mes amis avaient essayé, mais je ne me souviens pas d'un seul qui en consommait régulièrement. Et de toute façon, je n'avais pas d'argent pour m'en acheter.

– J'ai essayé le haschisch une fois, avoua Vianello en regardant le bout de ses pieds.

– Tu ne me l'avais jamais dit. »

L'inspecteur rit au ton de Brunetti et précisa : « J'ai mes petits secrets, Guido.

– Raconte.

– J'étais à une fête chez un ami et on m'a donné une infusion. »

Brunetti nota cet usage intéressant du pronom indéfini.

« Tu ne l'as pas fumé, alors.

– Non. Si j'étais rentré avec cette odeur sur moi, mon père aurait…

– Qu'est-ce qu'il aurait fait ? demanda Brunetti, conscient que Vianello ne parlait que très rarement de son père.

– Je ne sais pas. Il aurait sûrement menacé de me faire voir trente-six chandelles.

– Seulement menacé ?

– Oui, confirma Vianello sans hésitation ni explication. Qu'est-ce qu'elle voulait, la professoressa Crosera ? »

Renonçant à son envie de connaître la fin de l'histoire, Brunetti passa au crible les raisons apparentes et les raisons réelles qui avaient poussé la signora à venir le trouver, et finit par répondre : « Je pense qu'elle voulait qu'on mette fin au problème. Notre rôle est d'arrêter les gens qui vendent de la drogue à son fils. »

Vianello leva les sourcils à ces mots.

« Même si elle n'a livré aucune information concrète. Elle a refusé de me révéler qui avait dit à sa fille que Sandro était dans une mauvaise passe et elle a clairement précisé que cette personne n'avait fait aucunement allusion à la drogue. J'ignore ce qu'elle attend de nous, dit-il avec irritation.

– C'est comme ce truc grec dont tu m'avais parlé, répliqua Vianello, plongeant Brunetti dans la plus grande confusion. Ce truc avec un nom latin.

– *Deus ex machina* ? comprit Brunetti avec un sourire. Comme cela nous serait utile : un dieu débarque, s'empare du problème et l'emporte dans les cieux avec lui. »

Il laissa au dieu le temps de s'envoler avant de retourner à des solutions plus réalistes. « À moins qu'elle ne nous aide en parlant à son fils, on ne peut pas faire grand-chose.

– Et donc ? »

Comme Brunetti ne répondait pas, Vianello se leva. « Allons prendre un café. »

Le restant de la journée fut marqué par un seul fait digne d'intérêt : l'appel d'un des informateurs de

Brunetti qui lui recommanda d'aller faire un tour au marché aux poissons – pas celui de Rialto, mais le marché de gros de Tronchetto – le lendemain matin. Brunetti le remercia et lui assura qu'il en informerait la police locale et la branche des carabinieri préposée aux fraudes alimentaires.

« Dis-leur de jeter un coup d'œil aux palourdes, lui suggéra son interlocuteur avec sa gaieté habituelle. Et jette un coup d'œil au thon, il paraît qu'il voyage sans passeport. » Il émit un *tss tss* moralisateur et raccrocha.

Brunetti n'avait jamais rencontré cet homme, même s'il y avait des années qu'ils se parlaient au téléphone. Son premier appel remontait à six ou sept ans. Lorsque le commissaire lui avait demandé comment il avait obtenu son numéro, il s'était abstenu de répondre et contenté de dire qu'il avait des informations à lui donner. Son coup de fil avait abouti à l'arrestation de deux malfrats qui avaient dévalisé une bijouterie trois jours plus tôt. Lorsqu'il avait rappelé quelques mois plus tard, Brunetti avait cherché à savoir, en enrobant sa question d'euphémismes et de subtilité, comment il voulait être payé, ce qui l'avait fait éclater de rire. « Je ne veux rien, avait-il déclaré. C'est juste pour m'amuser. »

Brunetti avait hésité à lui demander quel genre d'amusement il pouvait bien en retirer, puis décidé d'accepter ce cadeau pour ce qu'il était. L'homme appelait trois ou quatre fois par an et fournissait toujours des indications exactes débouchant sur une arrestation mais, étonnamment, jamais deux fois pour le même type de délit. Du faux jambon de Parme en provenance de Hongrie, deux tonnes de cigarettes de contrebande ayant atterri sur une plage à côté de Grado, le vol d'un appareil à rayons X dans un cabinet de dentiste à Mirano, sans oublier les deux escrocs roumains qui avaient fait payer des factures supplémentaires d'électricité à plusieurs femmes âgées. Brunetti ignorait tout de son informateur, hormis ce qu'il avait déduit de sa familiarité avec les crimes et les criminels : il devait s'agir de quelqu'un qui avait, par le passé, pris part à des délits similaires mais qui, pour des raisons inconnues, s'était retourné contre ses anciens acolytes. Ceci expliquait aussi bien la précision des informations lors de ses appels que son manque total d'indignation vis-à-vis des crimes dévoilés. Ce pouvait être une vengeance – des voleurs avec lesquels il s'était brouillé – ou peut-être était-il lui-même un criminel cherchant tout simplement à limiter la concurrence. Indépendamment de l'utilité de ces coups de fil, Brunetti s'était pris d'affection pour cet homme, au point de se préoccuper de sa sécurité, et d'espérer qu'il avait bien réfléchi aux risques qu'il courait.

Après avoir transmis le message de l'informateur sur le marché aux poissons, Brunetti estima qu'il en avait assez fait pour la journée et qu'il pouvait partir plus tôt. Sans rien dire à personne, il prit à droite en sortant de la questure, puis franchit le premier pont à gauche et s'éloigna du centre-ville, laissant à ses pieds le soin de décider du chemin. Il finit par se retrouver au *bacino* d'où il pénétra dans Castello, toujours sans la moindre idée de sa destination.

Il emprunta la via Garibaldi[8], surpris d'y trouver une telle foule. Le mois de novembre était-il devenu touristique à son insu ? Cent mètres plus loin, il fut rassuré de constater que presque tous les gens autour de lui

8. Une des rares rues à Venise à porter le nom de « via » comme dans les autres villes italiennes.

étaient vénitiens. Il n'avait pas besoin de les entendre parler le dialecte : leur manière de s'habiller et leur allure si naturelle – parce qu'ils n'étaient pas à l'affût d'un détail pittoresque à photographier, ni d'une minuscule boutique proposant de l'artisanat authentique – lui prouvaient qu'il s'agissait bien de locaux. Il ralentit le pas et entra dans un bar pour prendre un café, mais changea d'avis et commanda un verre de vin blanc à la vue du petit bol de bretzels sur le comptoir. Il parcourut les gros titres de *Il Gazzettino* qui lui donnèrent une impression de déjà-vu jusqu'à ce qu'il s'aperçoive que c'était le journal de la veille. Il le replia en se demandant comment il était possible qu'il puisse contenir chaque jour huit pages d'articles annonçant à cor et à cri des schismes profonds et de nouvelles organisations censées bouleverser le visage de la politique nationale, alors que rien ne changeait et qu'il ne se passait rien.

Brunetti sortit un euro de sa poche et le posa sur le comptoir. « Comment se fait-il que nous n'ayons élu personne depuis plus de cinq ans ? » C'était moins une véritable question qu'une tentative de formuler sa perplexité.

Le serveur prit son argent et posa un reçu près de son verre vide, en déclarant : « Tant qu'il y aura du football à la télévision, personne ne se préoccupera vraiment de savoir si notre gouvernement est élu ou choisi par un politicien croulant. »

Brunetti, qui ne s'attendait pas à obtenir de réponse, prit en considération l'explication de l'homme. « *Ciò*[9] », confirma-t-il, songeant que seul le vénitien était à même

9. Interjection des plus utilisées en vénitien, pouvant signifier selon le contexte : « tiens ! », « c'est sûr ! », « mais comment donc ! »

d'exprimer son approbation. Il sortit du bar, continua à descendre la via Garibaldi et s'enfonça dans le labyrinthe de Castello.

Il rentra à 19 heures passées ; il avait poussé jusqu'à l'église San Pietro di Castello où il avait allumé une bougie pour l'âme de sa mère, songeant que la sienne en bénéficierait également, au moins autant que de son verre de vin. Une subtile odeur de clou de girofle l'accueillit à son arrivée à l'appartement et l'attira dans la cuisine, où il alla voir ce que Paola était en train de préparer. Du *spezzatino di manzo*[10] aux épices exotiques, semblait-il, accompagné – devina-t-il en fin connaisseur – de *cavolini di Bruxelles alla besciamella*[11]. Il enlaça Paola et lui embrassa le cou.

« Si je te promets de finir mon assiette, est-ce que tu viens avec moi à Tahiti pour une semaine de folie ?

– Si tu me promets de te raser avant de m'embrasser de nouveau dans le cou, c'est d'accord, répondit-elle en se frottant la nuque. Même s'il y a peu de chances, à mon avis, que tu ne finisses pas ton assiette. » Le sourire qu'elle lui adressa chassa de ses mots tout soupçon de reproche.

Comme il avait fini la veille la lecture de *L'Orestie* pour la première fois en deux décennies, Brunetti s'en fut dans le bureau de Paola, où il rangeait ses livres, pour choisir le prochain. Il décida de s'en tenir au théâtre et se pencha pour examiner les titres de plus près. Ayant encore à l'esprit son entretien avec la professoressa Crosera et sa terrible angoisse pour son fils, il fut frappé d'observer combien les Grecs s'inquiétaient, eux aussi, pour leurs

10. Ragoût de bœuf.
11. Choux de Bruxelles à la béchamel.

enfants. La plupart des pièces, semblait-il, traitaient des ravages que les enfants suscitaient chez leurs parents. Ou, lui fallut-il admettre, les parents chez leurs enfants.

Avisant les tragédies d'Euripide, il se remémora une représentation de *Médée* à Londres, où Paola l'avait traîné – quand ? vingt ans plus tôt, peut-être davantage ? Sans quitter des yeux le dos des livres, il revit l'instant final, Médée sur une plateforme dominant la scène, avec ses deux enfants contre elle. Au lieu d'aller commettre son acte monstrueux dans les coulisses, elle avait brandi son couteau pour les tuer. À ce seul souvenir, Brunetti grimaça et sentit le coup lui transpercer la poitrine.

Au cours de sa carrière, il avait vu mourir plusieurs personnes, dont un homme tué de sang-froid. Les Grecs avaient raison. Ils savaient. De tels actes n'étaient pas faits pour être vus ; leur but n'était pas de divertir, mais d'horrifier. Non, vraiment, pas *Médée*. Brunetti sélectionna plutôt les œuvres de Sophocle.

Les enfants étaient tous deux rentrés pour le dîner et leur vue conforta Brunetti dans sa décision de renoncer à *Médée*. Il posa sans réfléchir sa main sur le bras de Raffi, assis en face de lui. Son fils leva les yeux, surpris. Brunetti palpa la laine de son pull.

« C'est nouveau, ça, non ?

– Maman l'a rapporté de Rome l'hiver dernier. Il te plaît ? »

Brunetti retira sa main et se renversa sur sa chaise afin de mieux le contempler. « Il est très beau. Bien vu, Paola. » Puis il repris du *spezzatino*.

Je ne leur poserai pas de questions sur la drogue. Je ne leur poserai pas de questions sur la drogue. Brunetti mangea sa viande en se récitant ce mantra, puis en réclama encore. Chiara demanda à Raffi s'il voulait bien jeter un coup d'œil à son devoir de physique pour voir si ses réponses avaient un sens.

« Je ne comprends pas pourquoi je dois étudier ça, maugréa-t-elle. Je ne m'en servirai jamais en dehors des cours.

– Est-ce que ce n'est pas censé développer ton esprit en te montrant les lois qui gouvernent l'Univers ? tenta Brunetti.

– Tu en avais aussi à l'école ? s'informa Chiara.

– Bien sûr.

– As-tu étudié…, commença-t-elle, avant de reformuler sa question : Tu t'en souviens encore ? »

Paola se leva et, de sa propre initiative, déposa deux morceaux de chou-fleur dans l'assiette de Brunetti, de manière à lui laisser le temps de réfléchir à sa réponse.

Il se décida pour la vérité. « J'ai encore en tête certaines de ces lois, mais je me souviens surtout qu'à l'époque, j'appréciais qu'on me fasse réfléchir différemment à des phénomènes qui m'avaient toujours dépassé. Cela m'invitait à poser un regard neuf sur le monde. Je crois que j'aimais bien me dire que l'Univers était en ordre, même à l'échelle cosmique. Qu'il suivait des règles.

– Si ce que nous a dit notre professeur est vrai, presque tout ce que tu as appris est maintenant – comment on dit, déjà… ? – obsolète. On m'apprend de nouvelles règles, de nouvelles lois de la nature. Qui dit qu'il ne se passera pas la même chose avec mes enfants à moi ?

– Les règles les plus importantes ne changent pas, intervint Raffi. L'Univers n'est pas un système qui fonctionne au hasard en n'en faisant qu'à sa tête, sans se laisser comprendre.

– Les règles prouvent aussi que les dieux ne peuvent pas faire ce qu'ils veulent quand ils veulent, renchérit Paola, clairement ravie par cette occasion de s'en prendre à la religion.

– Mais c'est un an de ma vie, geignit Chiara comme si on l'avait ligotée à sa chaise pour une séance de torture.

– Tu préfères qu'on t'apprenne à tricoter et à repriser les chaussettes, comme à mon époque ? » répliqua Paola sans proposer de troisième option.

Imaginant Paola en train de repriser une chaussette, Brunetti ne parvint pas à réprimer un fou rire malgré tous ses efforts. Il plaqua sa main sur sa bouche, en vain ; le regard étonné de Paola ne fit qu'empirer la situation, ne lui laissant d'autre choix que de fermer les yeux et se bâillonner plus fort encore, mais des larmes de rire lui échappèrent et il dut les essuyer avec sa serviette.

Personne à table ne réagit ; les enfants fixèrent leur assiette, tandis que Paola observait la tête inclinée de Brunetti. Il acheva de s'essuyer les yeux et remit sa serviette sur ses genoux avant de lui jeter un coup d'œil.

« J'ai bien envie de t'envoyer dans ta chambre privé de dessert, Guido, dit-elle d'un ton aimable. J'avoue : on ne m'a jamais appris à repriser les chaussettes, mais c'est parce que j'ai refusé de suivre les cours d'éducation ménagère. » Pour parer à toute accusation de malhonnêteté de la part de ses enfants, elle poursuivit : « Ce n'était qu'un exemple du genre d'obligations qui nous faisaient perdre notre temps à l'école. Purement rhétorique. » Son explication apparemment achevée, elle adressa un geste gracieux de la main aux enfants. Ils hochèrent la tête, Paola sourit, et la gaieté revint.

6

On signala bien peu de délits à la questure cette semaine-là, à croire que les touristes en partance avaient résolu de les emmener avec eux. Brunetti appela un de ses amis carabinieri pour lui demander où en était la situation de la drogue dans les écoles ; ce dernier lui apprit qu'elle faisait déjà l'objet d'une enquête menée par une équipe spéciale basée à Trévise. La conscience apaisée, Brunetti ne requit pas davantage d'informations. Il parcourut les dossiers qui s'étaient accumulés sur son bureau, dont cinq *curriculum vitae* pour relayer le personnel de la questure en février. Il trouva le temps d'aller à Mestre pour passer son test annuel de tir, ou plutôt rattraper celui de l'année précédente. Au stand, on l'invita à essayer de nouveaux pistolets, car la signorina Elettra était parvenue à trouver des fonds suffisants pour allouer des armes plus récentes aux commissaires et à leurs supérieurs. Après en avoir essayé trois, puis sa propre arme de service, Brunetti jeta son dévolu sur un des nouveaux pistolets, plus léger et plus petit, donc moins encombrant pour les rares fois où il songerait à en prendre un avec lui. L'officier de fonction, grand et robuste, n'était probablement plus qu'à quelques années de la retraite. Il expliqua à Brunetti que si l'arme de son choix n'était pas disponible en mai, il lui faudrait attendre la fin de l'été.

Brunetti fit glisser le pistolet sur le comptoir, remit le sien dans son étui et le rangea dans sa serviette. « Dois-je vous téléphoner ?

– Non, commissaire. Je suis en contact avec la signorina Elettra et je l'appellerai dès qu'ils arriveront. Vous pouvez revenir à ce moment-là et les tester ; vous verrez si vous préférez toujours le dernier modèle. »

Brunetti le remercia et referma son sac. « Très bien, alors, au plaisir de vous revoir. » Une question lui traversa cependant l'esprit. « Que deviennent nos vieilles armes ?

– Vous voulez dire, celles qui sont remplacées, monsieur ?

– Oui.

– Elles sont envoyées à la fonderie et détruites. »

Brunetti hocha la tête, satisfait de la réponse. « Cela vaut mieux que de les voir traîner n'importe où.

– Absolument, monsieur. Les armes ne sont qu'une source de problèmes. »

Brunetti lui tendit la main. « Je me souviendrai de ces mots », dit-il et il sourit pour montrer qu'il plaisantait. Brunetti n'aimait pas les pistolets, n'aimait pas en avoir un, s'était senti mal à l'aise les quelques fois où il l'avait emporté et, durant toutes ces années, n'avait jamais ne serait-ce que visé quelqu'un avec. Son arme passait souvent des semaines entières séquestrée dans une boîte en métal cadenassée au fond de son étagère à sous-vêtements. Il gardait les balles sous clef dans une autre boîte, au milieu des produits d'entretien, dans le placard derrière la cuisine.

La vie suivit son cours, tranquille et sans histoire, jusqu'à ce qu'une nuit le téléphone vînt tirer Brunetti d'un sommeil profond et sans rêve. Lorsqu'il décrocha enfin, il eut l'impression que l'appareil sonnait depuis une éternité.

« *Sì ?* répondit-il, encore tout endormi, mais conscient de la portée d'un tel coup de fil.

– Guido ? » demanda une voix de femme.

Il lui fallut un moment pour reconnaître Claudia Griffoni, sa collègue et amie. « Oui, Claudia, que se passe-t-il ?

– Je suis à l'hôpital. Pour un homme sans doute victime d'une agression.

– Où ? » s'informa-t-il. Il sortit du lit et gagna le couloir en fermant la porte derrière lui.

« Près de San Stae.

– C'est grave ?

– Apparemment, oui.

– Que s'est-il passé ?

– Quelqu'un a appelé l'hôpital il y a environ une heure, disant qu'il avait trouvé un homme au pied d'un pont. Il pensait qu'il était tombé : le sol était taché de sang. »

Brunetti savait qu'elle ne l'aurait pas appelé si c'était le cas. « Mais ?

– Mais l'urgentiste a repéré des marques à l'intérieur de son poignet gauche qui pourraient être des traces d'ongles. Comme si quelqu'un l'avait saisi. Le médecin a prélevé des échantillons », ajouta-t-elle en devançant la question de Brunetti. « Il y avait beaucoup de sang par terre, à l'endroit où il s'est cogné la tête. Le docteur dit qu'il a sans doute une commotion, qu'il a dû heurter la rampe en métal en tombant. Il essaye d'évaluer son état de santé. Ils ont appelé la questure ; je suis d'astreinte cette nuit.

– A-t-on mis le pont sous scellés ?

– Oui. Deux *vigili urbani* étaient en patrouille à Rialto, ils y sont allés : ils vont veiller à ce que personne n'approche du pont. Les équipes de la police scientifique sont en route.

– Des témoins ? »

Elle répondit par un marmonnement.

« Tu veux que j'y aille ?

– Ou que tu viennes ici, suggéra-t-elle.

– Dis-moi de quel pont il s'agit ; j'y passerai d'abord, puis je viendrai à l'hôpital.

– Attends une minute. Je l'ai noté. » Il l'entendait tâtonner au bout du fil. « Ponte del Forner, dit-elle. C'est…

– Je sais où il est, la coupa-t-il.

– Tu veux que je fasse envoyer un bateau ?

– Non merci, Claudia. Je peux y être en un quart d'heure à pied. C'est plus rapide. »

Brunetti raccrocha et rouvrit la porte de la chambre. Il remit le téléphone sur son socle et s'approcha du lit. La chevelure blonde de Paola, à moitié visible sur son oreiller, semblait luire sous les rayons de la pleine lune. Il alluma sa lampe de chevet, vit qu'il était presque 2 heures du matin et alla s'habiller devant son armoire. Il jeta son pyjama sur le bord du lit et s'assit pour lacer ses chaussures.

Il éteignit la lampe, laissa sa vision s'ajuster au clair de lune, puis fit le tour du lit et posa sa main sur l'épaule de sa femme. « Paola, Paola. »

Sa respiration changea et elle se tourna vers lui avec un soupir interrogatif.

« Je dois sortir. »

Elle grogna.

« Je t'appellerai. »

Elle grogna de nouveau.

Il songea à lui dire qu'il l'aimait, mais une telle déclaration ne pouvait souffrir un grognement en guise de réponse.

Dans le couloir, il enfila son manteau et sortit en silence.

La nuit était submergée de *caigo*, cette humidité toute vénitienne qui noie les poumons, brouille la vue et recouvre le sol d'une pellicule visqueuse et glissante. Brunetti marcha vers Rialto, savourant la sensation subtile d'être dans une ville abandonnée, drapée d'une substance à mi-chemin entre la brume et le brouillard. Il s'arrêta et tendit l'oreille, sans entendre un seul bruit de pas. Il reprit sa route vers le campo Sant'Aponal. Il était en chemin vers les vestiges d'une grande violence, mais n'en concevait aucune détresse, rien que le calme engendré par le fait de se retrouver dans sa ville d'autrefois : une ville de province endormie, aux rues souvent vides, où il ne se passait pas grand-chose.

Lorsque Brunetti arriva sur le *campo*, un homme le dépassa soudain, les yeux rivés au sol. Devant l'église, il vit un autre homme et une femme en train de se promener lentement, main dans la main, regardant tout autour d'eux, sous le charme. À leur approche, il entendit le bruit sourd de leurs chaussures de marche et vit en les croisant leurs lourds sacs à dos. Eux ne l'avaient pas remarqué – *et c'est tant mieux*, se dit-il.

Il traversa la place en direction de l'église San Cassiano. Les ténèbres étaient presque totales, mais Brunetti s'en remettait à ses pieds, qui possédaient une mémoire infaillible des ponts étroits et des ruelles plus étroites encore auxquelles ils menaient. Il passa San Cassiano sur sa droite, traversa un pont, prit à droite, à gauche, un autre pont, et vit soudain briller une torche pointée sur lui, à cinquante mètres de là, dans le brouillard.

« Vous, là-bas, le pont est fermé, l'avertit une voix d'homme. Retournez calle della Regina. » Il parlait vénitien, comme si seul un habitant du quartier aurait pu se trouver là à cette heure de la nuit.

« C'est moi, Brunetti, annonça-t-il sans s'arrêter.

– Ah, bonjour, commissaire. » L'éclat de sa lampe de poche pointa en l'air lorsqu'il le salua. Pour une raison inexplicable, le brouillard semblait moins dense près du pont. L'officier devait l'avoir remarqué également, car il éteignit la torche et l'accrocha à sa ceinture.

C'était un des *vigili urbani*, nota Brunetti, pas l'un de ses hommes. Il entendit alors du bruit et des voix derrière lui. « Est-ce la brigade criminelle ?

– Oui, monsieur. »

Il se dirigea vers le pont et l'homme lui emboîta le pas. Il s'arrêta sur la première marche et cria : « C'est le commissaire Brunetti ! Est-ce que je peux monter ?

– Oui, monsieur », répondit-on et Brunetti gravit le pont, non sans remarquer l'épaisse rampe en métal. Le *vigile* retourna à l'entrée de la *calle* pour empêcher les passants de l'emprunter.

Depuis le sommet, Brunetti aperçut deux techniciens en combinaison blanche en train d'appliquer rigoureusement le protocole habituel. Ils examinaient le sol à la recherche de tout indice en lien avec la victime ou son présumé agresseur. Ambrosio, un des hommes de Bocchese, grand et d'une maigreur à faire peur, même dans sa salopette blanche bouffante, grimpa les marches en direction de Brunetti. « Nous vérifions s'il n'a pas laissé tomber quelque chose dans sa chute.

– Selon Griffoni, le docteur pense qu'on pourrait l'avoir tiré dans l'escalier, expliqua Brunetti.

– Oui, monsieur, répliqua Ambrosio de cette voix aseptisée, typique des techniciens réagissant aux conjectures de leurs collègues. Elle a appelé pour nous en informer. Nous cherchons tout signe indiquant la présence d'un autre individu ou tout indice susceptible de nous apprendre ce qui pourrait s'être passé. » Ambrosio désigna d'un geste l'aire s'étendant à leurs pieds, où ses homologues étaient encore au travail.

« Des témoins ? »

Ambrosio haussa les épaules. « Depuis notre arrivée, quelques individus se sont penchés à la fenêtre pour voir ce que nous faisions ; nous leur avons demandé s'ils avaient entendu quelque chose, mais personne n'a rien remarqué. »

Interroger d'éventuels témoins n'était pas de son ressort. Brunetti déclara : « Nous enverrons quelques hommes demain pour faire du porte-à-porte. » Il savait que *Il Gazzettino* et *La Nuova di Venezia* parleraient tous deux de l'accident et il nota dans son calepin : *Faire appeler les bureaux de la rédaction des journaux et leur demander de passer un appel à témoins dans la zone de San Stae, avec prière de téléphoner à la questure.* De telles requêtes restaient généralement lettre morte, mais ce n'était pas une raison pour ne pas essayer.

Brunetti appela les hommes au pied du pont. « Est-ce que je peux descendre ?

– Oui, monsieur. Nous avons fini d'inspecter cette zone.

– Avez-vous trouvé quelque chose ? demanda-t-il en se dirigeant vers eux.

– Ce qui traîne habituellement dans la rue : des mégots de cigarettes, un billet de bateau, un emballage de bonbon.

– N'oubliez pas les crottes de chien », suggéra son collègue en se levant. Il posa ses mains sur les hanches et se pencha en arrière, comme s'il espérait s'étirer ainsi le dos. « C'est le pire, dans ce métier. Il n'y en a plus autant qu'avant, mais il y en a encore pas mal. Bien trop. »

Brunetti décida de passer outre cette remarque et s'adressa à Ambrosio, venu le rejoindre : « C'est là qu'il s'est cogné la tête ? »

Ambrosio opina du chef et indiqua une large tache sombre au pied du pont. « Nous avons trouvé du sang sur le parapet, monsieur. On dirait, selon moi en tout cas, qu'il s'est cogné la tête ici, puis qu'il s'est égratigné sur le mur et qu'il a finalement atterri en bas du pont où il a saigné jusqu'à ce que ce passant le trouve et appelle l'hôpital. » Il accompagna ses mots d'un geste vers les premières marches.

Brunetti vit une trace de sang sur le parapet et une autre sur le flanc intérieur du pont, confirmant cette reconstitution des faits.

« Vous en avez encore pour longtemps ? » demanda-t-il aux deux hommes.

Le plus grand, qui avait regardé sous le pont, répondit : « Non, monsieur, nous avons tout ramassé, pris les empreintes sur la rambarde et prélevé des échantillons, donc il ne nous reste plus qu'à ranger et à nettoyer.

– Nettoyer comment ? s'informa Brunetti, incapable de ne pas poser la question malgré tous ses efforts.

– Nous gardons un seau dans le bateau, monsieur. Avec une corde. Nous lavons le sang avec l'eau du canal. » Il parlait d'un ton aussi naturel que s'il indiquait son chemin à quelqu'un. « Après, nous retournons à la questure. Si vous attendez cinq minutes, nous pouvons vous emmener.

– Non, merci, répondit Brunetti. Je vais à l'hôpital.

– Nous pouvons vous y déposer. Aucun problème. »

C'était évidemment plus rapide ; Brunetti le savait, comme il savait que le personnel des urgences disposait d'une machine à café. À force de le voir, ils considéraient désormais le commissaire comme l'un des leurs et le laissaient se verser une tasse à n'importe quelle heure du jour ou de la nuit.

« Merci », dit Brunetti et il se dirigea vers la vedette de la police amarrée près du pont.

Le bateau arriva à l'entrée des ambulances un peu après 3 heures, l'heure où tombent les mauvaises nouvelles. Brunetti remercia le pilote et débarqua sur la rive. Il se rendit au Pronto Soccorso[12], où huit personnes assises le long du mur attendaient leur tour. L'employé à la réception reconnut Brunetti et lui fit signe de passer.

Le commissaire se renseigna sur l'homme qui venait d'être admis avec une blessure à la tête et on lui apprit qu'il était probablement encore au service de radiologie : pour le moment, il n'y avait pas de lit disponible. Sans même que Brunetti le demande, le préposé lui suggéra d'aller se faire un café dans la salle du personnel et lui dit qu'il y trouverait probablement sa collègue qui sortait justement de radiologie.

Brunetti frappa, par réflexe, à la porte. Il entendit le raclement d'une chaise et des pas approcher, puis Griffoni ouvrit et lui sourit. À 3 heures du matin, tendue

12. Les urgences.

et fatiguée, sans maquillage, vêtue d'un jean noir délavé, de chaussures marron, de chaussettes tombantes et d'un pull en laine grise trop grand pour elle, elle était encore assez belle pour une séance photo. « Je prends un café, dit-elle en guise de salutation. Il en va de ma survie. » Elle retourna à la table pour boire le restant de sa tasse, puis la déposa dans l'évier. « La machine est encore allumée. Tu en veux un ? »

Brunetti ne voyait pas pourquoi il ne se ferait pas son propre café, et s'apprêtait à le lui dire lorsqu'elle ajouta : « Je ne suis pas une femme soumise, Guido. C'est juste que tu as l'air encore plus fatigué que moi.

– Dans ce cas, d'accord. Je te remercie. » Il tira une chaise et attendit en silence sa tasse de café ; elle le prévint qu'il était déjà sucré. « Merci, Claudia. Je suis resté dehors un long moment. Je ne pensais pas qu'il ferait si froid.

– Et humide. N'oublie pas l'humidité, dit-elle avec un frisson théâtral en s'asseyant en face de lui. Ils ont trouvé quelque chose ?

– Les déchets habituels, répondit-il avant de boire une gorgée.

– Il est immonde, ce café, pas vrai ? s'exclama-t-elle à la vue de son expression. Si quelqu'un servait un truc pareil à Naples, on le descendrait. »

Brunetti finit sa tasse, puis alla faire sa vaisselle. « Je l'ai trouvé assez bon, mais cela dit, si j'étais alcoolique, je boirais sans doute de la lotion après-rasage.

– Pour moi, c'est exactement ce que tu viens de faire. »

Il sourit et s'appuya contre l'évier. « Alors ?

– Il a environ cinquante ans et souffre d'une grave commotion. Le docteur n'est pas neurologue, donc il ne peut pas donner davantage de précisions. Il a des bleus et des coupures à la tête et au visage, probablement à cause de sa chute, plus les marques rouges dont je t'ai parlé à l'intérieur des poignets. Après mon coup de fil, le docteur a dit que la blessure la plus grave est située sur le côté de la tête. » Elle marqua une pause, cherchant le mot juste. « Il a dit qu'il avait une partie du crâne enfoncée. »

Brunetti plissa les yeux à ce terme.

« Il pense que cela s'est produit lorsqu'il a heurté le parapet en tombant.

– Comment s'appelle-t-il ? s'informa Brunetti, en s'approchant de la table.

– Je ne sais pas. Il avait les clefs de chez lui dans sa poche, mais pas de pièce d'identité. Et pas de manteau.

– Il doit vivre à proximité du pont, conclut Brunetti. Je peux le voir ? »

Elle secoua la tête. « Les infirmières m'ont dit de ne pas revenir avant 5 heures. Elles manquent de personnel, pour ne pas changer, et elles ne veulent personne dans la salle, à l'exception des docteurs et des patients.

– Est-ce que tu as essayé de…

– J'ai tout essayé hormis les menaces, mais elles n'ont pas plié. Celle à qui j'ai parlé a tenté d'être aimable. Mais c'est le seul moment où elles peuvent entrer dans l'ordinateur les informations sur les patients et elles ne veulent vraiment personne dans les parages. » Voyant qu'il allait insister, Griffoni poursuivit : « Crois-moi, Guido. » Elle jeta un coup d'œil à sa montre. « Il ne reste qu'un peu plus d'une heure à attendre. » Elle s'efforça de paraître encourageante, mais sa voix trahissait son épuisement.

Brunetti se résigna, ce qui fit retomber son niveau d'adrénaline, ou sa motivation, et il se mit à trembler de fatigue. Jusqu'alors penché sur l'une des chaises avec les deux mains sur le dossier, il la contourna pour s'asseoir.

Les coudes sur la table, il se frotta les yeux. Tout à coup, il n'avait plus qu'une envie : se laver la figure et les mains à l'eau chaude.

Griffoni se leva et annonça qu'elle partait à la recherche d'une salle de bains, mais il ne la suivit pas du regard ; il n'ouvrit même pas les yeux. Il entendit la porte se fermer, posa les bras sur la table et la tête par-dessus.

Il reprit conscience en entendant Claudia appeler son nom. Elle lui secouait l'épaule. « Guido, il est 5 heures passées. On peut monter, maintenant. »

Silencieux, fatigué, le coup de fouet du café évaporé depuis longtemps, il suivit Griffoni au service de radiologie. L'infirmière derrière son bureau leur fit un signe de tête. « Il est toujours inconscient.

– Pouvons-nous le voir ? » demanda Griffoni.

L'infirmière regarda Brunetti, qui précisa : « Je suis aussi de la police. »

Elle eut un geste d'assentiment ; Griffoni passa devant son bureau et descendit le couloir. Tout au bout, parqué sur le côté gauche, se trouvait un brancard sur lequel était couchée une forme enveloppée d'une couverture. Des fils entortillés sortaient de sous les couvertures et grimpaient le long d'un tube en métal au sommet duquel était fixée une sorte de boîte à fusibles.

Griffoni le désigna du menton et fit un pas de côté. Brunetti la rejoignit et baissa les yeux sur le patient allongé sur la civière.

C'était l'homme aux cheveux épais qu'il avait vu aux côtés de la professoressa Crosera.

7

« Qu'y a-t-il ? souffla Griffoni.

– Je le connais, répondit Brunetti. Sa femme est venue me voir il y a une semaine.

– À quel sujet ?

– Son fils. Elle craint qu'il ne se drogue.

– Et c'est le cas ?

– Possible. Tout ce qu'elle a réussi à me dire, c'est qu'il se comportait bizarrement ; il néglige son travail scolaire, ne fait pas attention à ce qu'on lui dit…

– C'est tout ? demanda-t-elle avec le plus grand sérieux.

– À peu près, affirma Brunetti en haussant les épaules, se remémorant les paroles de la signora Crosera et sa propre réticence à intervenir.

– Qu'est-ce que tu lui as dit ?

– J'ai essayé de lui expliquer que notre champ d'action était limité. Elle ne m'a fourni aucune information concrète. Je ne suis même pas sûr que la drogue soit vraiment en cause. » Griffoni afficha une expression sceptique et il précisa : « C'est un garçon de quinze ans, devenu maussade et indifférent à tout. »

Elle hocha la tête en signe de compréhension et d'approbation. « C'est étrange, mais la plupart des parents auxquels j'ai parlé veulent qu'on leur certifie que c'est impossible, qu'il n'y a pas la moindre probabilité que leur enfant puisse... » Elle finit sa phrase par un grand geste de la main, suggérant toutes les réalités que les parents s'entêtaient à ignorer au sujet de leur progéniture.

Brunetti regarda l'homme ; il était couché sur le dos, la tête légèrement en arrière, comme s'il les invitait à examiner le bandage qui l'enveloppait de la tempe à l'oreille tel un turban enfoncé de travers. Rien ne laissait deviner ce qu'il y avait sous ces bandes, ni à quel endroit se situaient les blessures : une coupure avec des points de suture ? Une éraflure nettoyée et pansée pour éviter toute infection ? Une bosse ? Son visage présentait des plaques rugueuses et des égratignures, et il avait les yeux enflés. Il semblait endormi.

« Je vais aller communiquer son identité au personnel de l'hôpital », dit Brunetti. Il sortit son carnet et le feuilleta jusqu'à retrouver le mot *Albertini*. Il regarda sa montre : il était 5 h 37, encore une heure où tout coup de fil ne laisse présager que de mauvaises nouvelles. « J'appelle sa femme », annonça-t-il à Griffoni.

Elle alla s'asseoir sur une chaise au pied du lit, de manière à ne pas gêner le passage dans le couloir. Brunetti retourna s'adresser à l'infirmière de service. « Je crois savoir qui c'est.

– Vous êtes rapides, dans la police », sourit-elle.

Trop fatigué pour plaisanter, Brunetti hocha la tête comme pour accepter le compliment. « J'ai le numéro de sa femme, je vais la prévenir. Je la connais, elle, mais son mari et moi n'avons jamais été présentés, donc j'ignore comment il s'appelle », expliqua-t-il en voyant sa confusion.

Il sortit son portable, vérifia son carnet et composa le numéro de la professoressa Crosera. Aucune tonalité.

« Il n'y a pas de réseau ici », dit-il à l'infirmière, puis il alla expliquer la situation à Griffoni. « Allons voir si Rosa Salva[13] est ourvert. J'appellerai depuis le *campo*. »

Lorsqu'ils arrivèrent sur le campo Santi Giovanni e Paolo, le jour se levait à peine. « Je me demande si son fils est en cause », commenta Brunetti en ralentissant le pas, envisageant les différentes possibilités et anticipant les questions à poser à la professoressa Crosera. Il leva les yeux sur la statue de Colleoni[14] et lui envia la détermination et la certitude gravées dans ses traits : *lui* aurait certainement su trouver la vérité.

Il appuya sur la touche « bis », mais il n'y avait toujours pas de réseau. De la main gauche, il frappa à la porte vitrée de Rosa Salva jusqu'à ce que l'on vienne. Reconnaissant Brunetti, le serveur les laissa entrer et referma la porte à clef derrière eux.

Il faisait chaud à l'intérieur et les gâteaux à peine sortis du four embaumaient la pièce. Une jeune femme portant une toque et une veste blanche de boulanger sortit de l'arrière-boutique avec un plateau de viennoiseries, passa derrière le comptoir et les disposa dans la vitrine. Brunetti commanda deux cafés.

L'odeur des pâtisseries lui parvint aux narines et il se sentit submergé de gratitude envers le café et le croissant, le sucre, le beurre, la confiture d'abricot, et toute une foule d'autres substances dites mauvaises pour la santé. Paola l'avait scandalisé, il y avait fort longtemps, en lui avouant qu'elle aurait volontiers échangé son droit de vote contre une machine à laver ; il se rendit

13. Un café historique de Venise, situé en face de l'hôpital.

14. Célèbre condottiere italien au service de la République de Venise au XVe siècle. À sa mort en 1475, il légua une grande part de sa fortune à la ville.

compte qu'il aurait pu être tenté, du moins à cette heure matinale, d'échanger le sien contre un café-croissant. Il y avait bien quelqu'un, dans l'Ancien Testament, qui troquait son héritage contre un plat de lentilles. Ce passage avait toujours perturbé Brunetti, qui l'aurait sûrement mieux compris si l'enjeu avait été un petit déjeuner.

Il se tourna vers Griffoni et lui demanda, en désignant le plateau : « Si le diable exigeait ton âme contre un café et une viennoiserie, qu'est-ce que tu dirais ? »

Les cafés arrivèrent avec deux croissants. Griffoni prit une serviette, but un peu de café et mordit dans l'une des pâtisseries. « D'abord, j'essaierais de lui proposer trois euros. Mais en cas de refus, je serais probablement d'accord.

– Moi aussi. » Brunetti commença à manger, heureux que le destin lui ait envoyé une collègue avec qui il s'entendait si bien. Une fois son café terminé, il dit à Griffoni qu'il allait de nouveau essayer de passer un appel. Elle sortit son porte-monnaie, plaça un billet sur le comptoir et commanda un autre café. Brunetti la remercia d'un signe et sortit.

Sentant les premiers effets bénéfiques du glucose et de la caféine, il composa le numéro de la professoressa Crosera. Elle décrocha dès la première sonnerie, la voix nouée de peur ou de colère : « C'est toi, Tullio ?

– Professoressa Crosera ?

– Qui est-ce ? rétorqua-t-elle avec méfiance.

– Le commissaire Guido Brunetti, signora. Je vous appelle de l'hôpital. Votre mari est ici.

– Mon mari ?

– Oui, confirma-t-il d'une voix neutre. Il est au service de radiologie.

– Que s'est-il passé ?

Brunetti l'entendit inspirer profondément.

« Apparemment, il est tombé dans l'escalier d'un pont et s'est cogné la tête. Les médecins lui ont fait passer des radios avant de décider de la suite. » Brunetti ignorait si c'était la vérité, mais l'idée que l'hôpital contrôle la situation pouvait la rassurer.

« Comment va-t-il ?

– Comme je vous l'ai dit, signora, les docteurs n'ont pas encore pu établir un diagnostic clair, expliqua Brunetti, évitant de rapporter les propos du médecin de garde.

– Lui avez-vous parlé ? demanda-t-elle, ce qui le surprit.

– Non, signora. Il n'a pas encore repris connaissance…

– J'arrive », le coupa-t-elle avant de raccrocher. Il composa immédiatement le numéro de Vianello.

L'inspecteur lui sembla parfaitement alerte et il lui expliqua toute l'affaire : « Je suis à l'hôpital. Le mari de la femme qui est venue me parler de son fils la semaine dernière – Crosera – a fait une chute sur un pont cette nuit, peut-être à la suite d'une agression. Il est en radiologie. Je reste sur place jusqu'à ce que le neurologue l'ait examiné.

– Qu'est-ce que je peux faire ? proposa Vianello, sans demander davantage d'informations.

– Contacter *Il Gazzettino* et *La Nuova*. Dis-leur qu'un homme – ne donne pas de nom – a été trouvé au pied du ponte del Forner, près de Ca' Pesaro, et demande-leur de passer une annonce priant toute personne qui était dans ce quartier vers minuit, et qui aurait entendu ou vu quelque chose, de nous appeler.

– Autre chose ?

– Lorsque la signorina Elettra arrivera, demande-lui de consulter le dossier sur la signora Crosera et son mari, s'il existe.

– La procédure habituelle ?

– Oui. Tout ami ou élément bizarre. Examinez aussi celui du fils, Alessandro, au cas où il aurait eu des antécédents avec nous.

– Quel âge a-t-il ?

– Quinze ans.

– Il est mineur, toute information le concernant sera confidentielle.

– Lorenzo, dit Brunetti comme il gronderait un enfant, demande à la signorina Elettra de le faire.

– Bien sûr. » Brunetti pouvait pratiquement l'entendre reconstituer la mosaïque des faits. « Sa femme t'a dit que son fils se drogue, le père glisse et tombe sur un pont, et tu veux que l'on trouve toutes les informations possibles sur lui et sa femme ?

– Tu oublies le fils, précisa Brunetti d'un ton affable.

– Ah, oui. Le fils.

– S'il n'a pas glissé, sa chute est liée à des faits advenus en amont. Il n'est donc pas inutile de se renseigner.

– J'ai bien compris, Guido », rétorqua Vianello avec une brusquerie laissant deviner qu'il n'avait sans doute pas encore pris son café. Puis, sans conviction : « Et si c'était une agression pour vol ?

– Que ferait un voleur dans la rue, à minuit, au mois de novembre ?

– D'accord. Je m'en occupe et je te verrai à la questure.

– Merci, Lorenzo.

– Qu'est-ce que tu vas faire ?

– Je retourne au service de radiologie et j'attends sa femme.

– Très bien », dit Vianello en raccrochant.

Le jour se levait et le brouillard avait complètement disparu. Verraient-ils le soleil aujourd'hui, ce disque étincelant et bienfaisant, qui s'était fait si longtemps désirer ?

Griffoni avait attendu sur le *campo* pendant le coup de fil entre Brunetti et Vianello. Immobile, elle faisait face à l'est. La lumière qui montait à l'arrière de la basilique illumina son visage. Brunetti, toujours fort sensible à la beauté féminine, fut ravi de cette vision, mais nota les poches sous ses yeux.

« À quelle heure t'es-tu couchée ?

– À minuit, je pense. » Elle se détourna de l'éblouissement, masquant ses cernes.

« Et ils t'ont appelée à 1 heure du matin ?

– Plus ou moins. Mais je vais bien.

– Pourquoi ne rentres-tu pas un petit moment chez toi ? Il va falloir du temps pour examiner tous les détails de cette histoire », dit-il avant qu'elle ne puisse objecter. Comme elle ne semblait toujours pas convaincue, il ajouta : « De toute façon, tu ne seras probablement d'aucune aide pour personne.

– Dans mon état actuel, tu veux dire ?

– Si c'est ce qui explique tes chaussures marron avec un pantalon noir, oui. »

Elle regarda ses pieds comme s'il venait de s'écrier qu'ils étaient en feu. « *Oddio*, comment ai-je pu ?

– Rentre chez toi, Claudia, répéta-t-il d'un ton sérieux. On se revoit plus tard. »

8

À son retour à l'hôpital, Brunetti apprit que l'on n'avait toujours pas trouvé de lit pour le blessé, qui était donc resté dans le couloir. Il demanda à une infirmière si le patient avait été examiné par un médecin, mais la réponse fut négative. Il s'assit sur une chaise au pied du lit et plia son imperméable sur ses genoux. Un des murs du couloir était percé de fenêtres qui donnaient sur l'aile opposée de l'ancien monastère. La cime d'un énorme palmier masquait à demi les fenêtres du couloir d'en face. Ce couloir était-il empli des mêmes problèmes, de la même souffrance ? Les gens y regardaient-ils par la fenêtre en se posant la même question ? Se disaient-ils que leurs épreuves ne leur sembleraient pas si graves s'ils trouvaient pire ailleurs ? Et comment les mesurer, comment mesurer la douleur ?

Brunetti parcourut le couloir du regard. Personne, rien que lui et l'homme inconscient. Il se leva pour s'approcher de lui. Ses mains reposaient sur la couverture, et un fluide clair s'écoulait lentement dans une aiguille enfoncée dans le dos de sa main droite. Brunetti se pencha plus près, en se tenant au lit d'une main. Juste sous la manchette gauche du peignoir de l'hôpital, il distingua trois petites boursouflures en forme de lune à l'intérieur du poignet. Comme le brancard était coincé contre le mur, le commissaire ne put en faire le tour pour vérifier si l'autre main présentait les mêmes marques.

Brunetti se rassit, posa les pieds sur la barre inférieure de la civière, croisa les jambes et observa le crucifix au mur. Les gens croyaient-ils encore qu'Il les aiderait ? Peut-être qu'être hospitalisé ravivait leur foi et les confortait dans cette idée. Brunetti demanda à l'homme sur la croix, entre gentlemen, s'Il pouvait avoir l'amabilité d'aider le patient alité. Pauvre homme, peut-être perturbé, livré à lui-même, blessé et meurtri, apparemment sans l'avoir mérité. Brunetti songea qu'il en allait pratiquement de même pour celui qu'il priait d'intercéder ; cela Le rendrait peut-être d'autant plus disposé à satisfaire sa requête. Tout en prenant cette possibilité en considération, Brunetti remarqua une silhouette à côté du brancard. Cette arrivée soudaine le força à s'extraire de sa rêverie ; il se leva et plia son imperméable sur la barre de la civière.

La professoressa Crosera ne réagit pas à sa présence. Elle s'approcha du brancard et s'arrêta là, fixant l'homme, comme paralysée. Puis elle lui toucha le bras et se pencha pour l'embrasser sur le front. Il ne bougea pas.

Avec hésitation, elle frôla sa joue, ses lèvres, puis retira sa main et serra le poing. La poitrine de l'homme se levait et s'abaissait, incessamment, mais les bruits ambiants couvraient ceux de sa respiration.

Brunetti croisa les bras sans rien dire, ce qui attira son attention. Ses yeux glissèrent sur lui, le temps de le reconnaître, puis, impassible, elle se tourna de nouveau vers son mari. « Dites-moi ce qui s'est passé.

– Votre époux a été trouvé cette nuit au pied d'un pont. Peut-être est-il tout simplement tombé. Mais selon le médecin de garde, il est possible qu'on l'ait poussé, d'après les marques sur son corps.

– Il est possible ? répéta-t-elle.
– Oui, signora.
– Vous n'en êtes pas sûr ?
– Nous n'avons pas de témoins. » Elle n'eut aucune réaction. Il rapprocha une chaise du brancard. « Je vous en prie, signora. Asseyez-vous. »

Elle sembla d'abord incertaine, puis s'y laissa tomber si vite que Brunetti craignit qu'elle ne glisse par terre. D'instinct, il la retint par l'épaule. Elle ferma les yeux et les rouvrit d'un air choqué, comme réveillée par les attentions déplacées d'un inconnu dans le bus.

« Vous vous sentez bien, signora ? Dois-je appeler une infirmière ? »

Elle se détendit, sensible à la sincérité de son inquiétude, ferma de nouveau les yeux et secoua très légèrement la tête. « Non, non, laissez-moi juste un moment. »

Entendant des bruits de pas se rapprocher, Brunetti se tourna et vit passer une nouvelle infirmière qui les ignora tous deux. Elle disparut dans une salle au bout du couloir. Puis il perçut, derrière lui, le cliquetis du chariot à petits déjeuners.

Brunetti resta immobile, attendant que la professoressa retrouve son calme. Elle était plus chétive que dans son souvenir : il n'avait senti que des os en la retenant. Lorsqu'elle le regarda, il vit que son visage accusait une fatigue pareille à celle de Griffoni, mais bien plus ancienne. Elle n'avait pas mis de rouge à lèvres et sa bouche semblait si sèche que Brunetti voulut lui proposer un verre d'eau.

Elle chercha à parler, toussa légèrement. « Qu'ont fait les médecins ? » Le chariot heurta le mur avec un tintement de couverts ; elle se leva brusquement. Elle jeta un coup d'œil rapide à son mari, mais il n'avait pas réagi.

« Ils ont fait des radios à son arrivée, mais il n'y avait pas de neurologue de garde la nuit dernière. J'ignore ce qu'ils ont prévu pour aujourd'hui.

– Vous avez dit qu'il était tombé.

– Oui. Ponte del Forner, vers…

– Je sais où c'est. Qu'est-ce qu'il a ? » demanda-t-elle d'un ton plus dur.

Brunetti essaya de ne pas regarder l'homme dont ils parlaient comme s'il n'était pas là.

« Je suis désolé, professoressa, je ne sais rien d'autre que ce que le médecin a dit à ma collègue cette nuit, lors de son admission aux urgences. »

Elle se tut un long moment. « Notre appartement est près du pont.

– Ah bon ? fit Brunetti, s'abstenant de révéler qu'il avait déjà commencé à se renseigner sur leur vie. Saviez-vous que votre mari était sorti ?

– Non, répondit-elle après une hésitation.

– Semblait-il perturbé, pour une raison ou une autre ?

– Perturbé ? répéta-t-elle, comme si elle ne connaissait pas ce mot. Non. À part pour notre fils. »

Brunetti hocha la tête, feignant de la croire.

« Vous n'avez pas entendu le téléphone sonner ou quelqu'un venir chez vous ?

– Non. On ne va pas chez les gens à minuit, n'est-ce pas ? » répliqua-t-elle d'une voix suggérant qu'elle trouvait la question stupide.

Ignorant son allusion à l'heure où l'accident avait probablement eu lieu, Brunetti changea de tactique et de ton.

« Lui avez-vous dit que vous étiez venue me voir la semaine dernière ? »

Elle mit encore plus de temps à répondre cette fois et finit par acquiescer. Elle le regarda et il nota qu'elle avait en réalité les yeux plus foncés que ses cheveux ; le noir de ses pupilles se confondait presque avec la couleur de l'iris.

« Comment a-t-il réagi ?

– Quand je lui ai expliqué que vous ne pouviez pas faire grand-chose, il m'a dit que j'avais perdu mon temps », répondit-elle avec embarras.

À cet instant, ils entendirent près d'eux le bruit métallique du chariot, poussé par deux aides-soignantes en blouse blanche. Brunetti alla se plaquer contre le mur. La professoressa Crosera – il s'aperçut alors qu'il ne lui avait pas demandé le nom de son mari – l'imita de l'autre côté du brancard ; tous deux firent de leur mieux pour éviter une collision avec la desserte.

Brunetti s'attendait à un mouvement brusque du chariot pour leur faire comprendre qu'ils dérangeaient. Au contraire, les employées ralentirent et s'arrêtèrent juste avant d'atteindre le brancard ; elles prirent chacune un plateau aussi silencieusement que possible et passèrent dans la pièce de droite. Elles revinrent et, en s'excusant auprès de la professoressa Crosera, servirent le petit déjeuner dans la chambre suivante. Elles procédèrent ainsi jusqu'à la fin du couloir. Une fois tous les plateaux distribués, elles poussèrent le chariot vide contre le mur et repartirent dans la salle d'attente en leur faisant à tous deux un signe de tête en passant.

S'intéressaient-elles aux groupes qui se formaient autour de chaque patient ? Entendaient-elles des confidences qui n'auraient pas dû se faire, des tons qu'il n'aurait pas fallu employer envers une personne malade ?

« Quand doit venir le médecin ? » s'enquit la professoressa Crosera auprès de Brunetti, comme s'il détenait forcément cette information. Elle toucha le coin de la bouche de son mari. « Pourrait-on lui donner à boire ?

– Je pense qu'ils s'en occupent déjà », dit-il en indiquant la perfusion transparente suspendue au-dessus du brancard.

Un bruit de pas attira son attention. La plus âgée des deux aides-soignantes s'approcha d'eux avec, sur un plateau, deux gobelets jetables et deux croissants enveloppés de plastique. Comme ils étaient tous deux debout, elle le posa sur la chaise et dit gentiment : « Vous devriez manger quelque chose. Cela vous fera du bien. »

Ce geste bouleversa la professoressa Crosera qui éclata en sanglots. Elle se couvrit la bouche de la main et alla au fond du couloir. Brunetti et l'employée, qui l'entendaient encore pleurer, lui tournèrent le dos pour faire face à la salle d'attente. « Merci, signora, dit Brunetti. C'est très aimable à vous. »

C'était une femme robuste, engoncée dans une blouse trop petite pour elle. Une mèche de cheveux gris s'échappait de sa charlotte en plastique ; ses mains étaient rouges et rugueuses. Elle sourit. *Saint Augustin se trompait*, songea Brunetti, *la grâce n'arrive pas forcément par la prière ; elle est aussi naturelle et abondante que la lumière du soleil.*

« Merci, répéta-t-il en lui souriant en retour.

– Je continue ma tournée, alors », dit-elle en vénitien. Elle le quitta et descendit le couloir. Brunetti prit un des cafés et alla le boire à la fenêtre. Il entendit la signora Crosera revenir vers le brancard et ouvrir un sachet de sucre. Dans la cour, le jardinier, un tuyau d'arrosage dans une main et une cigarette dans l'autre, arrosait le palmier.

Brunetti retourna à la chaise et posa son gobelet vide sur le plateau. Le croissant devait contenir plus de substances chimiques que de farine ; Brunetti le mangea tout de même, en essayant d'en ignorer le goût.

Heureusement, l'aide-soignante avait aussi apporté deux verres d'eau ; il en but un dès qu'il eut terminé.

« Voulez-vous que j'aille voir ce qui se passe ? proposa-t-il.

– Oui, s'il vous plaît », répondit la professoressa Crosera.

Il y avait à présent une autre infirmière derrière le bureau, une femme d'une cinquantaine d'années avec une épaisse brosse de cheveux gris. Il lui montra son insigne, sans savoir si cela servirait à quelque chose. Apparemment, ce fut le cas, car après y avoir jeté un coup d'œil, elle lui demanda : « En quoi puis-je vous aider, commissaire ?

– Je suis venu pour l'homme hospitalisé ce matin, avec une blessure à la tête. Sauriez-vous me dire à quel moment le neurologue pourra l'examiner ? »

Elle consulta sa montre. « Le dottor Stampini, le chef du service de neurologie, arrive toujours vers 7 heures, signore. Les radios du patient sont sur son bureau, l'infirmière de nuit m'a dit qu'elle les y avait déposées elle-même. Autre chose ?

– Merci, signora. Sa femme est ici. Je vais aller le lui dire. »

Le dottor Stampini arriva au chevet du patient un quart d'heure plus tard environ. C'était un homme étonnamment jeune avec des cheveux d'un blond roux flamboyant qu'il rejetait de temps à autre en arrière comme un cheval sa crinière. Il se présenta, leur serra la main sans chercher à savoir qui ils étaient, et les pria de s'éloigner le temps de sa consultation.

Brunetti fit quelques pas dans le couloir ; la professoressa préféra rester à la fenêtre qui donnait sur la cour. Brunetti gardait les yeux rivés sur le médecin.

Le dottor Stampini sortit une petite lampe de la poche de sa blouse blanche et se pencha sur le blessé. Il souleva la paupière droite, l'inonda de lumière, puis en fit autant avec la gauche. Il gagna ensuite l'extrémité du lit et replia la couverture pour lui exposer les jambes jusqu'aux genoux. Il tira un petit marteau en métal de la même poche et lui tapota le genou droit un certain nombre de fois, puis essaya avec le genou gauche, sans résultat.

Il remit en place la couverture et prit la pancarte accrochée au bout du lit roulant. Il parcourut les deux premières pages, puis examina une radio à la lumière de la fenêtre derrière Brunetti. Après l'avoir reposée, il inscrivit quelques notes dans le dossier, le rangea, puis le reprit et le compléta. Enfin, il revint vers eux.

« Êtes-vous son épouse, signora ?

– Oui. Comment va-t-il ?

– Un instant, dit le médecin, en se tournant vers Brunetti. Et vous êtes ?

– Le commissaire Guido Brunetti.

– Puis-je vous demander pourquoi vous êtes là, commissaire ? »

Il ne cherchait pas à masquer sa surprise.

« J'ai su par ma collègue que le médecin qui a admis le patient avait noté des marques sur ses poignets. »

Le dottor Stampini retourna vers le lit. Brunetti le vit vérifier d'abord le poignet gauche, puis le droit, en veillant à ne pas déplacer l'aiguille de la perfusion. Puis il alla au pied du lit rajouter quelques lignes à son dossier.

« Quelles marques ? demanda la professoressa Crosera à Brunetti pendant qu'ils observaient le médecin. D'où proviennent-elles ? »

Brunetti crut détecter de la peur dans sa voix.

« Je ne sais pas, signora. N'en avez-vous pas une idée ? »

Elle écarquilla les yeux, puis secoua la tête sans rien dire comme le médecin revenait. Cette fois, il ne s'adressa qu'à elle : « J'ai demandé un scanner. Lorsque j'aurai les résultats, je pourrai me faire une meilleure idée de son état.

– Ne pouvez-vous rien me dire avant ? »

Elle parvenait à garder son calme.

Il haussa les épaules et écarta de nouveau une mèche de cheveux. « Pas vraiment, signora. Je suis désolé, seul le scanner éclaircira les choses.

– Ce matin ? insista-t-elle, en trahissant cette fois nettement sa crainte.

– Dans la journée.

– Merci, dottore, dit Brunetti, comme si le médecin s'était adressé à eux deux. Avez-vous vu les marques ?

– Des écorchures qui auraient pu être causées par n'importe quoi, répondit le médecin soudain impatient. Si vous n'avez plus de questions, je commence ma tournée.

– Bien entendu », conclut le commissaire. Puis, comme si l'idée venait juste de lui traverser l'esprit, il dit à la professoressa Crosera : « Il faut que j'appelle la questure. Je vais passer mon coup de fil dans la salle d'attente. Il n'y a pas beaucoup de réseau ici. »

Le médecin saisit l'occasion pour partir et emprunta le couloir. Brunetti lui emboîta le pas, son portable à la main.

Alors qu'ils arrivaient à la hauteur de l'escalier, Brunetti rangea son téléphone dans sa poche. « Dottor Stampini ? »

Le médecin se retourna, l'air irrité. « Qu'y a-t-il ?

– J'aimerais vous parler, si vous avez un instant », dit Brunetti de son ton le plus aimable.

Ils n'étaient tous deux que trop conscients de la présence des infirmières d'accueil à deux pas. « D'accord, céda Stampini. Allons dans mon bureau. »

C'était le deuxième sur la gauche, typique des médecins surmenés, avec des livres et des chemises sur la table, des tiroirs ouverts débordant d'échantillons de médicaments, de vieux numéros de revues médicales entassés sur les radiateurs et des tasses en désordre sur le rebord de la fenêtre.

Stampini s'arrêta à peine entré. « C'est à quel sujet ?

– Ses pupilles ne se dilatent pas et il n'a aucun réflexe au niveau des genoux. C'est grave, n'est-ce pas ? » demanda Brunetti de but en blanc.

La réponse de Stampini fut tout aussi directe : « Êtes-vous médecin à vos heures perdues, commissaire ?

– Non, dottore, croyez-moi, je ne prétends pas l'être. Mais j'ai vu beaucoup de blessés au cours de ma carrière – trop, si vous voulez mon avis – et ceux qui présentent ces symptômes sont souvent… » Il se tut mais, comme le médecin n'enchaîna pas, poursuivit : « Je ne vais pas vous apprendre ce que vous savez bien mieux que moi. »

Stampini prit en considération la remarque conciliante de Brunetti. « Que voulez-vous savoir ?

– Si je m'en tiens à l'hypothèse que les marques sur ses bras sont des signes de violence ou d'agression, je dois ouvrir une enquête criminelle et trouver quelqu'un qui l'ait vu avant les faits en question.

– Je vois. Que s'est-il passé ?

– Nous ne le savons pas très bien. Il a été trouvé au pied d'un pont. Il est tombé et s'est cogné la tête sur la rampe en métal et par terre : il y avait du sang à ces deux endroits.

– Et les marques sur les poignets ?

– Je suis comme vous, dottore, répondit Brunetti avec un petit sourire. Je vois des blessures et j'essaie d'en tirer des conclusions. Dans le cas présent, on pourrait supposer que quelqu'un lui a tiré le bras pour lui faire perdre l'équilibre.

– Lui a-t-on dérobé quelque chose ?

– Il n'avait pas de portefeuille. Il avait juste les clefs de chez lui dans sa poche et il ne portait pas de manteau ; il habite près de l'endroit où il a été retrouvé.

– D'après son dossier, on lui a fait des radios à 3 heures du matin.

– Il a été victime de l'agression vers minuit. »

Stampini enfonça les mains dans les poches de sa veste et fixa le sol. Il se balança sur la pointe des pieds un moment, puis retira ses mains et peigna ses cheveux vers l'arrière. « Il ne sera pas en mesure de vous raconter ce qui s'est passé. Pas de sitôt. Peut-être même jamais.

– Les radios ? » suggéra Brunetti.

Le neurologue fit un signe d'assentiment. « Il semble qu'il y ait une grave hémorragie. Le scanner nous en dira plus, mais ce que je peux en voir n'annonce rien de bon.

– Bon pour quoi, dottore ? Sa guérison complète ou sa simple survie ? »

L'expression de Stampini n'était guère éloquente. Il se frotta la joue comme pour vérifier s'il avait bien pensé à se raser ce matin-là.

« Les deux. Je veux dire – aucune des deux, se reprit-il, s'étant apparemment répété la question de Brunetti.

– Je ne comprends pas, avoua le commissaire.

– Les résultats ne laissent rien présager de bon. Rien du tout. Ne le dites pas à sa femme.

– Non, bien sûr, dottore. Elle le saura bien assez tôt. »

9

Comme il n'y avait rien d'autre à ajouter, Brunetti recula d'un pas, prêt à quitter le bureau. Le médecin sembla hésiter. « Je peux me tromper. Il y a eu des cas où l'hémorragie a cessé et les patients ont complètement guéri. »

Brunetti ne trouva rien à dire et sortit pour retourner auprès de la professoressa Crosera et de son mari.

Dans le couloir, il vit deux brancardiers encadrer le lit du blessé, son épouse à ses côtés. Brunetti ne bougea pas et attendit de voir la suite. Les hommes lui passèrent devant, poussant le lit vers l'ascenseur. Le commissaire et la signora Crosera les y suivirent en silence. Personne ne dit un mot pendant la descente.

Au deuxième étage, les hommes amenèrent le brancard au service de neurologie. L'un d'eux tendit des papiers à l'infirmière assise à son bureau. Elle les parcourut du regard, échangea quelques mots avec lui, puis appuya sur un bouton au mur qui fit s'ouvrir les portes d'un couloir où les hommes firent rouler la civière. Brunetti et la signora Crosera allaient les suivre, mais l'infirmière les arrêta. « Vous ne pouvez pas y aller.

– Je suis sa femme. »

L'argument n'eut aucun effet sur l'infirmière, qui répéta : « Vous ne pouvez pas y aller. » Puis, s'adoucissant un peu, elle ajouta : « Il faut attendre qu'on lui ait attribué un lit.

– On peut s'asseoir quelque part ? » proposa Brunetti, impatient de retourner à la questure, mais ne voulant pas quitter la signora avant l'installation définitive de son mari.

Il avait complètement perdu la notion du temps et jeta un coup d'œil à sa montre. Il aurait aussi bien pu être 7 heures que midi : il était là depuis si longtemps que les chiffres n'avaient plus de rapport avec les événements. Il n'était que 9 heures passées.

« Il y a une salle d'attente de l'autre côté de l'ascenseur », répondit l'infirmière en décrochant son téléphone.

Les habituelles chaises en plastique rouge, alignées par cinq, les attendaient. Toujours ce terrible rouge orangé ; pour Brunetti, cette couleur était systématiquement associée à la souffrance.

Il laissa la professoressa Crosera prendre place. Elle choisit la chaise la plus proche de la porte et posa son sac à côté d'elle, sans doute délibérément. Brunetti prit le siège suivant. « Puis-je vous poser une question, professoressa ?

– Vous m'en avez déjà posé un certain nombre, observa-t-elle, les yeux rivés sur la porte.

– Je sais, et je vous prie de m'en excuser. Mais si votre mari a bel et bien été attaqué, il s'agit d'un crime et il m'incombe d'en trouver le coupable. La seule façon pour moi d'y parvenir est de me renseigner sur son comportement récent, afin de déterminer s'il lui est arrivé quelque chose d'insolite, ou s'il a dit ou fait quoi que ce soit qui puisse nous aider à remonter jusqu'à son agresseur. »

Elle écoutait en silence.

« Y a-t-il eu des coups de fil inexpliqués, des conversations qu'il évitait, des personnes auxquelles il ne voulait pas parler, peut-être à cause des problèmes avec votre fils ? » Comme elle persistait à se taire, Brunetti insista : « Vous avez dit que vous étiez inquiète pour Sandro ; votre mari devait l'être aussi.

– Ne le seriez-vous pas ? rétorqua-t-elle, furieuse.

– Tout père le serait, signora, répondit Brunetti avec douceur. Comme toute mère. » Il se rendit compte qu'il avait inconsciemment cessé d'utiliser son titre, et qu'il s'adressait à elle comme à n'importe quelle femme.

Elle détourna les yeux et recula au fond de sa chaise, en fixant l'embrasure de la porte.

« Comme je vous l'ai dit, j'ai deux enfants, tous les deux adolescents. Je m'inquiète constamment pour eux. »

Sans le regarder, elle demanda poliment : « Est-ce à l'école de police, commissaire, que l'on vous apprend à gagner la confiance des individus que vous interrogez ? »

C'était une insulte, mais elle ne le vexa pas ; il ne put se refuser un rire, cependant, ce qui la surprit. « Non, signora, répliqua-t-il en reprenant son sérieux. On nous apprenait à nous rapprocher des suspects en leur parlant de football. Quand je suis entré dans la police, personne n'imaginait interroger un jour une femme. Nos professeurs les pensaient sans doute toutes au foyer, en train de s'occuper des enfants. » Puis il déclara d'un air grave : « Je veux trouver la personne qui a fait cela à leur père et je vous prie de m'aider. »

Elle se tourna de nouveau vers le commissaire. « Même si mes révélations peuvent mettre mon fils en danger ?

– Votre fils est trop jeune pour subir les conséquences judiciaires de ses actes. Le pire qui puisse lui arriver est d'être envoyé chez un assistant social ou un psychologue, mais seulement si le juge estime que sa dépendance nécessite l'intervention d'un professionnel.

– Et si ce que je vous révélais exposait mon fils à un plus grand danger encore ? »

Brunetti analysa ses mots. *Un plus grand danger.* Plus grand que celui qu'avait couru son père ? Plus grand que celui qu'il courait à présent ? Le dealer avait probablement découvert que sa mère était allée trouver la police. Son mari avait-il décidé de l'affronter ? Était-ce le dealer qui l'avait rencontré sur le pont ?

« Avez-vous peur de la personne qui lui procure de la drogue ?

– Seulement si la police ne parvient pas à agir, commissaire. Quoi que vous fassiez, les dealers resteront libres de leurs actions.

– Votre mari a-t-il parlé à Sandro ? »

Brunetti n'avait pas envie de discuter de ce que la police pouvait ou ne pouvait pas faire.

Surprise, elle sembla chercher ses mots.

« Je ne peux pas vous le dire, finit-elle par décaler, et le commissaire se retrouva de nouveau à la croisée de deux interprétations possibles.

– Aucune de nos interventions auprès du dealer ne mettra votre fils en péril, réitéra-t-il.

– Même s'il a attaqué mon mari et que vous l'arrêtez le lendemain ?

– Pas s'il est arrêté pour trafic de drogue. Je suis sûr que votre fils n'est pas son seul client.

– Laissez-moi réfléchir. Il faut que j'en parle à mon mari. »

Brunetti garda une expression neutre. « Il est possible qu'il ne se souvienne pas de ce qui s'est passé. » C'était souvent le cas avec des blessures à la tête, il le savait bien.

« Non, rétorqua-t-elle d'un ton ferme et déterminé. Je veux lui parler. »

Comme il était aussi vain pour lui d'insister que pour elle de poser la moindre question à son mari, Brunetti se leva et lui dit, embarrassé : « Je suis désolé, mais je ne connais pas le nom de votre époux. »

Elle le dévisagea avec stupeur, puis lança un regard d'une si profonde tendresse vers la salle où ce dernier avait été emmené que Brunetti détourna brièvement les yeux.

« Comme c'est étrange, répliqua-t-elle lentement.

– Pardon ? Je crains de ne pas comprendre. »

Elle esquissa son premier véritable sourire, qui la rajeunit de plusieurs années. « En général, c'est la femme qui est l'accessoire anonyme du mari. » Puis son visage se crispa soudainement et elle pinça les lèvres. Brunetti craignit qu'elle ne se mette de nouveau à pleurer, mais elle inspira et énonça : « Tullio Gasparini. »

Il la remercia et partit en se demandant, une fois de plus, s'il parviendrait un jour à percer les secrets du cœur humain.

10

Sur le chemin de la questure, Brunetti songea que la première étape consistait à trouver l'homme qui fournissait de la drogue aux élèves du lycée Albertini, dont Sandro Gasparini. C'était, pour le moment, leur unique suspect. Le plus simple aurait été d'aller voir directement l'adolescent, mais cette démarche requérait le consentement de la mère qui exigerait sans doute qu'il parle en présence d'un avocat. Si elle y opposait un refus catégorique, ils pourraient lancer une filature sur Sandro, mais où trouver les hommes pour cette opération ? Ou un magistrat pour l'autoriser ?

Pourquoi Tullio Gasparini était-il sorti dans la rue à minuit, sans manteau, sans rien d'autre que ses clefs en poche ? Était-il parti de chez lui à l'insu de sa famille ? Brunetti s'interrompit lui-même : et l'adolescent, où avait-il été la nuit précédente, et où était-il ce matin-là ? Il se remémora sa conversation avec la professoressa Crosera, mais ne se souvenait pas de lui avoir posé cette question. Elle était à la maison quand Brunetti avait appelé : si son fils n'était pas rentré, c'était certainement la première chose dont elle aurait parlé à la police. Lorsqu'elle s'était rendue à l'hôpital avant l'aube, avait-elle prévenu ses enfants ? Avaient-ils été là tous les deux pour l'entendre ?

Il sortit le nouveau téléphone que la signorina Elettra lui avait procuré et trouva non sans difficultés le numéro du lycée Albertini en ligne. Une femme répondit à la quatrième sonnerie : « Bonjour, ici le lycée Albertini. Que puis-je faire pour vous ?

– Bonjour, signora. Je suis le commissaire Guido Brunetti. J'appelle au sujet de l'un de vos élèves. »

Il y eut un silence, puis elle finit par demander : « Commissaire de police ? », comme si d'autres genres de commissaires avaient pour habitude d'appeler.

« Oui. Puis-je parler au proviseur ? »

Le silence qui suivit, dû à sa confusion ou à sa réticence à répondre, fut plus long encore. « Un moment, je vous prie. Je vous passe la proviseure, la signora Rallo. »

Cette dernière prit la communication à la seconde sonnerie. « Bianca Rallo.

– Signora direttrice, je suis le commissaire Guido Brunetti. Je souhaite vous poser des questions au sujet de l'un de vos élèves.

– Sans vouloir vous offenser, dit-elle avec la plus grande courtoisie, comment puis-je en être certaine ? »

Son ton était distant, presque ironique.

« Signora direttrice, répliqua Brunetti avec la même politesse, puis-je vous suggérer une manière de lever vos doutes ?

– Mais je vous en prie.

– Permettez-moi de vous poser ma question. Appelez ensuite la questure et demandez à parler à la commissaire Griffoni, à qui vous pourrez donner votre réponse. » Il lui laissa le temps de réfléchir à ce stratagème, puis précisa : « Il me faudra quelques minutes pour prévenir mes collègues et leur dire de vous la passer immédiatement. Qu'en dites-vous ?

– Tout dépend de votre question, nuança-t-elle d'une voix toujours aimable.

– Nous pensons que Tullio Gasparini, le père d'un de vos élèves, a été victime d'une agression la nuit dernière. Je voudrais savoir si Sandro est venu à l'école ce matin.

– C'est tout ?

– Oui. »

Son silence s'étira sur la ligne. Brunetti regarda le canal et nota combien l'eau avait monté.

« D'accord, dit-elle. Je téléphone à votre collègue dans cinq minutes. »

Sans perdre de temps, Brunetti mit fin à leur appel, composa le numéro du standard de la questure et demanda si Griffoni était déjà arrivée. Comme c'était le cas, il avertit l'opératrice qu'il y aurait un appel pour elle de la part d'une certaine signora Rallo et la pria d'en informer immédiatement la commissaire, pour qu'elle attende ce coup de fil.

Il remit son téléphone dans sa poche et continua en direction de la questure, où il arriva trois minutes plus tard. Il voulut voir Vianello, mais on lui apprit qu'il avait été envoyé à Marghera pour assister à l'interrogatoire d'un suspect impliqué dans un cas de violence domestique, et qu'il ne reviendrait sans doute pas de la journée. Brunetti se rendit dans le bureau de Griffoni. Elle portait à présent un tailleur noir, sans plus nulle trace des chaussures marron qui en avaient dit si long sur son état.

« Que s'est-il passé ? l'interrogea-t-elle à son arrivée.

– A-t-elle appelé ?

– Qui ?

– La proviseure du lycée Albertini, pour te dire si le fils Gasparini était à l'école aujourd'hui.

– Non. »

Brunetti se contenta de hocher la tête et Griffoni se pencha par-dessus son bureau pour tirer le second fauteuil. « Seigneur, Guido, assieds-toi et dis-moi ce qui s'est passé. »

Il obéit et lui rapporta sa conversation avec la professoressa Crosera, ainsi que ce qui s'était passé à l'hôpital après son départ. Le bureau de sa collègue était si petit que leurs genoux se touchaient presque sous la table, alors qu'il était quasiment assis dans l'embrasure de la porte. « Elle était sidérée. Elle s'est presque évanouie quand elle l'a vu.

– Un vrai malaise, ou de la comédie ?

– Un vrai, je pense.

– Savait-elle qu'il était sorti pendant la nuit ?

– Elle prétend que non, mais je ne la crois pas. »

Griffoni, familière des mensonges, acquiesça. « Et le fils ? Était-il là quand tu l'as appelée ?

– Je ne sais pas, avoua Brunetti, un peu gêné. Je n'ai pas pensé à le lui demander. »

Griffoni sourit. « D'où le coup de fil à la signora direttrice. Un bon point pour elle. Tu aurais pu être en effet n'importe qui. Un kidnappeur…

– Claudia, répliqua Brunetti en se penchant pour lui taper le dos de la main avec son index. Nous sommes à Venise. Nous ne sommes pas à… » Il se tut, réfléchit un moment et enchaîna : « Tu te rends compte ? Je suis incapable de nommer une ville où un kidnapping se soit produit ces dernières années.

– Moi aussi, dit-elle avec surprise. On dirait que c'est passé de mode. »

Brunetti avait des réserves à ce sujet. « Je pense plutôt que les gens ne les dénoncent plus. Ils payent, en espérant que ça marche.

– Mais on en entendrait parler tôt ou tard, non ?

– Je suppose que oui, admit Brunetti, étonné de sentir monter en lui un accès de colère. Je déteste ça. Plus que tout autre crime. Et je hais les kidnappeurs.

– Plus que les assassins ?

– En un sens.

– Pourquoi ?

– Parce que, dans ce genre de crime, l'argent se substitue à la vie, parce qu'ils échangent une vie contre de l'argent. » Il ne parvint pas à maîtriser la férocité de sa voix.

« Je ne t'ai jamais vu si agité, observa-t-elle.

– Je sais. C'est pire que tout. Je les mettrais en prison à vie. Et tous leurs complices, ceux qui savaient et qui ont aidé tout de même – ne serait-ce qu'en collant le timbre sur la lettre de rançon –, je les enfermerais tous pour le restant de leurs jours. »

Au prix d'un énorme effort, Brunetti s'abstint de continuer sur sa lancée.

« Tu as travaillé sur un cas précis ?

– Oui, un de mes premiers, il y a vingt ans.

– Quelque chose de grave ?

– Ils ont enlevé la fille d'une famille de Naples.

– Où cela ?

– En Sardaigne. C'était à l'époque où j'étais en poste à Naples : trois d'entre nous ont été envoyés là-bas.

– Vous les avez trouvés ?

– Oui, répondit Brunetti d'un ton bourru.

– Comment ? »

Brunetti chassa ce souvenir d'une main. « C'étaient des idiots.

– Mais ? insista-t-elle en réaction à ce qu'il ne disait pas.

– Mais la fille est morte.

– Ils l'ont tuée avant d'obtenir la rançon ?

– J'aurais préféré. Ils l'ont mise dans une caisse et enterrée. Quand la police les a arrêtés – ils étaient quatre –, ils leur ont dit où était la caisse, mais le temps qu'ils la déterrent, elle était morte. »

Griffoni ne dit rien.

« On peut changer de sujet, Claudia ? »

Le téléphone sonna sur ces entrefaites.

« Griffoni », annonça-t-elle. Elle leva une main vers Brunetti et lui fit un signe de tête. « Oui, il m'a prévenue, signora. Non, nous sommes plus ou moins sur un pied d'égalité, il est simplement en poste depuis plus longtemps que moi. Oui, il l'est. Originaire de Castello, je pense. Oui, il m'a parlé de l'accident. Il était à l'hôpital avec la victime, ce matin. » Griffoni se couvrit les yeux de la main, signe d'impatience chez elle. « Bien sûr, je comprends, signora direttrice. » Elle se tut ensuite pendant un long moment et déplaça sa main vers le haut de sa tête, sans ouvrir les yeux, comme pour se contenir. Elle continua à écouter en laissant échapper de temps en temps un murmure d'approbation. Puis elle retira sa main et rouvrit les yeux. « Il est là ? Ah. Merci, signora direttrice. » Alors, adoptant l'intonation descendante typique de la fin d'une conversation, elle déclara : « Je suis sûre que mon collègue sera ravi d'apprendre cette nouvelle. »

Elle raccrocha après quelques formules de politesse. « Comme tu l'as entendu, il est présent. Conformément au règlement, l'école se doit de contacter immédiatement les parents si un élève ne vient pas en classe. Qu'est-ce que tu sais sur lui ?

– Seulement ce que je t'ai dit : il a quinze ans et il est en deuxième année de lycée. Perturbé, avec de mauvais résultats scolaires.

– Et il se drogue, compléta Griffoni.

– Sa mère en était suffisamment convaincue pour venir me voir. »

Griffoni, dont le bureau n'avait pas de fenêtre, alla s'appuyer contre le mur, les bras croisés. « Penses-tu que l'attaque de cette nuit en soit la conséquence ? » Brunetti fut soulagé de ne pas l'entendre remettre en question l'hypothèse d'une agression.

« Les deux faits se suivent chronologiquement, affirma-t-il. Mon but est de trouver un lien de causalité. »

Griffoni, remontant le fil, suggéra : « Si Gasparini savait qui était le dealer, mais n'a pas voulu impliquer la police, il se pourrait qu'il l'ait abordé ou menacé, d'une façon ou d'une autre… »

Brunetti, qui y avait déjà pensé, acquiesça.

« Nous connaissons certains dealers, ceux qui trafiquent aux abords des écoles. Je peux t'en citer au moins deux. »

Griffoni fit un signe d'assentiment suggérant qu'elle avait peut-être d'autres noms encore en tête.

« L'un d'entre eux me doit une faveur, commença Brunetti. Il est temps que je me rappelle à son bon souvenir. »

La commissaire demeura où elle était, sans manifester une once d'impatience ou de curiosité. Elle regarda son collègue en face, comme s'il était tout à fait normal qu'un homme soit assis dans un fauteuil sur le seuil de sa porte, les jambes dans le couloir, alors qu'elle se tenait debout, dos au mur.

Brunetti entendit quelqu'un passer derrière lui, mais ne se retourna pas. Lorsque les pas s'estompèrent, il finit par dire : « Je vais lui demander qui était de service au lycée Albertini. » Il fut frappé par le naturel de ses propos, comme si un dealer avait une licence l'autorisant à vendre de la drogue à des lycéens.

« Il te le dira ? »

Brunetti hocha la tête. « Il y a longtemps, mon frère lui a écrit une lettre de recommandation pour son fils, qui faisait une demande pour entrer dans une école de médecine en Angleterre.

– Une école de médecine ?

– Oui, en radiologie. Mon frère est technicien en chef à l'hôpital de Mestre. Le fils de mon informateur avait travaillé pour lui pendant deux ans, et il disait que c'était le meilleur assistant qu'il ait jamais eu. Pourquoi ne pas lui écrire une lettre de référence ?

– En effet, approuva Griffoni. Et alors ?

– Il est second en radiologie à l'hôpital de Birmingham.

– Et son père deale de la drogue ? demanda Griffoni, décontenancée.

– Et son père deale de la drogue.

– Vive l'Italie ! » s'exclama-t-elle.

11

Ils restèrent ainsi un moment, en bons camarades, puis Brunetti finit par se lever et remit le fauteuil à sa place habituelle contre le mur. Au lieu de bloquer la porte, il bloquait maintenant sa collègue en l'empêchant de contourner son bureau.

Il s'arrêta avant de sortir pour un dernier mot, mais Griffoni le devança : « Et quand ton dealer te donnera le nom de celui du lycée Albertini ?

– J'irai lui parler.

– Tu voudras que je t'accompagne ? » proposa-t-elle.

Il avait pensé emmener Vianello. Certes, Griffoni était excellente dans le rôle du bon flic : elle savait suggérer d'un regard qu'elle n'était pas d'accord avec lui, poser une question révélant sa solidarité avec la personne interrogée et, à l'occasion, s'opposer à ses décisions ou à ses conclusions, de manière à montrer aux suspects qu'elle croyait aveuglément à leur histoire. Mais c'était une femme et il valait mieux aller rendre visite à un trafiquant de drogue avec un homme.

« Merci, Claudia, répondit-il. C'est toujours un très grand plaisir de travailler avec une personne ayant autant de sang-froid que toi, mais dans ces circonstances, je crois qu'il est préférable que j'y aille seul. »

Elle sourit. « Avoir du sang-froid est le genre de compliment que toute femme aimerait recevoir, Guido. »

Il retourna à son bureau, s'étonnant de nouveau qu'elle accepte de travailler dans le placard que lui avait attribué Patta sur la suggestion du lieutenant Scarpa. À la décharge du vice-questeur, il n'avait sans doute jamais pris la peine de gravir les marches jusqu'au bureau de sa collègue et n'avait donc aucune idée de ce que représentaient six mètres carrés, sans parler de ce qu'il en restait après y avoir installé une table et deux fauteuils. Brunetti était intimement persuadé que Griffoni s'arrangerait tôt ou tard pour faire regretter ses agissements au lieutenant. Elle était napolitaine ; la vengeance pouvait prendre du temps, mais elle serait consommée. Brunetti sourit à cette perspective.

Il referma la porte de son bureau derrière lui, sortit son portable et composa le numéro du dealer de mémoire, ne l'ayant jamais enregistré.

« Bonjour, Manrico », dit Brunetti, éprouvant sans pouvoir s'en empêcher un genre d'affection pour cet homme ; du moins, pour une facette de sa personnalité. Mais il ne voulait pas laisser ce sentiment influencer leur conversation et poursuivit d'un ton plus détaché. « Comment va Bruno ?

– Ah, dottore, fit Manrico, reconnaissant sa voix après tout ce temps. Une tragédie a frappé ma famille. » Son ton badin démentait ses propos.

« J'espère que c'est une joyeuse tragédie.

– La plus joyeuse qui soit. Bruno se marie en juillet.

– Et le père de la fille est policier ? plaisanta Brunetti.

– Oh, c'est bien plus grave, renchérit Manrico d'une voix lugubre.

– Dites-moi.

– Elle est écossaise.

– Non ! s'autorisa à s'écrier Brunetti. Et protestante ?

– Oh, je n'en suis plus là, commissaire. Il y a bien pire.

– Quoi donc ?

– Elle est médecin.

– Votre fils épouse une femme active, et de surcroît écossaise ? » Brunetti émit un long murmure. « Je compatis à votre malheur, Manrico.

– Merci, dottore. Je savais que vous me comprendriez. » Puis, comme pour prouver qu'il n'était pas qu'un pitre, Manrico déclara : « Vu que vous avez commencé par mentionner Bruno, je suppose que vous voulez me rappeler que je vous dois une faveur.

– Je ne l'avais encore jamais fait, Manrico, répliqua Brunetti, comme tenu de défendre sa réputation. Jamais en six ans.

– Sept. De quoi s'agit-il ?

– J'aimerais savoir qui est de service au lycée Albertini.

– Je suppose que vous ne parlez pas du proviseur. » La voix de Manrico ne recelait plus la moindre tonalité ludique ou railleuse.

« Vous supposez bien », confirma Brunetti.

Il y eut un silence. Le commissaire serra son portable entre ses doigts sans rien dire. Il alla à la fenêtre et regarda le quai où Foa nettoyait les garde-corps de la vedette de la police.

« C'est votre téléphone professionnel ? s'informa Manrico.

– Oui.

– Alors il vous faudra attendre jusqu'à ce soir, quand vous serez rentré chez vous », déclara le dealer d'une voix si sérieuse que Brunetti crut qu'il allait raccrocher sans explication.

Mais Manrico retrouva aussitôt sa gaieté habituelle. « J'oubliais, commissaire.

– Oui ?

– Le mariage sera célébré le 15. Si je vous envoie un faire-part, vous viendrez ?

– Ce sera ici ? interrogea Brunetti, qui espérait une réponse négative, car il aurait ainsi un bon prétexte pour décliner l'invitation.

– Non. À l'église du beau-père.

– La situation est-elle donc si grave, Manrico ?

– Effectivement, commissaire, et je dirais même que c'est le bouquet : c'est lui l'évêque. »

Brunetti félicita de nouveau Manrico, lui souhaita beaucoup de petits-enfants et raccrocha. Il était impatient de raconter cette histoire à Griffoni, mais il passa d'abord chez la signorina Elettra, qu'il trouva debout à la fenêtre. Après le bureau minuscule de Griffoni, son espace semblait gigantesque, surtout du fait de ses trois fenêtres percées le long du même mur. La majeure partie de la pièce était occupée par son bureau, où se trouvait son ordinateur, et par une table où trônaient, immanquablement, un grand bouquet de fleurs et, ce jour-là, le dernier numéro de *Vogue*.

Elle se tourna vers lui. La lumière que le jour laissait filtrer derrière elle l'empêcha de deviner son expression, mais il décela dans sa posture – son aura, songeait-il parfois – de la fatigue et de l'inquiétude. « Bonjour, dit-il. Je suis descendu voir si vous avez eu le temps de jeter un coup d'œil au dossier Gasparini. »

La signorina Elettra hocha brièvement la tête et retourna à son bureau pour ouvrir une page sur son écran. « Il n'y a pas grand-chose sur lui. Il fait de l'audit pour une société de produits chimiques ; il travaille à Vérone. Il vit à Santa Croce, près de San Stae. Son nom et son numéro de téléphone sont dans l'annuaire. Il n'apparaît dans aucune fiche de police en Vénétie et il n'est inscrit sur aucun réseau social. » Elle regarda Brunetti et observa : « C'est étrange, n'est-ce pas, comme un individu semble privé d'existence s'il ne figure pas sur ce genre de site ? »

Brunetti, qui n'y était pas non plus, tout comme Paola, répondit : « Je suppose que oui.

– Aucune mention d'une épouse, continua-t-elle.

– La professoressa Crosera. Je ne connais pas son prénom. Elle enseigne l'architecture à l'université et elle est consultante en design urbain – ou quelque chose de ce genre – en Turquie et ailleurs. »

La signorina Elettra écarquilla les yeux, ne pouvant croire qu'il détienne des informations qu'elle n'avait pas réussi à trouver. « Comment le savez-vous ?

– Je le lui ai demandé, expliqua Brunetti, laconique, avant de sourire. Est-ce de la triche ?

– Je ne pense pas, eut-elle l'honnêteté de répondre. C'est simplement que cela paraît tellement désuet comme méthode.

– Vous avez bien consulté l'annuaire, non ?

– Oui, mais en ligne. »

Sous le coup de la déception, il insista : « Est-ce tout ce que vous avez trouvé ?

– Pour le moment, oui.

– Si vous avez le temps, pourriez-vous chercher des informations sur son épouse aussi ? » demanda-t-il comme si cela allait de soi, avant de changer de ton : « Vianello doit appeler les journaux et leur demander d'insérer l'appel à témoins habituel dans leur rubrique des faits divers. Peut-être cela donnera-t-il quelque chose.

– Vous savez, les gens n'aiment pas avoir affaire à la police. Pas seulement à elle, d'ailleurs : à l'État sous toutes ses formes. Il s'est opéré une rupture de contrat entre l'État et le public, ou une résiliation, mais personne ne veut en prendre acte. Nous savons qu'il n'y a plus de contrat et ils savent que nous le savons. Ils se fichent de ce que nous désirons et ne se préoccupent plus de nos existences. Et nous ne pouvons rien faire. »

Brunetti était étonné d'entendre formuler ce qu'il avait fréquemment songé en son for intérieur. Il répliqua, spontanément : « La situation ne peut pas être aussi grave que vous la décrivez. »

Elle reporta son attention sur l'écran, comme si elle se désintéressait de lui, ou qu'elle désapprouvait, mais estimait inutile de se donner la peine d'en discuter. Il regagna son bureau, tout en méditant sur le fait que la signorina Elettra et lui-même travaillaient tous les deux, au fond, pour cet État indifférent et négligent.

Comme il était debout depuis 2 heures du matin, Brunetti décida de se faire plaisir et alla déjeuner chez Al Covo. Sur le chemin du retour, il se réjouit, comme toujours, que la questure fût seulement à dix minutes du restaurant qui faisait toujours de lui un homme neuf.

Mais, hélas, cet homme neuf avait toujours les mêmes problèmes. Il appela la professoressa Crosera sur son portable, où il fut prié de laisser un message. Il appela l'hôpital et n'obtint aucune information de plus sur l'état de la victime. Il appela chez les Gasparini d'heure en heure, mais le téléphone sonnait dans le vide. Finalement, vers 17 heures, il comprit qu'il ne lui restait qu'à passer à l'hôpital sur le chemin de la maison et appela Griffoni pour l'en informer.

Il aurait pu s'épargner cet effort : la professoressa Crosera était bien dans la chambre de son mari. Mais lorsqu'il entra et lui dit bonsoir, elle posa un doigt sur ses lèvres en désignant son époux, couché maintenant dans un vrai lit d'hôpital. Brunetti indiqua la porte et le couloir derrière, mais elle secoua la tête sans dire un mot. Il savait qu'il n'y avait aucune chance que leur conversation dérange le patient, mais il ne pouvait décemment le lui dire.

Il s'approcha du lit et regarda Gasparini. Le pâle liquide gouttait encore dans la perfusion.

Après un signe de tête, Brunetti se rendit au poste des infirmières. Il tenta de voir le dottor Stampini, dans l'espoir qu'il en sache plus après le scanner. En entendant que le médecin était déjà parti, il se résolut à rentrer chez lui.

12

Le commissaire pénétra dans un appartement silencieux, mais ses années d'expérience lui soufflèrent qu'il n'était pas vide. Une odeur de pin sylvestre embaumait le couloir, ce qui signifiait que Raffi s'était de nouveau servi du shampooing de son père et, dans le salon, l'écharpe rouge de Chiara traînait sur le dossier du canapé. *Guido Brunetti, détective de choc*, se félicita-t-il en gagnant le bureau de Paola.

Il passa la tête dans l'embrasure de la porte et la vit se prélasser sur son divan, un livre à la main et un crayon dans l'autre.

« Dur, hein, le travail », plaisanta-t-il en entrant dans la pièce. Il s'approcha et l'embrassa sur le front.

« Exactement comme toi : tellement occupé que tu n'as même pas pu appeler et me parler de l'homme qu'on a retrouvé sous un pont », dit-elle, faussement offensée.

Il s'assit à l'autre bout du canapé et prit ses pieds sur ses genoux. « Comment l'as-tu su ?

– Je me suis demandé pourquoi tu étais parti si tôt, donc je suis allée voir sur *Il Gazzettino*. J'ai lu l'histoire cet après-midi. Cela ne pouvait signifier qu'une seule chose. » Elle posa le livre ouvert sur sa poitrine et poursuivit d'un ton plus léger : « Je me suis demandé aussi si tu avais pris le temps de déjeuner et si tu t'étais habillé assez chaudement – le genre de détails stupides auxquels pensent les épouses. »

Il saisit son pied gauche et commença à jouer avec ses orteils. « Je ne voulais pas te réveiller. »

Elle sourit. « Ce n'est pas facile, je sais. » Elle ferma le livre et se pencha sur le côté pour le poser sur la table. « Raconte-moi.

– Tu te souviens que je t'ai parlé d'une femme qui est venue me voir il y a une semaine, car elle avait peur que son fils ne se drogue ? » Il ne lui avait pas dit qui c'était ; il lui avait seulement rapporté l'histoire inachevée d'une femme qui n'avait pas le courage de faire confiance à la police et qui était repartie sans avoir donné la moindre information utile.

Elle hocha la tête.

« C'était une de tes collègues : la professoressa Crosera. C'est son mari qui a été hospitalisé. Apparemment, il a été attaqué dans la rue. »

Paola libéra son pied des mains de Brunetti et se redressa sur le canapé en le regardant, les jambes pendantes. « Le mari d'Elisa ? C'est impossible. Mais enfin, il est expert-comptable ! » Elle s'interrompit, comme prenant conscience de ses propos. « Je veux dire, c'est un homme si ordinaire : qui pourrait lui vouloir du mal ? »

On peut toujours trouver une bonne raison pour faire du mal à quelqu'un, Brunetti le savait. « Certains signes portent à croire que quelqu'un l'a attrapé par le bras et lui a fait dévaler le pont. Que dit *Il Gazzettino* ?

– Qu'un homme a été trouvé inconscient dans la rue, rien d'autre. L'article ne fait pas allusion à une agression, ils se contentent de dire que la police fait un appel à témoins et que l'incident a eu lieu près de Ca' Pesaro. Ils ne donnent même pas ses initiales comme on fait d'habitude. »

Brunetti ne comprenait pas la façon de procéder de *Il Gazzettino* et garda donc le silence.

« Elisa est-elle avec lui ?

– Oui. Comme j'ai reconnu son mari, je l'ai appelée ce matin. Elle est encore là-bas, je pense.

– Ah, la pauvre ! s'exclama Paola. D'abord son fils, et maintenant cette histoire.

– Tu savais pour le fils ? » demanda Brunetti, veillant à garder une voix neutre.

Paola lui lança un regard perçant. « Bien sûr que non. Elle ne m'aurait jamais fait une telle confidence. Je l'ai simplement supposé du fait qu'elle était assez inquiète pour aller te parler. Cela prouve qu'elle était parfaitement au courant de la situation.

– Mais elle disait ne pas en être certaine.

– Bien sûr qu'elle a dit ça. Tu es de la police. » Paola tira sa conclusion avec autant d'assurance que si elle récitait ses tables de multiplication.

Brunetti décida de ne pas relever cette remarque. « Elle veut parler à son mari avant de me dire quoi que ce soit, poursuivit-il.

– Quand pourra-t-elle le faire ? »

Brunetti regarda le dos de ses mains, puis Paola, ne sachant comment lui annoncer la vérité. « Peut-être jamais », finit-il par dire. Face à la réaction de son épouse, il temporisa : « C'est ce qu'a dit le neurologue après avoir vu les radios. Mais il a besoin d'un scanner pour être sûr de son diagnostic. Il devait le passer aujourd'hui.

– Et les résultats ?

– Je ne sais pas. Lorsque je suis retourné à l'hôpital, le docteur venait de partir. Je l'appelle demain. Il a dit qu'il pouvait se tromper. »

Paola hocha la tête, puis se laissa aller sur l'oreiller en allongeant les jambes, touchant de ses orteils la cuisse de Brunetti. « Pauvre femme. Pauvre famille. »

Elle ferma les yeux, puis les rouvrit et fixa le plafond. Brunetti, sans rien dire, posa la main sur les pieds de son épouse et baissa lui aussi les paupières. Il sentit bientôt la réalité se relâcher et lui échapper. Il demeurait assis, mais il était ailleurs et voyait défiler des gens. Il sentit bouger quelque chose dans sa main et il sursauta, brusquement tiré du sommeil, sans savoir où il était.

« Qu'est-ce qu'il y a ? demanda Paola.

– Rien. J'ai dû m'endormir. J'ai eu une longue journée. » Il referma les yeux et appuya la tête contre le dossier du canapé.

« J'ai réfléchi », lui dit-elle.

Brunetti était suffisamment réveillé pour commenter : « Attention, danger… » Ensemble, leurs voix finirent ce mantra familial : « … surtout chez une femme. »

Le rituel accompli, il s'informa : « Réfléchi à quoi ?

– Aux questions juridiques. Mais tu l'as probablement déjà fait de ton côté.

– Je t'écoute, dit Brunetti, conscient qu'il ne s'était pas spécialement penché sur le sujet.

– S'il ne meurt pas, mais reste paralysé pour le restant de ses jours, de quoi l'agresseur peut-il être inculpé ? Je sais, je sais, vous devez d'abord le trouver. Mais une fois que vous aurez mis la main dessus, quelle peine encourt-il ? »

Brunetti réfléchit avant de répondre, songeant à l'hypothèse de l'agression. « La qualification du crime dépendra de ce qui s'est passé sur le pont.

– Et en l'absence de témoins, comment pourra-t-elle être établie ? » Il détecta un certain scepticisme dans la voix de Paola.

Les yeux toujours clos, Brunetti hocha la tête. « Tu as raison, bien sûr. Même si grâce à l'ADN nous arrêtons le suspect, celui-ci pourrait très bien prétendre avoir été agressé par Gasparini. Mais il faudrait déjà le trouver.

– Il aurait à expliquer pourquoi il n'a pas appelé la police, suggéra Paola. S'il savait que Gasparini était blessé, il aurait dû vous le signaler, n'est-ce pas ?

– Oui, mais certains s'en abstiendraient sans doute. Du moins s'il s'agit d'un incident mineur, même s'ils en sont la victime. Imagine qu'on vienne nous voir après avoir attaqué quelqu'un, même en cas de légitime défense : ce serait ridicule. » Après un instant de réflexion, il spécifia, avec la surprise qui accompagne les grandes découvertes : « Personne ne nous fait confiance.

– Alors il faut placer tout ton espoir dans *Il Gazzettino* et *La Nuova* », conclut Paola d'un ton religieux.

Cette pensée incita Brunetti à lui demander : « Voudrais-tu un verre de vin ? »

Il apporta la bouteille et son livre de Sophocle, se décida pour *Antigone* et s'installa aux pieds de Paola pour le lire en attendant l'heure du dîner. Il lut la moitié de l'introduction, écrite par un professeur de psychologie de l'université de Cagliari. L'auteur donnait une interprétation jungienne de la pièce où Antigone incarnait l'archétype de la mère et Créon, celui de l'escroc. La face sombre de l'être humain, l'Ombre, y apprit Brunetti, peut être extérieure ou intérieure : il peut s'agir de votre ennemi ou de vous-même. Brunetti tricha et regarda combien il lui restait de pages à lire dans la préface. Quatorze. Il posa le livre à plat sur la table devant le canapé, prit une gorgée de vin – un très bon collavini ribolla gialla qu'il avait gardé pour accompagner une belle lecture – et soupira d'aise aux sensations diverses que la vie pouvait offrir.

Revigoré, il reprit le volume, feuilleta rapidement le reste de l'introduction et commença à lire la pièce. Il se souvenait encore de la scène d'ouverture dans laquelle Antigone explique à sa sœur Ismène que le roi Créon a interdit d'accomplir les rites funéraires pour leur frère Polynice, car il l'a déclaré traître à la patrie. Son corps en putréfaction gît à l'extérieur de la ville de Thèbes, en proie aux vautours et aux chacals. Antigone décide qu'il doit être enterré et elle le fera. Elle demande à sa sœur si elle veut bien l'aider, mais Ismène – pauvre et prudente Ismène – s'y refuse. *« Nous sommes soumises à ceux qui sont nos maîtres, il nous faut obéir à ces ordres, et à d'autres encore plus douloureux. »*

« Je ne pense pas », dit Brunetti tout haut.

De son pied gauche, Paola poussa la cuisse de son époux. « Qu'est-ce que tu dis ?

– Je viens d'apprendre par un psychologue jungien que l'Ombre noire de chacun de nous peut être aussi bien intérieure qu'extérieure, et Ismène est en train de m'affirmer que nous devons nous soumettre à la loi.

– J'espère qu'il y a d'autres options, répliqua-t-elle sans même lever les yeux de son livre.

– Non. Et maintenant, voilà qu'Ismène déclare : *"Il faut nous pénétrer de l'idée que nous sommes nées femmes, que nous ne sommes pas à même d'affronter des hommes."* »

Cette fois, Paola baissa son livre, le regarda et lui dit, le sourire aux lèvres : « C'est bien ce que j'ai toujours pensé. » Puis elle reprit sa lecture. Mais avant qu'il puisse poursuivre, elle ajouta : « Si j'ai bonne mémoire,

Ismène va protester. *"Je n'ai pas les moyens d'agir contre la volonté des citoyens."* »[15]

Brunetti enleva une main de son volume et lui tapota la cheville. « C'est pourquoi ce sont des classiques, ma chérie. »

Elle ne prêta pas la moindre attention à sa remarque.

Il continua à lire et arriva bientôt à la déclaration fatale d'Antigone, où elle affirmait n'accomplir que son devoir.

Cela aurait pu être les mots de la professoressa Crosera, qui accomplissait son devoir, choisissant d'obéir à la loi de son choix, celle qui donnait aux mères le droit de protéger leurs enfants à n'importe quel prix. Se renseigner auprès de la police et se consoler à l'idée que son fils ne pouvait pas être arrêté, et envoyer au diable les enfants des autres.

Antigone obéissait à sa propre loi. Il tourna la page et trouva ces paroles : *« Moi, je l'enterrerai ; il sera beau pour moi de mourir pour cela*[16]. » Il posa son livre et tenta d'imaginer un sentiment de supériorité morale – ou peu importe le terme choisi – si fort qu'il justifiait l'accomplissement d'un rituel jugé indispensable, quitte à en mourir. Brunetti se sentait capable de mourir pour quelqu'un : ses enfants, sa femme. Mais pour un idéal ? Pour une loi ?

Ses pensées allèrent à Gasparini, cet autre père. Qu'aurait-il été capable de faire pour protéger son fils ? Brunetti songea à cette option. Avait-il pris la situation à rebours ? Gasparini était-il l'auteur de l'agression sur le pont ? Il se reprocha d'avoir imaginé si tardivement cette possibilité, comme si les blessures de Gasparini

15. Traduction de René Biberfeld, 2012.
16. Traduction de Maurice Meyer, 1846.

faisaient forcément de lui une victime ; ou comme si, ayant parlé à sa femme, Brunetti eût manqué d'élégance en le soupçonnant.

« Oh, au fait, l'interrompit Paola. Il y avait un mot pour toi dans la boîte aux lettres.

– Où est-il ?

– Sur le plan de travail, dans la cuisine. Je pensais que tu le verrais.

– Non, je ne l'ai pas vu. » Brunetti se leva et trouva à la cuisine une enveloppe non affranchie, avec son nom en lettres majuscules. Elle était posée contre le moulin à poivre. Il glissa son pouce sous le rabat et l'ouvrit. À l'intérieur, il lut, de la même écriture :

Gianluca Fornari, Castello 2712.

13

Le lendemain matin, Brunetti arriva à la questure à 9 heures. Comme la commissaire Griffoni n'était pas encore là, il alla à son bureau et lui laissa une note où il lui demandait de l'appeler dès que possible.

Il croisa dans l'escalier Alvise, qui lui apprit que Vianello était passé en coup de vent avant de repartir à Marghera, car la femme victime de violences domestiques était maintenant disposée à livrer des informations sur les activités de son mari à Venise.

Brunetti accueillit la nouvelle avec déception, l'absence de son ami et confident le privant de l'expérience et du bon sens avec lesquels il savait écouter ses récits. Mais il était inutile d'en faire part à Alvise, qui faisait tout son possible pour l'aider. « Merci de m'avoir prévenu.

– Il m'a chargé de vous le dire, signore, répondit Alvise avec un sourire, heureux d'être le messager d'une information qu'il pensait importante. Et de vous préciser qu'il y est retourné parce que le mari semble lié au cambriolage chez le signor Bordoni.

– Merci, Alvise », répéta Brunetti d'une voix plus chaleureuse. Le nom lui disait vaguement quelque chose. Il gravit les marches en scandant les syllabes au rythme de ses pas : Bor-DON-i, Bor-DON-i. La troisième fois, il parvint à visualiser ledit Bordoni et se souvint du vol commis trois ans auparavant. Les cambrioleurs avaient fait sauter la porte blindée de son appartement grâce à l'azote liquide qu'ils avaient pulvérisé sur les gonds et les verrous. Ils avaient ensuite accompagné sa chute au sol, ce qui impliquait la présence d'au moins deux personnes. La famille était en vacances en Sardaigne à l'époque ; leur employée de maison était sortie ce soir-là pour aller jouer au *burraco*[17] avec ses amis, comme elle le faisait – se rappela Brunetti – chaque mardi.

Elle était rentrée à 23 heures et, à la vue de la porte gisant sur le palier devant l'appartement, elle avait appelé le 113[18] et était descendue se réfugier chez les voisins, le temps que les policiers arrivent.

Lorsque ces derniers étaient entrés, ils avaient trouvé l'endroit parfaitement en ordre : rien n'avait été abîmé, rien n'avait été jeté par terre ; la lumière était allumée, exactement comme l'employée l'avait laissée en partant. Tout semblait à sa place et les policiers s'étaient demandé pourquoi entrer sans but – Brunetti se souvenait de ce détail signalé dans le rapport – jusqu'au moment où ils étaient arrivés dans le bureau du signor Bordoni. En effet, trois des tableaux – qui représentaient, d'après la domestique qui les avait mémorisés au fil de ses années de dépoussiérage, une grosse femme nue, une autre femme vêtue d'une robe de couleur foncée sous une ombrelle rouge tenue par une servante noire, et une troisième femme, l'air plus jeune mais pas tout à fait humain – avaient disparu. Ce n'était qu'au retour de la famille, le lendemain, que Brunetti – auquel Patta avait confié l'affaire parce qu'il « s'y connaissait en

17. Jeu de cartes qui se joue avec deux paquets de cartes françaises, où les quatre joueurs s'affrontent par couples.

18. Numéro de la police en Italie.

peinture » – avait appris que ces portraits de femmes étaient de Renoir, Van Dyck et Picasso.

Tout le reste était parfaitement intact. Les trois tableaux s'étaient évaporés, quittant les œuvres en compagnie desquelles ils avaient si longtemps vécu. Les voleurs n'avaient jamais cherché à entrer en contact avec le propriétaire et les peintures n'avaient jamais été mentionnées par les informateurs de la police spécialisée dans le trafic d'œuvres d'art.

Et voilà que Vianello, parti assister à un interrogatoire lié à un cas de violence conjugale, avait peut-être retrouvé la trace de ces toiles. Du moins Brunetti l'espérait-il.

Au moment où il s'arrêtait devant le bureau de la signorina Elettra, il lui revint en mémoire qu'on était mardi et qu'une des vedettes de la police avait dû l'emmener au marché aux fleurs de Rialto. Il écrivit le nom de Fornari et son adresse sur un morceau de papier, ajouta un point d'interrogation et le glissa dans une enveloppe qu'il laissa sur le clavier de son ordinateur.

Une fois dans son propre bureau, il composa le numéro du domicile de la professoressa Crosera et laissa sonner jusqu'à ce qu'on lui dise d'enregistrer un message et qu'il serait rappelé au plus vite. Il donna son nom, son numéro, et commença à exposer sa demande, quand il entendit soudain décrocher. Espérant la professoressa, il s'attendait à entendre sa voix, mais la liaison téléphonique fut interrompue.

Il appela le standard de l'hôpital et dit qu'il souhaitait parler au dottor Stampini du service de neurologie. Lorsqu'on lui demanda pourquoi, il se présenta et expliqua que c'était une affaire de police, sans entrer dans les détails.

Le dottor Stampini fut rapidement en ligne et ne s'embarrassa pas de formalités. « Bonjour, commissaire. J'aurais aimé vous donner de meilleures nouvelles, mais le scanner est très clair. » Il marqua une pause et, d'une voix bien moins impersonnelle, s'informa : « Vous comprenez le jargon médical ?

– Jusqu'à un certain point.

– Le plus grave est la fracture de l'os pariétal, qui s'est produite pendant sa chute, au moment où il s'est cogné au parapet, ou bien en heurtant le sol. Le signor Gasparini présente un hématome sous-dural et tant que le sang dans le cerveau ne se sera pas résorbé, son état ne changera pas. »

Le docteur s'attendait peut-être à ce que Brunetti remette ses conclusions en question, mais ce dernier choisit de n'en rien faire.

« Avez-vous parlé à sa femme ? préféra-t-il lui demander.

– Oui.

– Et ?

– Elle entend ce que je lui dis, mais elle refuse de saisir le sens des mots ou leurs implications éventuelles. Je suppose que vous êtes familier de ce genre de réaction, commissaire.

– Oui. Malheureusement.

– Lui avez-vous parlé ? émit Stampini avec une touche de sympathie.

– Non, dottore. J'ai laissé un message. J'espère qu'elle est rentrée chez elle.

– Je pense qu'elle est encore ici. Elle m'a dit ce matin qu'elle avait parlé à sa sœur pour qu'elle passe prendre ses enfants.

– Quelqu'un est-il venu la voir à l'hôpital ?

– Non, pas que je sache.

– Que suggérez-vous, dottore ?

– Je pense qu'il serait bon que quelqu'un la ramène chez elle. Elle a besoin de se reposer et de changer d'air, et d'être entourée de ses proches. Il est inutile qu'elle reste ici. La seule chose qu'elle m'ait dite est que vous vous étiez montré très aimable avec elle. »

Brunetti en fut surpris, car dans son souvenir il n'avait fait preuve que de fermeté à son égard. « Cherchez-vous à me faire passer un message, dottore ?

– Oui, je suppose que oui. Je crois que vous pourriez parvenir à la persuader de rentrer chez elle un moment. Son mari n'est pas près de se réveiller. Elle devrait aller chez elle ou chez sa sœur, et retrouver ses enfants. Peu importe. Mais pas rester ici.

– Vous serez là encore longtemps ?

– Toute la matinée, au moins jusqu'à midi, répondit-il d'un ton qui se voulait professionnel. C'est une femme bien, commissaire.

– J'arrive bientôt », dit Brunetti en raccrochant.

Il composa le numéro de portable de Griffoni et, sans lui demander où elle se trouvait, lui expliqua qu'il était à la questure, mais qu'il retournait à l'hôpital. Pendant un moment, il pensa lui proposer de le retrouver là-bas et d'essayer de persuader la professoressa Crosera de quitter l'hôpital. Peut-être que la communication passerait mieux entre femmes. Mais en se remémorant ce qu'il savait d'elle, il se dit qu'elle n'apprécierait pas l'intrusion d'une inconnue. Aussi se limita-t-il à dire à Griffoni qu'il détenait le nom du dealer du lycée Albertini et qu'il l'avait donné à la signorina Elettra. Il ajouta qu'il retournerait à la questure dès que possible, raccrocha et partit pour l'hôpital.

Brunetti alla directement en neurologie, où il trouva une infirmière qu'il n'avait encore jamais vue et qui lui spécifia que les visites ne commençaient pas avant 15 heures. Lorsqu'elle apprit qu'il était officier de police et qu'il venait parler à l'épouse du signor Gasparini, elle changea à peine d'attitude et l'autorisa, presque de mauvaise grâce, à aller le voir.

Il descendit le couloir et frappa doucement à la porte de la chambre de Gasparini. Sans réponse, Brunetti ouvrit et glissa la tête à l'intérieur. Gasparini était exactement comme il l'avait quitté. Depuis l'embrasure, il aperçut de dos sa femme penchée sur lui, encore assise sur la chaise où il l'avait laissée.

Elle tenait la main de son époux dans la sienne. Elle s'était endormie, la joue contre la hanche de son mari. Brunetti recula dans le couloir, ferma la porte et frappa plus fort. Il attendit et frappa de nouveau.

Au bout d'un moment, la porte s'ouvrit sur la professoressa, pleine d'une stupeur et d'une colère qu'elle ne cherchait pas à dissimuler. Elle lui passa devant et sortit dans le couloir en refermant la porte. D'une voix brisée par l'émotion, elle siffla : « Mais qu'est-ce qui vous prend ? Vous voulez le réveiller ? »

Brunetti recula encore d'un pas et garda le silence, pour laisser la signora prendre conscience de ce qu'elle venait de dire. Quand il put lire à son regard qu'elle avait saisi l'ironie de ses propres mots, il déclara, sans sarcasme : « Ce serait une bonne chose, signora. »

Cette réflexion vida le visage de la signora de toute expression. Comme si la terre s'était dérobée sous ses pieds, elle chancela en arrière et heurta la porte, en faisant bien plus de bruit que les coups de Brunetti un peu plus tôt.

« Je suis venu vous ramener chez vous, signora. » Sans lui laisser le temps de protester, il continua : « Le dottor Stampini m'a dit que vos enfants étaient chez votre sœur. Permettez-moi de vous raccompagner chez vous. Mangez quelque chose et dites à votre fils et à votre fille de vous rejoindre. Ensuite, vous verrez quoi faire.

– Il n'y a rien à faire », laissa-t-elle échapper d'une voix qu'elle voulait inflexible, mais qui se brisa sur le dernier mot. Le désespoir, puis la peur, traversèrent son visage.

Conscient de ne lui être d'aucun secours, Brunetti suggéra : « Vous pouvez faire à manger à vos enfants pour leur montrer que vous allez bien et que la vie continue. C'est ce dont ils ont besoin, signora. Leur père est malade et hospitalisé, mais il est important que leur quotidien change le moins possible, grâce à vous. Ils ont beau être des adolescents, ce sont encore des enfants. »

Il se tut et la vit prendre ses conseils en considération. « Peut-être. » Elle se tourna et entra dans la chambre, sans refermer la porte.

Gasparini n'avait pas changé, à l'exception de ses cernes qui avaient foncé, surtout sous l'œil gauche.

La professoressa Crosera se pencha sur lui et remonta les couvertures, même s'il faisait suffisamment chaud pour incommoder Brunetti. Elle effleura la joue de son mari, comme par un matin ordinaire où elle le laissait dormir encore un peu, le temps de préparer le café ou d'aller acheter le journal qu'il aimait lire au lit.

Elle prit son manteau et son sac et rejoignit Brunetti. « Dépêchons-nous, avant que je ne change d'avis », déclara-t-elle en s'engageant dans le couloir.

Une fois à l'extérieur, Brunetti découvrit que le soleil était venu les taquiner : il y avait des flaques de lumière sur le sol du *campo*. Il déboutonna spontanément son manteau.

Il tourna à droite vers le pont.

« Où habitez-vous ?

– Près de San Stae. Je préfère marcher. »

Elle regardait droit devant elle et ne le vit donc pas hocher la tête. Cela n'avait pas d'importance, il n'y avait qu'un seul chemin possible. Une fois sur le ponte dei Giocattoli[19], elle demanda : « Vous vous rappelez le magasin de jouets ? »

Brunetti s'en souvenait fort bien : Raffi et Chiara l'avaient connu très tôt et ne passaient jamais devant sans insister pour entrer, « juste pour y jeter un coup d'œil ». Il avait disparu, comme les autres boutiques de ce genre, remplacées par de la pacotille pour touristes : des jouets inutiles pour adultes, tous fabriqués en Chine et passant pour vénitiens. « Mes enfants l'adoraient, affirma Brunetti.

– Les miens aussi. »

Sans lui demander son avis, il entra dans le café Ballarin, rénové depuis peu, et alla au comptoir. « Qu'est-ce qui vous ferait plaisir ?

– Un *macchiatone* et un croissant, s'il vous plaît. Et un verre d'eau. »

Il passa la commande et leurs cafés-croissants furent bientôt prêts, avec le verre qu'elle but aussitôt d'un trait.

19. Signifie « jouets ». Le pont s'appelle en vérité ponte San Giovanni Grisostomo, du nom de la proche église, mais les Vénitiens continuent à le désigner comme pont des Jouets, même si le magasin n'existe plus.

Elle fit durer son café mais dévora vite son croissant. Brunetti paya et ils partirent.

Le temps de cet intermède, la *calle* s'était remplie et était désormais bondée comme à Noël. La foule les collait tellement que Brunetti dut jouer des coudes pour ménager suffisamment d'espace entre la signora et lui. Ils gravirent le pont, le descendirent puis longèrent le Fondaco[20], où les files de touristes chinois avaient commencé la visite rituelle qu'ils rendaient chaque jour à leur nouveau dieu, le centre commercial.

Brunetti se ressaisit et tourna vers le Grand Canal, puis suivit le quai sur la gauche, sachant qu'il n'avait pas à guider la professoressa. Le pont du Rialto était à leur droite et ils le gravirent comme sur un escalier roulant, coincés par ceux qui les précédaient et les suivaient : incapables de s'arrêter ou de doubler, ou même de marquer une pause, de crainte de se faire piétiner par les gens sur leurs talons.

Au pied du pont, la signora Crosera s'accrocha à son bras et le tira sur le côté. « Sortez-moi de cet enfer, s'il vous plaît. » Dix pas plus loin, Brunetti coupa à droite et arriva sur le *campo* devant l'église San Giacomo.

Il s'immobilisa et regarda le bout du canal qui se laissait voir entre deux édifices. Elle se dirigea vers le bord de l'eau et il la suivit. Elle s'arrêta à deux mètres de la rive et regarda la façade arrière de l'ancien bureau de poste.

« Je ne peux pas m'empêcher de le voir avec des yeux de Vénitienne et pas en tant qu'architecte, déclara-t-elle.

– Aimez-vous ce qu'ils en ont fait ? » Il y était entré pour voir les boutiques, puis il était monté sur la terrasse

20. Fondaco dei Tedeschi, un édifice de la Renaissance qui a longtemps abrité les bureaux de la poste centrale de Venise, transformé récemment en centre commercial de luxe.

d'où la ville s'était présentée à lui telle qu'il ne l'avait jamais vue auparavant : trois cent soixante degrés débordant de beauté et de perfection.

« Je n'aime pas le résultat, répondit-elle, même si certaines des restaurations sont très bien réalisées.

– Qu'est-ce qui vous déplaît ? s'informa Brunetti qui voyait sa question comme un moyen de la ramener à la normalité, tout en étant véritablement intéressé par son avis.

– Ce n'est qu'une version luxueuse des boutiques de Saint-Marc qui vendent du verre et des masques au rabais faits en Chine. »

Brunetti garda le silence. Il était d'accord avec elle, mais aussi curieux d'en savoir plus. « En quoi sont-elles similaires, d'après vous ?

– On n'y vend rien pour les Vénitiens. De l'huile d'olive à 15 euros le demi-litre ? Des bottes à 700 euros ? Un café deux fois plus cher que dans la plupart des bars ? Et de toute façon, quel Vénitien a envie d'acheter un éléphant en verre ou un masque en plastique ? »

C'étaient des arguments qu'il avait fréquemment entendus et lui-même souvent utilisés. « Paola demande toujours : "Où trouver une fermeture Éclair ?" »

Elle se tourna vers lui, presque choquée. « Paola fait de la couture ?

– Seigneur, non, répondit-il le sourire aux lèvres. Ce n'est qu'une métonymie pour évoquer les besoins réels des résidents, à la différence des achats des touristes. Des fermetures Éclair, des sous-vêtements, des épluche-légumes. Du fil. »

Elle recula d'un pas et examina son visage.

« Qu'y a-t-il ? demanda Brunetti, craignant de l'avoir froissée.

– Un policier qui emploie le terme de métonymie ! s'exclama-t-elle en secouant la tête. Cela ne m'étonne pas que Paola vous ait épousé. » Elle pivota et partit en direction du marché. Comme on était en semaine, ils parvinrent à le traverser assez facilement. Brunetti remarqua que beaucoup des étals de fruits et légumes avaient disparu, tout comme la moitié des poissonniers.

Ils sortirent du marché, longèrent le canal, puis prirent la calle dei Botteri et passèrent deux autres ponts. La professoressa Crosera sortit ses clefs de son sac et ouvrit une porte donnant sur la rue, qu'elle referma derrière Brunetti avant de monter l'escalier jusqu'au quatrième et dernier étage. Elle ouvrit la porte de l'appartement et il la suivit à l'intérieur. Ils traversèrent un petit vestibule débouchant sur un grand salon où trônaient deux confortables divans. La fenêtre s'ouvrait sur le marché ; on distinguait au loin le clocher de San Francesco della Vigna. Elle enleva son manteau et le jeta sur le dossier du petit canapé, puis en fit le tour et s'assit au bout. Sur le mur derrière le grand sofa, Brunetti repéra quatre photos en noir et blanc sur lesquelles figuraient des centaines, peut-être des milliers de petites formes circulaires disposées en lignes parallèles.

Curieux, il s'approcha et s'aperçut qu'elles faisaient partie, comme il le pensait, d'une série de photos de Salgado prises dans les mines d'or, il avait oublié où, peut-être en Amérique du Sud. Il recula et observa la signora Crosera. Elle avait les mains coincées entre les genoux et était penchée en avant, les yeux rivés sur le sol. Elle se redressa contre le dossier du canapé et tourna son regard vers lui.

Se sentant soudain agité et mal à l'aise, Brunetti alla chercher son sac, qu'elle avait laissé par terre près de la porte, et le posa près d'elle. « Peut-être qu'il serait bon d'appeler votre sœur, signora, et de lui faire savoir que vous êtes rentrée chez vous », suggéra-t-il avant d'aller se poster à la fenêtre la plus éloignée, d'où il observa les édifices et les tours visibles à l'horizon. Elle entama une conversation derrière lui ; même à voix basse, il entendait ce qu'elle disait.

Brunetti nota que la fenêtre était en réalité une porte donnant accès à un petit balcon. Il l'ouvrit et sortit, masquant ainsi la voix de la professoressa. Sur la droite se trouvait le campanile de Saint-Marc, écrasé entre deux nuages qui, par effet d'optique, ressemblaient à deux énormes oreillers prêts à le soutenir. Il laissa ses yeux dériver plus loin encore et se mit à jouer à un de ses jeux les plus anciens : « Quelle est cette église ? » Comme il était seul, il ne pouvait vérifier ses réponses, mais la tour penchée de Santo Stefano était facile à reconnaître.

Brunetti se détourna au moment où la professoressa Crosera rangeait son portable dans son sac et levait les yeux vers lui. Il rentra et s'approcha d'elle. Apparemment, sa sœur avait réussi à la calmer : son visage en était la preuve.

« Signora, tôt ou tard, nous ouvrirons une enquête sur ce qui est arrivé à votre mari.

– À quoi cela servira-t-il ?

– Pour votre mari, à bien peu de chose, je le crains », répondit-il, ne voulant pas la conforter dans de fausses illusions. « Mais je tiens à trouver la personne qui lui a fait cela.

– Je suis sûre que cela ne servira à rien, insista-t-elle. Ni à personne.

– Cela pourrait empêcher l'agresseur de recommencer.

– Vous semblerai-je cruelle si je vous dis que cela n'a pas beaucoup d'importance pour mon mari ? Ni pour moi. » Elle esquissa un sourire, un des plus tristes que le commissaire ait vus de sa vie.

« Pas cruelle, signora, certainement pas. Mais c'est à vous que je demande de prendre cette décision, pas à votre mari.

– Quelle décision ? demanda-t-elle, sincèrement surprise.

– De nous laisser vous poser des questions, ainsi qu'à vos amis, expliqua-t-il sans oser mentionner son fils. Y a-t-il un élément qui pourrait être lié, selon vous, ou d'après eux, à l'accident advenu à votre époux ?

– Je vous ai déjà parlé des problèmes de mon fils.

– Effectivement. Mais y avait-il d'autres choses qui préoccupaient votre époux ? »

Après un long moment de réflexion, elle finit par répondre : « La vieillesse. La crise économique qui menace son entreprise. Le réchauffement climatique, le fait qu'il prenait du ventre, ce que notre fille faisait avec son petit copain. » En le voyant sourire, elle ajouta : « Ai-je dit quelque chose de drôle ?

– J'avais la sensation de me regarder dans un miroir et d'y voir mes propres sujets d'inquiétude. Il faudrait que j'y ajoute mon patron, qui parfois ne m'aime pas beaucoup. »

Sa tentative de détendre l'atmosphère tomba à plat. « Y avait-il autre chose ? s'enquit-elle d'un ton neutre.

– Pour l'enquête ?

– Oui.

– Je voudrais jeter un coup d'œil à ses effets personnels. Dans son bureau, s'il en a un », spécifia-t-il, en continuant à éviter toute allusion à son fils.

Elle eut un geste d'assentiment, mais Brunetti ne savait pas s'il signifiait que son mari avait bien un bureau, qu'elle acceptait de le laisser fouiller à l'intérieur, ou tout simplement qu'elle comprenait sa requête. Il pria pour la deuxième option. « Je voudrais m'en charger tout de suite. » Face à son hésitation, il pensa qu'il était temps de jouer la carte de la sécurité de son fils : peu de mères résisteraient à la puissance de cet appel.

Elle regarda sa montre, mais avant même de prendre la parole, ils entendirent la porte d'en bas s'ouvrir si violemment qu'elle cogna contre le mur. Surprise, elle bondit du divan et Brunetti fit volte-face pour parer à toute éventualité.

Deux adolescents entrèrent dans la pièce, presque de la même taille, quoique le garçon fût à l'évidence plus jeune que la fille. Il portait un jean taille basse, une veste en cuir marron et une paire de Stan Smith quasi neuves. Il avait rasé les côtés de son crâne et laissé pousser le reste, créant un étrange effet de dégradé. Ses yeux foncés étaient semblables à ceux de sa mère et, malgré sa maigreur, ses joues avaient encore la rondeur de l'enfance.

Il s'arrêta brusquement à la vue de Brunetti ; il regarda sa mère, puis le commissaire, puis sa mère à nouveau, signe que la situation était inédite pour lui. « C'est qui ? » demanda-t-il farouchement. Il était tendu et montrait les dents de façon primaire.

La fille se tourna vers son frère, étonnée ; son visage, qui était la version plus jeune de celui de la signora Crosera, trahissait sa désapprobation. « Sandro », fit-elle, la voix nouée et pleine de reproches.

Le garçon la regarda, à l'évidence partagé entre l'outrage et la contrition. « J'ai juste demandé qui c'était », marmonna-t-il face à sa réprimande.

Brunetti leur sourit. « Je suis Guido Brunetti. Votre mère m'a demandé de la raccompagner depuis l'hôpital. » Il se tourna vers la professoressa Crosera pour prendre congé. « Si je peux faire quelque chose, n'hésitez pas à appeler Paola. »

Il se retourna vers les enfants pour préciser : « C'est ma femme. Votre mère et elle sont collègues à l'université. Votre mère a passe tout son temps à l'hôpital, au chevet de votre père, sans rien manger. Je pense qu'elle a besoin qu'on prenne soin d'elle. Peut-être pourriez-vous l'aider à préparer le déjeuner ?

– Qu'est-ce qu'il a ? » s'informa le garçon, la gorge serrée.

Au lieu de répondre, Brunetti se tourna vers leur mère qui expliqua : « Les médecins disent que vous pourrez aller voir papa demain. D'ici là, je suis la seule personne autorisée à lui rendre visite. »

Le garçon voulut parler mais ne put émettre qu'un gémissement, qui s'étira pendant quelques secondes. « Est-ce qu'il va mourir ? »

Sa mère se leva et alla l'entourer de ses bras, en s'efforçant de garder une voix calme : « Ne dis pas de bêtises, Sandro. Deux infirmières et le meilleur médecin de l'hôpital s'occupent de lui. Aurelia et toi pourrez aller le voir dès demain. » Elle se tourna vers Brunetti pour qu'il confirme ses propos. « N'est-ce pas ?

– Si le dottor Stampini est d'accord, je suis sûr qu'ils pourront lui rendre visite. » Brunetti lui fit un signe de tête et prit congé. Arrivé à la porte, il entendit des sanglots rauques, mais eut la décence de ne pas se retourner pour voir qui s'était mis à pleurer.

14

Lorsqu'il sortit de l'immeuble, Brunetti sentit que le temps était revenu à un début d'automne plutôt que de céder à l'hiver : il n'était pas plus tôt arrivé sur le campo San Cassiano qu'il transpirait déjà sous son manteau. Il songea à l'enlever, mais à l'idée qu'il resterait entièrement à l'ombre jusqu'à l'appartement, il se contenta de le déboutonner un moment. Il se tourna face au soleil, tel un tournesol tardif prêt à vaincre l'adversité.

Si le soleil avait été un vieil ami en train de faire ses bagages pour trois mois de vacances, Brunetti lui aurait dit qu'il allait lui manquer et lui aurait souhaité de bien profiter de l'Argentine et de la Nouvelle-Zélande. Quelle bonne idée de passer l'hiver au chaud, au bord de la mer. Lorsqu'il tourna dans la ruga Vecchia San Giovanni, il sentit qu'il avait eu raison de garder son manteau et le reboutonna pour le restant du chemin.

Brunetti ne pouvait s'empêcher de penser à Gianluca Fornari. Il sortit son téléphone et composa le numéro de la signorina Elettra en gravissant une première volée de marches.

« Bonjour, commissaire », dit-elle aimablement, comme si elle avait attendu ce coup de fil depuis son arrivée au bureau. Elle lui annonça d'emblée : « Le signor Fornari est connu de nos services depuis un certain temps. Depuis l'âge de dix-huit ans, en vérité. » Brunetti trouvait surprenant qu'un homme possédant un casier judiciaire ait attendu sa majorité pour agir, mais avant qu'il ne puisse faire la moindre remarque là-dessus, la signorina poursuivit : « Le service des mineurs avait ouvert un dossier sur lui, mais je n'ai pas voulu m'y plonger si vite après m'être renseignée sur Alessandro Gasparini. »

Ah, elle appelle donc cela « se renseigner », maintenant. Brunetti cloua cette pensée au pilori et lui demanda : « Et qu'en est-il de son dossier chez nous ?

– Sur ces vingt dernières années, il en a passé onze aux frais de l'État, répondit-elle avec le grognement d'effort de ceux qui étirent le bras pour saisir un dossier. Ah oui, voilà. Cinq ans pour une série de vols à Mestre et à Marghera – de vingt à vingt-cinq ans –, puis trois autres années – de vingt-neuf à trente-deux ans – pour vente de drogue à des mineurs à Padoue. » Brunetti entendit tourner une page. « Il a été de nouveau incarcéré à trente-quatre ans. Pour le même délit, vente de drogue. Mais il a été relâché il y a un an et demi.

– D'autres éléments ?

– Aucun signe d'emploi. Aucune trace de paiement d'impôts durant toutes ces années. »

Comme chez la plupart de ses contemporains, le ton de la signorina Elettra suggérait son approbation, même si Brunetti ne savait jamais vraiment sur quel pied danser avec elle. Qu'elle puisse dénicher ce genre de renseignements l'émerveillait. Aucune porte ne lui semblait fermée. « A-t-il eu des problèmes avec nous depuis ?

– Aucun. J'ai appelé les *vigili urbani* pour leur demander s'ils avaient été en contact avec lui. Certains se souvenaient de son nom, associé à de vieilles histoires, mais personne ne se rappelait avoir eu affaire à lui, ni même l'avoir vu depuis un long moment. L'un d'eux a précisé qu'il était marié à une femme respectable. Pas d'enfants.

– Et maintenant, il vend de la drogue aux gamins du lycée Albertini ? » Brunetti ne songea pas une seconde à remettre en cause l'information qu'il détenait de Manrico.

« Aucune idée, dottore, répondit-elle. Je vais voir ce que je peux trouver d'autre. » Il allait mettre fin à leur communication lorsqu'elle ajouta : « J'ai vérifié leurs coups de fil et il n'y a aucun appel entre lui et Gasparini. »

Arrivé devant la porte de chez lui, il la remercia pour son aide, lui dit qu'il serait là vers quinze heures, puis la remercia et raccrocha.

Il fourra le téléphone dans une de ses poches, sortit ses clefs de l'autre et entra. Son radar personnel lui confirma que l'appartement était vide. Il se souvint alors que le président du département de Paola lui avait demandé – « supplié », d'après ses mots – d'assister à l'entretien de l'un des candidats qui avaient postulé un poste de professeur ; Raffi était allé jouer au basket et Chiara avait un cours d'histoire de l'art au laboratoire des Gallerie dell'Accademia. Paola serait sans aucun doute invitée à déjeuner dans un restaurant onéreux pour la remercier ; les enfants devaient sûrement s'amuser. Brunetti n'avait plus qu'à chercher des restes dans le réfrigérateur et à manger tout seul, avec le journal pour toute compagnie, à moins que Paola ne l'ait pris pour le lire pendant l'entrevue. « Plains-toi », marmonna-t-il.

Il alla dans la cuisine et ouvrit le frigidaire où il trouva une casserole et, sur l'étagère du dessous, un plat recouvert d'une feuille d'aluminium. Il les posa sur le plan de travail et souleva le couvercle de la casserole, qui contenait un velouté de céleri-rave. Un mot sur l'aluminium le prévenait : *Pas besoin de les réchauffer.* Dessous, il trouva des paupiettes de veau enveloppées de speck.

Il alluma quand même le four et y glissa le plat, puis il mit la casserole sur la gazinière et la régla à feu moyen. Il prit un bol et un verre dans le buffet. Pendant que la soupe chauffait, il alla chercher dans sa chambre la pièce de Sophocle qu'il avait laissée ouverte à l'envers sur sa table de nuit.

De retour dans la cuisine, il coinça le livre sous une cuillère d'un côté, et une assiette de l'autre, pour le garder ouvert. Il sortit une autre cuillère, remua le potage et goûta pour en vérifier la température.

Il coupa quelques tranches de pain et jeta un autre coup d'œil au réfrigérateur où il fut déçu de ne pas voir de salade. Il remua de nouveau la soupe et se remplit un verre au robinet, non pour ménager la sensibilité écologique de Chiara mais parce qu'il était trop paresseux pour ouvrir une bouteille d'eau minérale, puis s'assit à table.

Ayant retrouvé sa page, il chercha la scène où il s'était arrêté la veille. Ses yeux tombèrent sur un passage qu'il avait souligné des décennies plus tôt, du temps où il étudiait cette pièce à l'école. Conformément à son souvenir, c'était une réflexion d'Ismène : cette Ismène toujours sage, toujours prudente, toujours soumise. Avec le temps, son trait de crayon s'était presque effacé. *« Je suis les ordres de ceux qui détiennent l'autorité. »* Il se demanda ce qu'il avait bien pu comprendre, à l'âge de dix-huit ans, du pouvoir et de ses usages.

Il sentit une odeur de brûlé et n'y prêta pas attention, pensant imaginer celle du bûcher funéraire sur lequel avait été consumé, avec tous les honneurs, le corps d'Étéocle, le frère loyaliste, tandis que celui du frère accusé de trahison avait été livré aux vautours.

L'odeur lui chatouilla de nouveau les narines et il vit la vapeur monter de la casserole. « *Oddio* », murmura-t-il, avant de bondir sur ses pieds pour la retirer du feu et la poser sur le plan de travail en marbre, espérant que son contenu n'ait pas irrémédiablement attaché.

Il versa la soupe dans le bol et étudia le fond de la casserole. Apparemment, pas de dégâts ; il racla le reste et retourna s'asseoir. Il sirota une gorgée d'eau, posa son verre et reprit sa lecture, en attendant que le potage refroidisse.

Créon y déblatérait de cette voix si prisée par les puissants : comme ils aiment à l'entendre sortir de leur gorge, et probablement de celle de leurs pairs. Quelle simplicité dans ces pensées, ces idées et ces commandements. *« Veillez à ne pas prendre le parti de ceux qui me désobéiront »*, assenait le roi, tandis que le coryphée s'empressait de renchérir : *« Il n'est personne d'assez fou pour vouloir à tout prix mourir. »*

Après que la sentinelle eut rapporté la tentative rudimentaire d'enterrement, Créon déploya sa dernière arme de tyran : le sarcasme. *« Où vois-tu que les dieux honorent les méchants ? »*[21]

Brunetti sortit un ticket de caisse de Rosa Salva de sa poche, le glissa entre les pages et ferma le livre. Sachant que cette lecture l'aurait distrait de son déjeuner, il poussa l'ouvrage à l'autre bout de la table et commença à manger. Il aurait bien aimé que Paola lui laisse *Il Gazzettino* du jour, car ses articles grossiers sur les morts et les misères de ce monde n'auraient su le perturber autant que les inventions de Sophocle.

21. Traduction de René Biberfeld.

Lorsqu'il retourna à la questure, il se renseigna sur Vianello, mais personne n'avait eu de nouvelles de l'inspecteur. Griffoni était sortie déjeuner et n'était pas encore revenue. En gravissant les marches de son bureau, il se demanda comment il s'y prendrait s'il voulait vendre de la drogue à des lycéens sans risquer d'être arrêté.

Comme il savait que c'était à la fenêtre qu'il réfléchissait le mieux, il alla observer la façade de l'église San Lorenzo pour passer en revue différentes options. Fornari aurait pu charger un des élèves de la vente, mais cela ne l'aurait pas dégagé de ses responsabilités légales et aurait même pu aggraver son cas si l'élève était pris. Sans compter l'obligation de partager les bénéfices. Non, ce n'était guère une sage résolution. L'important était de limiter, voire d'éliminer le contact direct entre lui et ses clients. Tant qu'il ne mettait pas directement la drogue dans les mains d'un mineur, il ne commettait aucun crime grave. Il lui fallait donc trouver un endroit où la laisser et une personne fiable pour l'écouler.

Une fois que les élèves savaient où s'en procurer, il ne leur restait plus qu'à s'y rendre et faire leurs achats. Brunetti songea qu'il n'était peut-être pas tout à fait loufoque d'imaginer que, dans dix ans, la drogue serait livrée par drone.

Il se souvint d'une amie de sa mère qui était d'une curiosité insatiable sur la vie de ses voisins, sans cesse à l'affût des ragots. Chaque fois qu'elle la voyait passer, sa mère lui disait que cette dame passait sa vie à *curiosare*[22], une de ses expressions favorites. Si elle avait pu aller à l'école au-delà du CM1, que serait-elle deve-

22. Fouiner ou écouter de manière indiscrète.

nue ? Brunetti n'avait jamais dit à personne, pas même à Paola, combien elle lui manquait encore.

Ignorant quelle situation ou quel stratagème pouvaient bien masquer la vente de la drogue, la seule solution était de se rendre au lycée Albertini et de *curiosare*.

Il entendit un coup à la porte. *« Avanti*[23] *! »* s'écria-t-il. Vianello entra, ferma derrière lui et s'assit sans se départir d'un large sourire. Il ne dit pas un mot tandis que Brunetti retournait derrière son bureau. « D'accord, Lorenzo, finit par déclarer le commissaire, raconte-moi ce qu'il s'est passé au lieu de sourire comme ça. »

L'inspecteur se laissa aller dans son fauteuil, tendit les jambes et croisa les chevilles, observant le bout de ses chaussures. Brunetti prit un ton faussement exaspéré. « Tu vas rester là à te lisser les plumes, ou tu vas te décider à me parler ? »

Vianello reprit son sérieux. « Je suis arrivé là-bas avant le début de l'interrogatoire. Mon collègue Pastore voulait me montrer certaines choses trouvées dans l'appartement du mari au moment de son arrestation. »

Brunetti changea de position dans son fauteuil et croisa les bras.

« D'accord, d'accord », concéda Vianello. Il sortit une enveloppe de sa poche intérieure et la posa sur le bureau d'un geste théâtral. « Tiens, regarde. »

Brunetti souleva le rabat et aperçut quelques feuilles de papier. Il les déplia toutes les trois et les aligna devant lui. Il s'agissait des photocopies couleur des photos de trois tableaux représentant des portraits de femmes. Sur le premier, une servante noire tenait une ombrelle rouge au-dessus du sujet ; sur le deuxième, la femme avait des yeux de tailles différentes et le troisième montrait

23. « Entrez ! »

une femme nue et assez forte, penchée en avant, qui s'essuyait les pieds avec une serviette.

« Bordoni, déclara Brunetti. Le type qu'ils interrogeaient avait ça dans son appartement ?

– Oui.

– Seulement les photocopies ou les tableaux eux-mêmes ? demanda-t-il en tapotant les feuilles de papier.

– Les photocopies.

– Et les tableaux ? »

Vianello secoua la tête. « Il y avait une foule de choses chez lui, mais pas de tableaux.

– Qu'est-ce qu'ils ont trouvé ?

– Des photos d'autres tableaux. Il y avait aussi plusieurs montres, des bijoux, des cuivres de la Renaissance, une statuette de déesse romaine, un carreau d'Iznik et environ 12 000 dollars américains. En petites coupures.

– Aucun de ces vols n'avait été signalé ?

– On a retrouvé les propriétaires du carreau d'Iznik et de quatre des montres. Les dossiers sont à l'étude pour voir si les autres pièces ont fait l'objet d'une déclaration de vol.

– Il s'agit donc d'un professionnel.

– Apparemment.

– Le fait qu'il détienne les photocopies de ces tableaux signifie soit qu'il les a photographiés après le vol…

– De manière à pouvoir les montrer à ses éventuels acquéreurs, acheva Vianello.

– Soit que quelqu'un d'autre lui a procuré ces photocopies pour lui indiquer exactement quels tableaux emporter.

Vianello opina. Ils gardèrent le silence un moment, plongés dans leur réflexion.

« Qu'a dit sa femme ? demanda Brunetti.

– Rien. Elle croyait que son mari vendait des polices d'assurance contre les incendies, rapporta Vianello avec le plus grand sérieux.

– Des polices d'assurance ? Comment expliquait-elle la présence de ces objets dans leur appartement ?

– Elle ne l'expliquait pas. Elle s'est contentée de dire que son mari avait toujours eu un goût très sûr.

– Qui a appelé pour signaler les violences domestiques ?

– Les voisins d'en face.

– Comment le suspect justifie-t-il tous ces objets chez lui ?

– Il affirme en avoir trouvé certains dans une valise oubliée dans un train, dit Vianello toujours impassible.

– Mais il ne l'a pas amenée aux objets trouvés ?

– Il a répliqué qu'à sa connaissance, il n'y avait aucune loi l'obligeant à le faire.

– A-t-il déjà eu affaire à nous ?

– Il a été arrêté sept fois pour cambriolage. Avec au total, six ans de prison.

– A-t-il été interrogé au sujet des photocopies ?

– Oui. Il a déclaré qu'il ne voulait pas les jeter, pour pouvoir rendre le contenu complet de la valise à son propriétaire, s'il venait à le retrouver.

– Je vois », fit Brunetti, à court d'arguments. Il tapota d'un doigt la fille aux yeux asymétriques. « Tu auras des questions à lui poser là-dessus ?

– Demain. Pastore a dit qu'ils me laisseraient une demi-heure avec lui pendant leur pause-café.

– Une longue pause-café, observa Brunetti.

– Oui, n'est-ce pas ? approuva Vianello. Je me suis dit qu'il aurait besoin d'un peu de temps pour accepter le marché : il me révèle où il a obtenu les photocopies et je signale à mes amis qu'il s'est montré très coopératif. »

Brunetti prit les photocopies et les examina une par une. Le cadre de la femme à l'ombrelle était noir et lisse. Celui de la femme nue était doré et gravé de minuscules rosettes. La femme aux yeux étranges n'avait pas été encadrée. Brunetti revint au portrait de la femme nue où il nota une fine bande verticale noire à la droite du cadre. La femme aux yeux asymétriques présentait la même ligne noire, mais sur la gauche du tableau.

Brunetti examina les trois œuvres un long moment, puis il prit la photocopie de la femme à l'ombrelle et plia la feuille de papier à la verticale, de manière à ce que le cadre noir du tableau coïncide avec le bord de la photocopie. Il plia les autres et les disposa de chaque côté de la femme à l'ombrelle en une sorte de triptyque. Les lignes noires correspondaient aux bords du cadre central.

Brunetti regarda Vianello. « Étaient-ils accrochés ainsi dans l'appartement de Bordoni ? »

L'inspecteur opina du chef et sourit. « Tu es très malin, Guido. Il m'a fallu bien plus de temps pour m'en rendre compte, et j'ai même dû demander à Bocchese de jeter un coup d'œil à la photo que nous avait donnée le dottor Bordoni pour saisir l'agencement de ces tableaux à l'origine.

– Donc la photo originale a été prise chez eux ? Avant le vol ?

– Vraisemblablement. »

Brunetti observa de nouveau les trois photocopies. Dans un appartement comme celui des Bordoni, truffé de tableaux et d'œuvres d'art, mieux valait pour un voleur disposer d'une feuille de route.

« C'est à cela que tu vas confronter le suspect ? demanda Brunetti.

– Comme je te l'ai dit, il me donne le nom de la personne qui a pris les photos et, de mon côté, je dis deux mots en sa faveur à mes amis.

– Tes amis seront-ils d'accord ? »

Surpris par la question, Vianello se redressa. « Ils le sont déjà. Ils parleront au juge et lui expliqueront qu'il a été un témoin très utile. »

Brunetti sourit. « Je m'étonne que tu ne leur aies pas demandé de raconter qu'il a probablement trouvé le sac dans un train.

– J'y ai songé, répliqua Vianello d'une voix débordante de regrets. Mais avec le dossier qu'il se coltine, mes amis ne seraient pas allés aussi loin. »

15

Brunetti regarda sa montre. « Tu as quelque chose à faire, là, dans l'immédiat ?

– Non.

– Bien. Veux-tu venir avec moi au lycée Albertini ? »

Vianello se leva.

« Je voudrais voir comment ça se passe pour les jeunes à la sortie de l'école, lui expliqua Brunetti. Chiara finit à 17 heures, les autres aussi sans doute.

– D'accord. Le temps de mettre mon manteau, je te retrouve dans l'escalier », dit l'inspecteur en gagnant la porte.

Ils quittèrent la questure quelques minutes plus tard et partirent sans se concerter vers l'école, en direction de la Barbaria de le Tole, à proximité de l'hôpital. Brunetti se rappela l'époque du lycée où il jouait – mal – au football sur le *campo*, mais il ne se souvenait plus du nom de ses coéquipiers.

Ils gravirent le pont en face du palais Cappello et continuèrent tout droit, puis tournèrent vers l'établissement scolaire.

« Qu'est-ce qu'on cherche, en fait ? demanda Vianello. Je ne vois pas trop à quoi pourrait ressembler un dealer. »

Brunetti haussa les épaules. « Moi non plus. Fornari n'a pas attiré l'attention sur lui depuis sa sortie de prison il y a un an et demi, et pourtant il paraît que c'est lui qui gère la vente de drogue au lycée. Qu'est-ce que cela signifie, à ton avis ? »

Vianello s'arrêta devant un magasin et regarda dans la vitrine un petit vase marron. « Plus je vieillis, plus j'aime les objets japonais, énonça-t-il au grand étonnement de Brunetti.

– Pourquoi ? »

Vianello se frotta la lèvre inférieure, comme s'il réfléchissait à la question. « Ils sont si simples.

– Peut-être pas pour les Japonais.

– Mais pour les policiers vénitiens, oui, répliqua Vianello en indiquant le vase. Regarde ça, on dirait qu'il luit, tu ne trouves pas ? Comme s'il y avait quelque chose en train de brûler à l'intérieur. » Face au silence de Brunetti, l'inspecteur enfouit ses mains dans les poches de son pantalon et s'écarta de la boutique pour reprendre son chemin.

« Peut-être que Fornari a refilé le boulot à quelqu'un d'autre, poursuivit-il comme s'il n'avait pas fait de halte. Peut-être qu'il en a assez de faire de la prison.

– Après toutes ces années, le contraire serait étonnant », approuva Brunetti. D'après les informations que la signorina Elettra lui avait fournies, Fornari n'avait pas fait grand-chose de sa vie à l'air libre.

Ils franchirent le portail de l'école, ouvert sur la *calle*. Il n'y avait aucun élève dans la grande cour ; le seul signe de vie était un border collie assis au loin, vigilant, comme s'il avait parqué son troupeau et attendait le signal du départ.

Brunetti et Vianello se feraient moins remarquer s'ils s'asseyaient sur l'un des bancs du *campo* pour lire leur journal. Brunetti s'arrêta donc au kiosque, où il ne restait plus le moindre quotidien. Il acheta un autre exemplaire de *L'Espresso*[24] qu'il avait déjà à la maison et un *Giornale dell'Arte*[25] datant de deux mois qu'il passa à Vianello. Ils s'installèrent sur le banc situé face à la *calle* qui menait au lycée et se mirent à feuilleter les pages, en levant la tête de temps en temps vers l'établissement pour guetter les élèves. Dix minutes plus tard, Brunetti était captivé par un article sur l'ancien directeur du projet MOSE, qui vivait maintenant en Amérique centrale et se déclarait trop invalide pour pouvoir revenir en Italie assister à son procès.

Au fil des ans, Brunetti avait lu maints rapports sur le montant total dépensé pour ce projet, variant de cinq à sept milliards d'euros, et cet article-là évoquait, le plus naturellement du monde, la possibilité que ce « *progetto faraonico*[26] » ne fonctionnât jamais. Rien que ça : la destruction du rythme de marées vieilles de mille ans, la bétonisation d'amples zones de terre et de mer, des sommes investies non révélées et maintenant, ils annonçaient comme une fleur que les digues mobiles pourraient ne jamais marcher. Il tourna la page.

Un grondement rappelant la marée leur fit lever les yeux en même temps et ils assistèrent à l'Exode : une vague de petites élites de la nation déferlait sur le *campo*. Habillés en Moncler et North Face, gris foncé, bleu foncé, noir, ils portaient presque tous des jeans si abîmés et si effilochés qu'ils auraient fait rougir de honte leurs femmes de ménage – car leurs familles disposaient forcément de femmes de ménage.

24. Revue hebdomadaire de politique, culture et économie.
25. Mensuel consacré au monde de l'art.
26. Projet pharaonique.

Les garçons étaient grands et élancés, pour la plupart, et les filles semblaient à l'aise en leur compagnie. Certains marchaient côte à côte, soit en couple, soit en simples amis. Brunetti pouvait faire la différence, sans trop savoir comment. Peut-être en regardant où atterrissait la main des garçons lorsqu'ils passaient un bras autour des filles. La rumeur de leurs conversations s'entendait de loin, entrecoupée d'éclats de rire.

La vague s'approchait. Le border collie surnageait au milieu, collé aux talons d'une grande brune. La langue pendante, en adoration, il lui jetait de brefs regards lorsqu'il ne sursautait pas aux bruits de la foule.

Arrivés sur la place, certains élèves se dégagèrent du groupe et entrèrent dans un bureau de tabac d'où ils ressortirent avec des paquets de cigarettes qu'ils ouvrirent pour en offrir à leurs camarades de classe. D'autres se dirigèrent vers le kiosque où Brunetti avait acheté ses revues : le vendeur asiatique leur passa quelques magazines. *Quand les kiosques ont-ils commencé à vendre des CD, des babioles, des porte-clefs et des tee-shirts, et plus seulement des journaux et des revues ?* se demanda Brunetti. *Et quand leurs vendeurs ont-ils cessé d'être italiens ?*

L'onde passa près d'eux et éclaboussa le *campo* : certains allèrent au bar prendre un café ou un Coca-Cola ; d'autres gravirent le pont et disparurent de l'autre côté.

Brunetti guettait tout signe d'un adulte s'approchant des jeunes, mais personne sur le *campo* ne semblait leur prêter attention.

Un garçon aux longs cheveux noirs brillants sortit de Rosa Salva et gagna le pont. Il n'avait monté que quelques marches lorsqu'une fille poussa la porte en criant : « Gianpaolo, attends-moi ! » Il se retourna pour l'attendre, mais sans le moindre sourire, tandis qu'elle courait vers lui. Brunetti regarda au loin.

« Elle apprendra, dit Vianello. Ou peut-être pas. »

Brunetti posa la revue sur le banc, à côté de lui, croisa les bras et concentra son attention sur l'édifice qui terminait la ligne de bâtiments commençant par Rosa Salva. Le quatrième étage avait vue sur les montagnes, mais aussi sur les façades de l'hôpital et de la basilique, lesquelles étaient de véritables cadeaux pour les yeux : pendant des décennies entières, Brunetti avait envié les gens qui vivaient dans cet appartement. Il regarda les fenêtres tout en réfléchissant au comportement de ces lycéens à leur arrivée sur le *campo*.

Il tourna la tête vers Vianello.

« Tu as déjà vu des garçons lire des revues people ?

– Lire quoi ?

– Ces magazines avec des photos d'acteurs et d'actrices, et six pages sur le mariage de George Clooney.

– Misère, ne m'en reparle pas », l'implora Vianello qui, quelques années plus tôt, avait dû mettre les bouchées doubles pendant les quatre jours de festivités. Il chassa ce souvenir avec un frisson d'horreur. « Pourquoi cette question ?

– Parce que des adolescents viennent d'acheter des magazines de ce genre. Vingt euros chacun.

– Comment le sais-tu ?

– Je les ai vus. Ils ont payé avec un billet de vingt, ont pris les revues et n'ont pas attendu la monnaie.

– Très intéressant. »

Les pieds de Brunetti s'étaient engourdis de froid et il les tapa par terre plusieurs fois de suite. « Il suffit de se mettre d'accord sur les noms et la quantité. Tel magazine correspond à telle drogue, et le nombre d'exemplaires à la quantité voulue. À la fin de la journée, l'homme du kiosque passe commande par SMS et les magazines demandés sont livrés le lendemain. C'est plus sûr que de les stocker sur place. Comme avec DHL : livraison en vingt-quatre heures.

– Nous ne sommes là que depuis cinq minutes et tu as déjà compris le système, alors que les gens qui travaillent ou habitent ici depuis des années n'ont rien remarqué ? s'étonna Vianello.

– Ils le savent probablement, Lorenzo, mais ils ne vont pas venir nous le dire. Nous sommes des pestiférés. Ou du moins, une espèce particulière de pestiférés : ils nous évitent pour éviter les problèmes. Ils vivent dans le quartier, ne l'oublie pas.

– Tu exagères un peu, non ?

– Bien sûr que j'exagère, mais c'est quand même leur façon de penser. Après tout, pourquoi se fatiguer ? Ils savent qu'un autre dealer remplacera celui-là dans quelques jours, ou dans une semaine, ou dans un mois. S'ils viennent signaler un crime et que l'on note leur nom, quelqu'un pourrait découvrir qu'ils sont venus nous en parler. » Devançant l'objection de Vianello, il précisa : « Je sais que ça ne se produit jamais, mais c'est ce dont les gens ont peur. Et s'ils appellent, ils se disent que nous avons leur numéro, que nous pouvons remonter jusqu'à eux pour leur poser des questions. Si tu étais un citoyen lambda plutôt qu'un policier, est-ce que tu irais faire une déposition ? »

Vianello ignora cette question et demanda : « En quoi Fornari est-il impliqué dans cette affaire ? »

Brunetti prit soudain conscience du froid qui pénétrait ses os et se leva. « J'aimerais bien le savoir. » Il consulta sa montre et vit qu'il n'était pas tout à fait 18 heures – une de ces heures floues où il était trop tôt pour rentrer chez lui et trop tard pour retourner à la questure.

« Il n'y a plus rien à faire ici, conclut-il. Autant rentrer chez nous.

– Est-ce que le temps passé assis dans le froid compte comme des heures supplémentaires, d'après toi ? »

Brunetti rit et lui tapa sur l'épaule.

16

La bonne humeur de Brunetti l'accompagna tout le long du trajet, et jusqu'en haut de l'escalier. Raffi était à la cuisine, en train de manger un sandwich au jambon de la même taille que le dictionnaire gréco-italien qu'il tenait dans l'autre main. Lorsqu'il aperçut son père, il lui expliqua, la bouche pleine : « C'est pour tenir jusqu'au dîner. »

Brunetti passa devant lui sans rien dire et sortit la bouteille de ribolla gialla qu'il avait ouverte la veille. « Ça aussi », fit-il en la posant sur le plan de travail et en prenant un verre. Puis, avec la ruse du serpent, il en poussa un autre vers son fils. « Tu en veux ? »

Raffi ne put que secouer la tête. Il avala et expliqua, en levant son sandwich : « Non, pas avec ça. Je préfère de l'eau. »

Ah, ah ! s'exclama le détective qui veillait en lui. *Pas d'intérêt pour l'alcool, donc peut-être pas non plus pour la drogue.* Il prit une bouteille d'eau minérale dans le réfrigérateur et en versa un verre à son fils.

Raffi enfonça le reste de son sandwich dans sa bouche et parvint à articuler : « Merci, papa.

– On fuit l'explication de texte ? » s'informa Brunetti, en indiquant le dictionnaire du menton.

Raffi rejeta la tête en arrière et leva les yeux au ciel. Puis, le doigt en l'air, il déclama d'un ton sentencieux : « αδύνατον τον μηδέν πράττοντα πράττειν εύ. »

Après ces mots, il but son eau, posa le verre vide dans l'évier avec un claquement retentissant, imitant la façon de faire déterminée de sa mère lorsqu'elle marquait un point, et retourna dans sa chambre.

J'aurais reconnu la citation, autrefois, se dit Brunetti en creusant dans ses lointains souvenirs de grec, mais sans parvenir à en retrouver la signification.

Pendant le dîner, la conversation tourna autour de l'invitation des parents de Paola à aller passer les fêtes chez eux, près de Dobbiaco.

Brunetti savourait son cabillaud aux épinards sans dire grand-chose, tout en s'amusant à anticiper les réactions de sa famille. Paola déclara qu'elle détestait Dobbiaco, qu'elle détestait le froid et n'aimait plus skier. Raffi répondit qu'il aimerait beaucoup y aller, mais qu'il devait voir avec Sara. Chiara, fidèle à elle-même, se plaignit que la famille avait tellement de maisons qu'elles finissaient par rester fermées une bonne partie de l'année, sans relever l'argument de sa mère sur le fait qu'employer du personnel assurait la sécurité des lieux et donnait du travail aux gens – un argument que Paola avait perfectionné, bien des années auparavant, pour contrer l'opposition socialiste de Raffi à la propriété privée.

« La question n'est pas là, continua Chiara en montant sur ses grands chevaux pour pouvoir jongler avec ses différentes motivations. C'est un acte de vandalisme environnemental que de conserver ces endroits et d'exploiter toutes les ressources nécessaires à leur entretien.

– Oh, ne dis pas n'importe quoi, Chiara, rétorqua sa mère. Tu sais bien que ton grand-père a recouvert le toit de panneaux solaires. »

Raffi intervint d'un ton enthousiaste : « Et il vend l'énergie produite en trop à la société d'électricité. » Se souvenant que son fils était autrefois un ennemi juré du capitalisme, impatient de voir s'écrouler tout ce système pourri, Brunetti ne sut comment lui, son propre père – policier, de surcroît – avait fait pour ne pas remarquer que la Banque centrale européenne avait remplacé son enfant par un clone.

« Cela signifie-t-il que tu ne veux pas y aller, mon ange ? » demanda Brunetti à Chiara.

Sa question refroidit les ardeurs de sa fille. « Je n'ai pas dit ça, papa, rectifia-t-elle. J'aimerais y aller. M'éloigner de la pollution environnante. » *Il y a une justification écologique à tout*, songea Brunetti en son for intérieur.

« Et toi, papa ? reprit Raffi, se rappelant peut-être le verre d'eau que son père avait eu la gentillesse de lui donner.

– J'aimerais bien y aller, moi aussi.

– Tu détestes le ski, répliqua Chiara instantanément.

– Mais j'adore la montagne », nuança Brunetti, le sourire aux lèvres.

Le sujet se tarit et fut reporté à une autre fois. Paola, ou plutôt son gâteau aux marrons et aux noisettes, restaura l'harmonie.

Un peu plus tard, tandis que Brunetti était couché auprès de Paola, avec son *Antigone* dans les mains, la citation de Raffi lui revint en mémoire. « Aristote, dit-il à voix haute. "Impossible, à l'homme qui ne fait rien, d'être heureux." »

Le lendemain matin, il se blinda avant d'appeler le vice-questeur pour lui demander s'il avait une minute. Patta lui répondit, avec un grand soupir, qu'il pouvait venir immédiatement s'il se dépêchait.

Brunetti ne s'attarda dans l'antichambre du dottor Patta que le temps de demander à la signorina Elettra si elle pouvait jeter un coup d'œil à la vie privée de Fornari. Entrant dans le bureau, il trouva le vice-questeur profondément absorbé dans un dossier. En l'entendant arriver, Patta – à l'instar de saint Augustin interrompu dans son labeur par l'esprit de saint Jérôme, apparu à la fenêtre de son cabinet d'étude – regarda d'abord la lumière filtrant à sa gauche, puis Brunetti et ensuite le sol, comme s'il cherchait le petit chien blanc assis jusque-là à ses pieds[27]. Au bout d'un moment, le voile se leva devant son regard et il revint aux choses de ce bas monde. « Qu'y a-t-il, Brunetti ?

– C'est au sujet du signor Gasparini, monsieur le vice-questeur, répondit le commissaire à voix basse.

– Gasparini ? Vous allez devoir me rafraîchir la mémoire.

– Bien sûr, signore.

– Asseyez-vous », ordonna Patta avec aisance.

Le commissaire se dirigea vers le fauteuil où il s'asseyait habituellement pendant ses entretiens avec le vice-questeur. « C'est l'homme qui a été trouvé au pied du pont, il y a deux nuits.

– Une agression, n'est-ce pas ?

– C'est ce que l'on a d'abord pensé, signore.

27. Allusion au célèbre tableau *La Vision de saint Augustin* de Carpaccio appartenant au cycle de saint Georges, qui orne la scuola dei Dalmati à Castello.

– Que voulez-vous dire, Brunetti ? demanda Patta, instantanément soupçonneux.

– L'attaque pourrait avoir été planifiée.

– Par qui ?

– Sa femme est venue me voir il y a une semaine ; elle craignait que leur fils ne se drogue.

– Vous me dites que le coupable serait le fils ?

– Non, signore, répondit Brunetti sans montrer le moindre signe d'exaspération. Il se pourrait que le signor Gasparini ait appris le nom du dealer du lycée de son fils. » Il s'abstint de révéler qu'il tenait cette information d'un de ses indicateurs.

« C'est le mobile de cette attaque, d'après vous ?

– C'est une possibilité, dottore », confirma Brunetti d'un ton égal. Il renonça à tout commentaire sur l'absence de criminalité dans les rues de Venise, car il ne voulait pas que le vice-questeur y voie en filigrane une critique envers Palerme, sa ville.

Patta se laissa aller dans son fauteuil et croisa les mains sur son ventre, ce qui ne suffit pas à froisser le tissu de sa chemise.

« Qu'attendez-vous de moi ?

– Rien, signore. Je voulais simplement vous parler de cette piste : j'aimerais trouver le dealer qui fournit les élèves.

– Vous avez des enfants. Vous faites-vous du souci pour eux ?

– Moins ici que dans une autre ville, répondit Brunetti qui se hâta d'ajouter : Comme Milan, par exemple. »

Patta opina du chef, se pencha en avant et conclut : « Je comprends. Faites pour le mieux.

– Merci, signore », dit Brunetti en se levant. S'il parvenait à sortir sur la pointe des pieds et sans souffler mot, il pourrait ajouter cette conversation à sa brève liste d'entretiens pacifiques avec Patta.

Au moment où il gagnait le seuil, Patta ajouta : « Bonne chance, Brunetti », ce qui surprit celui-ci au point de presque manquer la poignée.

« Merci, signore », répéta-t-il avant de sortir.

Une fois à l'extérieur, il s'adossa à la porte en fermant les yeux et prit deux profondes inspirations, incapable d'en croire ses oreilles.

« Qu'y a-t-il, signore ? » lui demanda la signorina Elettra d'un ton inquiet. Brunetti ouvrit les yeux et la vit prête à bondir de son bureau. « Vous allez bien ?

– Oui, murmura-t-il en levant les mains. Le vice-questeur m'a souhaité bonne chance pour mon enquête. »

Elle s'assit. Brunetti se rapprocha d'elle et ajouta : « Pendant tout notre entretien, il a été aimable et attentif à mon égard.

– Il doit y avoir quelque chose qui ne tourne pas rond chez lui.

– Ou il attend quelque chose de moi.

– Vous n'iriez jamais lui faire une révélation importante, n'est-ce pas, signore ? »

Brunetti lui présenta le bout de ses doigts. « Il faudrait qu'on me glisse des pousses de bambou sous les ongles », plaisanta-t-il.

Elle sembla soulagée. « Je me demande ce qu'il fabrique. » Elle lui tendit une feuille de papier et il vit qu'elle y avait inscrit le nom de l'épouse de Fornari, suivi d'une date et de deux montants en euros. « Depuis sa sortie de prison, il touche une pension d'invalidité et elle est payée pour s'occuper de lui.

– D'invalidité ? s'étonna-t-il, se demandant quel genre d'arnaque Fornari et sa femme avaient réussi à échafauder.

– Son dossier indique qu'il a été libéré pour raisons médicales.

– C'est-à-dire ?

– Il aurait des problèmes de santé plus faciles à soigner depuis chez lui, en pouvant se rendre à l'hôpital.

– Aucune précision sur les problèmes en question ?

– Ce pourrait être une maladie grave, répondit-elle sans la moindre once de conviction dans la voix. Mais mon expérience m'incite à penser qu'il s'est arrangé pour que les services sociaux leur versent à tous deux des indemnités, tout en sous-traitant son trafic de drogue au plus offrant.

– Pouvez-vous pénétrer dans…, commença Brunetti, qui se corrigea rapidement. Je veux dire, pouvez-vous consulter son dossier médical pour vérifier si ces versements sont justifiés ?

– Je m'en occupe en ce moment même, signore. Vous pouvez remonter, je vous dirai quand j'aurai trouvé quelque chose. »

Elle appela une demi-heure plus tard. « J'ai son dossier médical. J'avais tort, son état de santé est mauvais.

– De quoi souffre-t-il ?

– Un cancer des poumons. Assez grave. Enfin, ça l'est toujours un peu. C'est pour cela qu'on l'a libéré.

– Le dossier vous donne-t-il une idée de son état de santé ?

– Non. Ils parlent du genre de chimiothérapie qu'il est en train de suivre et du nombre de cycles qu'il a effectués, c'est tout.

– Depuis combien de temps ?

– Depuis sa sortie de prison. Il a eu deux longs cycles de chimiothérapie, puis de radiothérapie. Il suit de nouveau une chimio depuis trois mois. Une séance toutes les trois semaines. Ses médecins ont décrété qu'il était trop faible pour y aller tout seul, donc on le transporte en ambulance.

– Quand est-il allé à l'hôpital pour la dernière fois ? »

Il entendit un bruit de pages que l'on tourne, accompagné d'un léger fredonnement. Elle finit par répondre : « La semaine dernière. Il y retourne dans quinze jours pour un autre cycle.

– A-t-il honoré tous ses rendez-vous ? »

Un autre bruit de papier, puis : « Oui.

– Bon, tant mieux », dit Brunetti, car Fornari avait beau être un dealer et un ancien condamné, c'était aussi un homme atteint d'un cancer.

Après une longue hésitation, elle reprit la parole : « Avez-vous envisagé une autre hypothèse, commissaire ?

– Laquelle ?

– S'il est impliqué dans ce genre de trafic depuis longtemps, il a des connexions parmi ses… collègues. Il peut traiter ses affaires depuis son portable. Tout ce dont il a besoin, c'est d'un coursier fiable.

– C'est une idée intéressante, signorina, et je vous en remercie. » Puis il lui demanda de l'appeler si elle apprenait autre chose et raccrocha.

Il ouvrit son tiroir du bas, posa ses talons dessus et se pencha en arrière dans son fauteuil, les yeux au plafond. Pour la première fois, il remarqua, au-dessus de la fenêtre de gauche, une tache beige de la taille d'un CD, munie de tentacules, qui descendait depuis l'angle du plafond. Son bureau se trouvait sous la mansarde où vivaient les domestiques, des siècles plus tôt. On ne se rendait plus que rarement dans ce coin de l'édifice, qui servait d'entrepôt aux vieux fichiers et aux meubles abandonnés. Ces pièces basses de plafond, aux sols en parquet, n'avaient que peu de fenêtres, et très petites. Il y était allé des années plus tôt et avait remarqué l'état des huisseries, mais sans y avoir un problème, car à l'époque son bureau était situé de l'autre côté du bâtiment.

En revanche, il considérait bel et bien Fornari comme un problème. Un homme en chimiothérapie du fait d'un cancer virulent n'était guère susceptible de vendre de la drogue devant une école à l'autre bout de la ville, debout dans le froid. Il était encore moins susceptible d'avoir la force nécessaire pour agresser un homme et le pousser dans l'escalier d'un pont.

Brunetti se remit à observer la tache sur le mur. Malgré son état de santé alarmant, la piste de Fornari ne lui semblait pas encore à écarter. Sa femme ; ses collègues ; un téléphone. Dépêcher quelqu'un d'autre à sa place était un jeu d'enfant.

Il passa en revue toutes les informations relatives à Gasparini – encore un homme ayant une bonne épouse. Il avait parfois l'impression que l'Italie était un pays rempli d'hommes bien mariés. Lui-même en était un, après tout.

Il se leva et décida immédiatement d'aller *curiosare* au fin fond de Castello. Il valait mieux qu'il s'y rende seul, afin que Fornari et lui puissent avoir une petite conversation tranquille, de dealer à dealer.

17

Brunetti trouva son adresse dans le *Calli, Campielli e Canali*[28] : Fornari habitait près du mur de l'Arsenal qui court le long du rio delle Gorne. Le commissaire ne se rappelait pas à quand remontait sa dernière promenade dans ce quartier, mais il se souvenait du grand arbre sur le campo delle Gorne et d'un ami qui lui avait proposé un jour d'acheter ensemble un bateau amarré le long de ce mur.

Il avait refusé, n'ayant, peu après la naissance de Raffi, pas de place dans sa vie pour un bateau. Les bateaux appartenaient à l'insouciance, la frivolité de la jeunesse, ou aux heures infinies et parfois trop vides de la retraite. La plupart des hommes avaient déjà bien à s'occuper avec leurs familles et leur travail. Un bateau, c'était comme une petite amie, pas une épouse.

Il examina le plan en espérant que le chemin lui reviendrait. Il ne se perdit que deux fois, dont une qui ne comptait pas vraiment : à la fin de la calle dei Furlani, il s'apprêta à tourner à droite mais s'aperçut à temps de son erreur et prit à gauche. Quelques minutes plus tard, après avoir traversé le campo Do Pozzi, il s'égara dans une impasse. Cette fois, il lui fallut admettre qu'il

28. Répertoire de toutes les rues, places et canaux de Venise.

s'était trompé ; il revint sur le *campo*, tourna à gauche et déboucha sur celui delle Gorne.

Une grande femme blonde et séduisante se tenait au bord du canal ; elle regardait quelque chose dans l'eau, avec un gros chien blanc assis à ses pieds. Brunetti s'approcha et lui dit en anglais, intuitivement persuadé qu'elle était britannique : « Un problème, signora ?

– C'est la balle de tennis de Martino, expliqua-t-elle avec un sourire. Mais il n'y a rien à faire, j'en ai peur. »

Brunetti vit flotter dans le canal une balle couverte d'une rêche fourrure jaune. « Si j'avais trente ans de moins, signora, je plongerais pour aller vous la chercher », déclara-t-il spontanément. Si elle avait un chien, elle vivait là : raison de plus pour lui offrir un peu de galanterie italienne.

Elle éclata de rire et des années entières se volatilisèrent de son visage. « Si j'avais trente ans de moins, je n'aurais pas dit non », répliqua-t-elle avant de s'adresser à son chien : « Viens, Martino, on ne peut pas tout avoir. »

Elle adressa un autre sourire à Brunetti et retourna vers l'église San Martino Vescovo.

Égayé par cette rencontre, le commissaire continua le long du canal et emprunta une *calle* étroite où ne filtrait aucun rayon de soleil. La porte se trouvait à sa droite ; elle était si basse et si large qu'elle en semblait presque carrée. Il ne trouva pas de sonnette et frappa plusieurs fois. Il attendit, frappa de nouveau et, comme il n'y avait toujours pas de réponse, tambourina du poing.

Il entendit une voix, puis des bruits de pas. Une femme qui devait avoir le même âge que lui, grande et maigre, sortit dans la rue. Elle était rousse, mais ses cheveux avaient blanchi aux racines. Les mêmes couleurs se retrouvaient autour de son nez et de sa bouche, là où la peau, rouge et irritée, pelait par endroits. Ses yeux étaient d'un lapis-lazuli si frappant que Brunetti crut un instant qu'elle portait des lentilles de contact, mais elle n'avait pas l'air d'être le genre de femme à s'embêter avec cela.

« Vous venez voir Gianluca ? demanda-t-elle d'une voix pleine d'espoir.

– Oui », répondit Brunetti sans sourire.

Mais elle ne s'attendait visiblement pas à en recevoir un, et elle s'écarta en lui tenant la porte ouverte. « Venez. Il est en haut. »

Brunetti ouvrit la marche, se gardant bien de parler, et il se retrouva dans un couloir humide, avec sur le côté un escalier en bois. C'était sans doute une des maisons construites pour les ouvriers de l'Arsenal au tournant du siècle dernier : beaucoup d'entre elles avaient été transformées en de luxueux *bed and breakfast*, mais pas celle-ci. Il gravit les marches et entendit la femme monter derrière lui.

Lorsqu'il arriva au premier palier, elle lui dit de prendre à droite. Il tourna et aperçut une autre porte, cette fois bien rectangulaire, légèrement entrouverte. De la lumière et de la chaleur émanaient de l'intérieur.

« Entrez », dit-elle, et elle avança en ne lui laissant d'autre choix que d'obéir. Il pénétra dans une chambre basse avec un plafond à poutres apparentes, différentes de celles dont il avait l'habitude. Celles-ci étaient rongées par les vers et incrustées de vieilles taches noires de fumée, vestige sans doute d'un poêle à charbon, comme celui de ses grands-parents. Deux fenêtres se côtoyaient sur le mur, embuées au point d'être complètement opaques.

L'effet de condensation augmentait la sensation de chaleur provenant aussi bien des murs que des deux radiateurs électriques installés en face du canapé. Un homme pâle, aux cheveux longs et ternes, y était avachi. Malgré l'heure – presque midi –, les vitres ne laissaient filtrer aucune lumière. Brunetti ne savait pas s'il fallait blâmer l'étroitesse de la *calle* ou la hauteur des bâtiments environnants. Cet endroit était un piège, une caverne, une cellule de prison.

L'homme leva les yeux sur lui. « Qui êtes-vous ?

– Je m'appelle Guido.

– Ce sont eux qui vous envoient ?

– Oui, confirma Brunetti, en instillant le plus d'irritation possible dans cette monosyllabe.

– Qu'est-ce qu'ils veulent ? » Il avait une voix de fumeur, pâteuse et déplaisante.

Brunetti sourit, tira une chaise et s'assit sans y avoir été invité. « À votre avis, signor Fornari ? » Il regarda par-dessus son épaule ; la femme se tenait près de la porte. « Elle ne pourrait pas sortir ? ajouta-t-il durement.

– Si, répondit Fornari. Va-t'en. »

La femme obéit et ferma la porte sans un bruit, ce qui surprit Brunetti.

Lorsqu'il reporta son regard vers son interlocuteur, il lui sembla endormi. Il avait le visage empourpré par la chaleur ou peut-être par les médicaments qu'il prenait, voire par la maladie elle-même.

Fornari avait dû être un bel homme. Son nez était mince et fin, ses arcades sourcilières d'une étrange élégance. Ses lèvres charnues et bien dessinées contrastaient avec ses joues cadavériques.

Il ouvrit les yeux, qu'il avait gris et légèrement chassieux, et s'informa : « Est-ce qu'ils peuvent attendre ?

– Vous devriez le savoir sans même avoir à le demander, signor Fornari, répliqua Brunetti avec une politesse outrancière.

– Je les ai toujours payés rubis sur l'ongle. J'ai été un bon client », insista-t-il.

Sa voix gargouillait comme s'il avait quelque chose à cracher, ce qui mettait les nerfs de Brunetti à vif. « C'est du passé, tout ça, déclara-t-il d'un ton impassible. Place au présent. »

Fornari s'était laissé aller sur le côté et s'efforça de se redresser. Brunetti vit ses mains, de vraies griffes, s'enfoncer dans l'assise du canapé, puis tirer un oreiller de derrière son dos. Le souvenir de la voix de l'homme lui coupa toute envie de lui venir en aide.

« Ma femme a pris l'argent hier soir. Vous l'avez reçu, non ? »

Brunetti se contenta de faire un signe d'assentiment.

« Alors pourquoi lui ont-ils dit qu'ils allaient travailler avec un nouveau fournisseur ?

– Vous voulez dire pour le lycée Albertini ? »

Fornari lui lança un regard surpris. Il était affaibli, mais pas stupide. Il hocha la tête, sur ses gardes.

Brunetti prit un air rusé. « Nous avons trouvé quelqu'un qui peut gérer les deux, le lycée Albertini et le lycée Marco Polo. En outre, regardez-vous. Combien de temps encore pourrez-vous gérer vos affaires, à votre avis ? » Et il ajouta, sans dissimuler son mépris : « Vous croyez que personne n'a remarqué votre femme ? Vous croyez qu'elle pourra assurer ce genre de boulot ? Vous imaginez que nous allons travailler avec elle ? Autant recruter un clown. » Il émit un petit rire méprisant, comme si Fornari venait de lui raconter une blague pas très drôle.

« C'est pour ça que vous ne nous avez rien livré aujourd'hui ? supposa Fornari sans plus de suspicion.

– D'après vous ?

– Mais alors, nous, qu'est-ce qu'on devient dans tout ça ? » La voix de Fornari vacilla, au bord de la panique. Il fut interrompu par une énorme quinte de toux qui le propulsa en avant, suivie d'autres quintes puis de toute une série de longs bruits de suffocation qui donnèrent envie à Brunetti de prendre ses jambes à son cou.

La porte s'ouvrit et la femme revint avec une serviette blanche. Elle se pencha au-dessus de l'homme en train d'étouffer et le tourna sur le flanc contre le dossier du canapé. Elle coinça la serviette entre son visage et le divan, puis lui leva les jambes et les posa sur le siège.

Il continuait à tousser d'une façon épouvantable, glaireuse, signalant l'imminence de la mort. Rien ni personne ne pourrait survivre à la puissance de ces spasmes ; ses poumons ne résisteraient pas à leur sauvagerie. Brunetti se leva et alla dans le couloir. Il ferma la porte et resta là, debout, pendant ce qui lui parut une éternité, à écouter cette vie s'étioler en quintes de toux.

Avec de nombreux halètements, pauses et longs silences, la toux finit par se calmer. Brunetti desserra les poings et sortit les mains de ses poches. Quelques minutes plus tard, la femme quitta la chambre. Elle regarda Brunetti, sans chercher à masquer son dédain devant sa fuite. « Il s'est endormi. Vous pouvez partir. »

Il descendit l'escalier ; elle le suivait de près, comme pour s'assurer de son départ. Une fois en bas, elle passa devant lui sans le moindre regard et ouvrit la porte.

« Qu'est-ce qu'ils vous ont dit quand vous avez pris l'argent, hier soir ? demanda-t-il.

– Qu'ils ne voulaient pas de moi. Ils ont quelqu'un de nouveau pour les livraisons. Ils m'ont mise sur la touche. » Puis, aussi suspicieuse que son mari, elle demanda : « Ils ne vous l'ont pas dit ? »

Brunetti haussa les épaules, comme si c'était là monnaie courante dans toutes les grandes sociétés : manque de communication entre services, problèmes de ressources humaines, retard dans les lettres de licenciement.

Il passa devant elle sans s'excuser cette fois non plus et quitta l'appartement. Elle ne se donna pas la peine de claquer la porte.

18

En retournant à la questure, Brunetti repensa à sa conversation avec Patta. Heureusement qu'il s'était limité à évoquer la simple éventualité d'un lien entre Gasparini et le dealer. L'ombre secouée de spasmes avec laquelle il venait de s'entretenir n'était pas la personne qui avait agressé Gasparini sur le pont, et sa femme ne semblait pas non plus capable d'un tel acte. Si Fornari n'avait pas la force de passer un coup de fil, comment aurait-il pu organiser cette attaque ?

Résultat : la seule connexion évidente entre la victime et le suspect s'était évaporée en une quinte de toux. Il lui fallait repartir de zéro et prendre en compte les éléments qu'il avait écartés en voulant privilégier l'hypothèse du fils impliqué dans des histoires de drogue.

Il sortit son téléphone et composa le numéro de Griffoni.

« Oui, répondit-elle.

– Je suis là dans dix minutes. »

Elle était à son bureau, qui avait été déplacé, constata-t-il, et se trouvait maintenant face au mur. Même si ce changement l'obligeait à regarder la peinture craquelée et écaillée à cinquante centimètres à peine de distance, il offrait le luxe à ses visiteurs de ne plus avoir à rester assis dans l'embrasure de la porte. En se glissant derrière son fauteuil, on pouvait désormais prendre l'autre siège, de la taille d'un tabouret, et lui parler la porte fermée. Cependant, employée et visiteur se devraient de négocier la prise de congé et décider qui se lèverait le premier.

Brunetti s'arrêta devant la porte ouverte et observa cet espace réduit. « Mettre le bureau à cet endroit donne beaucoup de noblesse à la pièce », déclara-t-il avant de passer derrière elle pour s'installer sur la chaise.

Elle ferma la porte en souriant et se tourna vers lui. « Qu'y a-t-il ? Tu avais l'air stressé au téléphone. »

Il avait décidé de tout lui raconter sans préambule. « Je suis allé voir Fornari. Il est en train de mourir d'un cancer des poumons dans un taudis à Castello et il n'est pas plus en état d'agresser quelqu'un que de voler à tire-d'aile jusqu'à l'hôpital pour sa chimio.

– Donc, où en sommes-nous ?

– Nous savons que Gasparini a été attaqué, mais nous n'avons toujours pas de suspect.

– Tu exclus l'éventualité d'une agression gratuite ?

– Absolument », répliqua-t-il en se retenant d'ajouter : *On est à Venise, quand même.*

Elle se pencha en avant dans son fauteuil comme pour se lever, mais y renonça. Il remarqua qu'elle portait un tee-shirt noir et une veste en laine de la même couleur. Son rang de perles semblait authentique ; il savait que sa blondeur l'était.

« C'est une bonne chose, si tu penses que ce n'était pas un hasard.

– Pourquoi ?

– Parce que, dans ce cas, il y a un mobile. Et qui dit mobile dit preuve pour y mener. »

Brunetti partageait cet avis. « Encore faut-il le trouver. »

Elle s'appuya contre le dossier de son fauteuil et prit un carnet et un stylo. « Raconte-moi tout ce que tu as appris. »

Ce compte rendu prit un long moment : le discours de la signora Crosera, rapporté cette fois de manière plus circonstanciée, son refus de l'autoriser à parler à son fils et le comportement agressif du garçon, croisé par hasard chez lui. Il finit par sa visite chez Fornari et sa femme, et par leur appartement misérable même s'il était, se rendit-il compte à l'instant, propre, soigné et fort bien rangé. Fornari portait même un pyjama fraîchement repassé. C'était sa toux, songea Brunetti, qui souillait l'atmosphère.

À la fin du rapport de son collègue, Griffoni ferma son carnet et le posa sur son bureau. « Rien là-dedans ne ressemble à une piste. Sauf si on revient à la professoressa Crosera. Je pense qu'il faut retourner lui parler. »

Brunetti était bien de cet avis : il savait combien Griffoni était excellente dans le rôle du bon flic, surtout avec une femme. « D'accord. Je vais voir si elle veut bien discuter avec nous. Peut-être pouvons-nous…

– Si elle est à l'hôpital, ce n'est pas le lieu, le coupa-t-elle. Ce serait trop douloureux pour elle. »

Brunetti sortit son portable et le tint en l'air. Griffoni fit un signe d'assentiment et il appela la professoressa Crosera.

Le téléphone sonna neuf fois, dix fois, onze – et elle décrocha.

« Signora, c'est le commissaire Brunetti. Comment va votre mari ?

– Comme la dernière fois que vous l'avez vu. Il est toujours là, il n'y a aucun changement.

– Ah. Je suis vraiment désolé, signora, mais je crains de devoir vous ennuyer davantage.

– Avez-vous trouvé la personne qui l'a attaqué ? » s'informa-t-elle d'une voix beaucoup plus neutre que Brunetti ne s'y attendait. Puis il songea : *Quelle différence y a-t-il entre savoir et ne pas savoir, finalement ?*

« Non. C'est pourquoi je voudrais de nouveau venir vous parler.

– Ici ? demanda-t-elle d'un ton alarmé.

– Chez vous, si vous êtes d'accord.

– À quoi bon ? »

Il savait que trouver le coupable ne ferait de bien à personne. Cela ferait en revanche du mal à celui ou celle qui avait commis le crime, ainsi qu'à sa famille ; cela pourrait aussi blesser la famille de la victime, car elle n'en retirerait que la tentation de la vengeance et Brunetti ne connaissait que trop la rapidité de cette forme de corruption.

« Mon métier n'est pas de me poser cette question, signora. Je ne fais que trouver les coupables et les arrêter.

– Qu'est-ce que cela changera ? » insista-t-elle. Elle parlait très bas : il devait faire de gros efforts pour l'entendre. Il crut percevoir un bruit métallique, mais n'en était pas sûr.

« Quand aimeriez-vous venir ? s'enquit-elle soudain, à la grande surprise de Brunetti.

– Après le déjeuner, par exemple. Est-ce que 15 heures vous conviendrait ?

– Oui, dit-elle avant de raccrocher.

– Elle est d'accord, confirma Brunetti à Griffoni.

– Bien. Ce sera mieux chez elle, à mon avis.

– Parce qu'elle sera plus détendue ?

– Oui, approuva Griffoni en se levant. Et parce que nous pourrons examiner un peu les lieux. »

Ils déjeunèrent ensemble. Brunetti avait appelé Paola pour la prévenir qu'il avait un entretien et elle ne lui en avait pas tenu grief, précisant que les enfants accepteraient de manger n'importe quoi pourvu qu'il y en eût beaucoup.

« Tu as du travail ? dit-il, en se demandant si elle avait un article à préparer ou des copies à corriger.

– De la lecture », répondit-elle simplement, et elle le quitta sur ces mots.

Au restaurant, Griffoni et lui discutèrent d'un cas qui faisait la une des journaux locaux : il s'agissait d'un médecin égyptien accusé d'avoir tué sa fille de seize ans après avoir trouvé sur son compte Facebook des messages amoureux envoyés par un élève italien de sa classe. Un des messages qui avait poussé l'homme au crime était : « Ta réponse aujourd'hui en cours d'histoire était vraiment excellente. » Une autre fois, le garçon avait écrit : « Est-ce que tu as le temps de prendre un café après les cours ? » Comme le père était incapable de suivre l'ordre des échanges sur Facebook, il n'avait pas remarqué qu'elle n'avait pas réagi au premier et qu'elle avait dit non au second.

Il l'avait poignardée dans son sommeil et expliqué ensuite à la police qu'il n'aurait pu s'y résoudre si elle avait été réveillée et l'avait regardé : il l'aimait trop.

Brunetti et Griffoni commentèrent ce fait divers avec le désespoir qu'engendrent les préjugés et la stupidité humaine. « Elle avait seize ans et il l'a tuée parce qu'un garçon lui avait proposé de prendre un café, pour l'amour du ciel ! s'exclama Griffoni. Quand je pense à ce que je faisais à son âge…

– Tu n'es pas égyptienne, intervint Brunetti.

– Elle non plus, répliqua Griffoni. Elle est arrivée ici à l'âge de trois ans. Il aurait fallu qu'elle se comporte comme si on l'avait élevée dans une tente au milieu du désert ?

– Le père dit qu'il veut mourir, qu'il veut qu'on le tue.

– Oh, Guido, arrête un peu, rétorqua-t-elle avec surprise et colère.

– Qu'est-ce que tu veux dire ? » demanda-t-il, frappé par sa véhémence.

À l'approche du serveur apportant leurs pâtes, tous deux cessèrent de parler. Dès qu'il fut hors de leur portée, Brunetti répéta : « Dis-moi ce que tu veux dire. »

Griffoni saupoudra du fromage sur son plat, embrocha un par un quelques petits pois et un grain de poivre jaune avant d'enrouler des tagliolini sur sa fourchette, où ils restèrent suspendus. « Je veux dire que tout cela n'a aucun sens. Il ne veut pas mourir. Il veut brosser la culture occidentale dans le sens du poil et nous faire croire que son cœur est brisé parce qu'il a assassiné sa fille. »

Elle posa sa fourchette et enfouit son visage dans ses mains. « L'assassiner ne lui a pas suffi. Maintenant il réclame notre empathie, parce qu'il est piégé, malheureuse victime, entre deux cultures. » Elle reprit ses couverts. « C'est de la comédie et ça me donne envie de hurler.

– Tu le penses vraiment ? Tu ne crois pas ce type ?

– Non, je ne le crois pas, dit-elle en abattant sa fourchette sur l'assiette. Comme je ne crois pas ces vieux bonshommes qui se disent obligés de tuer leur pauvre épouse souffrante parce qu'ils ne supporteraient pas de voir la femme qu'ils aimaient changer sous l'effet de la maladie d'Alzheimer. Est-ce que tu as déjà lu un article sur une femme ayant assassiné son mari avec le même prétexte ? »

Brunetti remarqua que les gens à la table d'à côté les regardaient, mal à l'aise, croyant sans doute assister à une scène de ménage.

« Et la mère de la fille ? Elle, tu la crois certainement.

– Parce que c'est une femme, tu veux dire ? demanda Griffoni avec sarcasme. Non, cela ne m'étonnerait pas qu'elle lui ait tendu le couteau. »

Brunetti fut si surpris que ce fut à son tour de poser sa fourchette sur son assiette et de la regarder droit dans les yeux. Où toute cette indignation avait-elle pu se tapir aussi longtemps ?

« C'est un jugement un peu sévère, tu ne crois pas, Claudia ? nota-t-il en gardant le ton de la conversation.

– Tu as lu les journaux, non ? Elle a dit qu'elle est allée réveiller sa fille pour l'école et qu'à la vue du sang, elle a crié et est sortie de chez elle. Elle a dormi près de son mari et trouvé sa fille assassinée dans son lit au petit matin. »

Brunetti hocha la tête. C'était effectivement la version des journaux.

« Tu crois qu'il est revenu dans sa chambre et s'est glissé tranquillement dans son lit, Guido ? Il venait de donner sept coups de couteau à sa seule enfant et il retourne se coucher, avec sa femme qui ne se réveille même pas, et lui qui va tout bonnement dormir ? »

Brunetti regarda ses pâtes, mais il avait perdu l'appétit.

« Ils ont trouvé du sang sur son pyjama. *Nous* avons trouvé du sang sur tout son pyjama. Et dans leur lit. Et il y avait les empreintes de sa femme sur le manche du couteau.

– Elle a dit qu'il était par terre et qu'elle l'a ramassé spontanément.

– Et elle a lavé le sang puis l'a rangé ? Pourquoi l'a-t-on trouvé dans le tiroir, Guido ? Et qui l'a nettoyé ? »

Le serveur s'approcha de leur table, mais Griffoni le chassa d'un signe de la main et prit quelques profondes inspirations. « Je suis désolée, Guido, mais ça me rend folle d'entendre ça.

– D'entendre quoi ?

– Ces hommes qui justifient leur violence envers les femmes et s'attendent à ce qu'on croie qu'ils n'avaient pas le choix. Je n'en peux plus de ces histoires ou des gens qui se laissent prendre à ce petit jeu. Il l'a assassinée parce qu'il etait en train de perdre son contrôle sur elle. C'est aussi simple que cela. Tout le reste n'est que de la poudre aux yeux, une tentative de flatter notre petit ego d'Occidentaux si tolérants envers les autres cultures. Mais c'est faux, faux, archifaux. » Elle le fixa un long moment, comme pour soupeser un argument. « Et, si tu veux savoir, seule la gent masculine est assez stupide pour le croire parce que les hommes ressentent tous ce même désir de contrôle sur les femmes et – pour dire la vérité jusqu'au bout – ils l'approuvent en secret. »

Elle fit un signe au serveur et lui dit qu'il pouvait enlever les assiettes et leur apporter deux cafés. Ils ne dirent pas un mot tandis qu'il débarrassait leur table.

19

D'un commun accord, ils se rendirent à pied chez les Gasparini, sans prendre la peine d'essayer de relancer la conversation. Ils arrivèrent à 15 heures tout juste passées. Brunetti sonna et ils se retrouvèrent bientôt dans le salon où il s'était entretenu avec elle. La veille seulement – était-ce possible ? La professoressa était étrangement pâle. Le brun si riche de ses cheveux ne faisait qu'accentuer ce contraste ; sa peau ressemblait à du parchemin. Ses pommettes rondes étaient devenues anguleuses. *En deux jours à peine*, songea le commissaire.

« Professoressa Crosera, commença-t-il après avoir décliné un café offert par pure politesse, nous aimerions que vous nous parliez de votre mari. »

Elle les regarda tour à tour, comme si elle attendait qu'il répète ses mots dans un langage qu'elle pourrait comprendre.

« Que voulez-vous dire ? » finit-elle par demander. Même sa voix était grise et monocorde, à cause du manque de sommeil et de la peur qui la tenaillait en permanence.

« J'ai trouvé l'homme qui vend la drogue au lycée », annonça Brunetti.

Elle leva aussitôt les yeux. « Est-ce lui qui a agressé mon mari ? »

Brunetti secoua la tête. « Impossible, il est très malade.

– Est-il à l'hôpital ? »

Et il se demanda si elle voulait l'y trouver pour se venger.

« Il y était pendant sa chimiothérapie, dit-il avant d'ajouter, pour voir sa réaction : Mais son traitement ne semble pas fonctionner.

– Tant mieux », répliqua-t-elle d'un ton farouche.

Brunetti en fut déconcerté. « Il n'est pas en mesure d'avoir agressé votre mari. J'en suis certain.

– Et donc ?

– Ce doit être quelqu'un d'autre. »

La professoressa Crosera demanda à Griffoni : « Avez-vous été surprise par mes mots ? » Brunetti comprit qu'elle voulait connaître l'opinion d'une femme.

« Pas du tout, répliqua Griffoni avec un calme olympien.

– Même si je veux le voir mort ?

– Si c'est lui qui fournissait de la drogue à votre fils, c'est une réaction tout à fait naturelle.

– Seriez-vous du même avis ?

– Je n'ai pas d'enfants, donc je ne peux pas savoir ce que vous éprouvez. Mais j'imagine que je serais dans le même état d'esprit », répondit Griffoni en la regardant, le visage impassible.

La professoressa acquiesça sans rien dire.

Brunetti se résolut à faire comme s'il n'y avait eu aucune interruption. Il savait qu'il avait tenu Fornari pour l'agresseur. Désormais, il n'avait plus le moindre élément en main. « Avez-vous remarqué quelque chose d'inhabituel, ces dernières semaines, dans l'attitude ou dans les propos de votre mari ? A-t-il lui-même mentionné quelque chose d'inhabituel ?

– Ne serait-ce qu'un article dans le journal, suggéra Griffoni. Ou un sujet qui le mettait en colère, ou qui l'enthousiasmait. »

La professoressa se frotta le front comme pour le lisser jusqu'à la racine des cheveux. « Tullio est quelqu'un de calme ; il est rare qu'il s'emporte. Il est patient, il ne crie pas sur les enfants. Il travaille beaucoup.

– De quoi discutez-vous ensemble ? » se risqua à demander Griffoni.

La professoressa dut y réfléchir un moment, comme si l'homme couché dans le lit d'hôpital faisait obstacle au souvenir de celui qu'elle avait épousé. « De notre travail, le sien et le mien. Des enfants. Des films que nous avons vus. De nos familles. De l'endroit où nous voulons aller en vacances. » Sa voix ralentit à chacun des points énoncés, puis se tarit. Elle fit un geste désespéré de la main. « Nous parlons de ce dont tout le monde parle. »

Brunetti fit une nouvelle tentative : « A-t-il évoqué un problème professionnel ? »

Elle lui jeta un regard furtif, presque apeuré : Brunetti se dit qu'elle n'avait sans doute jamais envisagé que son mari pût être en danger. Lui-même mesurait combien cette hypothèse était inenvisageable. Car enfin, Gasparini travaillait à Vérone : quelles étaient les chances qu'un collègue jaloux ou un client en colère vienne à Venise et rôde dans la ville jusqu'à rencontrer par hasard sa victime sur un pont ?

« Ou quelqu'un ici en ville avec qui il aurait eu maille à partir ? ajouta Griffoni.

– Non, personne. Enfin, pas que je sache. »

Brunetti sauta sur l'occasion. « Hier, je vous ai demandé si je pouvais jeter un coup d'œil à ses effets personnels. Seriez-vous d'accord ? » Les traits de la professoressa se raidirent, mais il se souvint du ton avec lequel elle avait rétorqué ce « Tant mieux » et ajouta : « Cela pourrait nous aider à trouver son agresseur.

– Vous croyez ?

– Je n'en suis pas certain, signora, admit-il, étonné par sa propre franchise. C'est pourquoi j'aimerais que la commissaire Griffoni m'accompagne. Elle pourrait remarquer des détails qui m'échappent. »

La professoressa Crosera se lissa à nouveau le front. « Alors allez-y. C'est la deuxième pièce sur la gauche. »

La chambre était rangée, le lit fait, aucun vêtement ne traînait. Brunetti alla à la porte de la salle de bains et passa la tête à l'intérieur. Il y régnait le même ordre, à l'exception de l'étagère au-dessus du lavabo, pleine de produits de beauté et de lotions.

L'armoire était un énorme meuble blanc et moderne, adossé au mur du fond. Brunetti ouvrit les deux portes ; l'une d'elles grinça terriblement. Ils reculèrent pour mieux voir. Sur le côté droit se trouvait une rangée de chaussures d'hommes. Au-dessus pendaient des vestes d'où dépassaient les pantalons assortis. À leur droite s'alignaient quelques vestes supplémentaires et au moins vingt chemises, toutes blanches.

Sur le côté gauche étaient accrochés n'importe comment des robes, des jupes, des pantalons, des chemisiers et deux robes de soirée. En dessous, il y avait au moins une douzaine de paires de chaussures, dont certaines rangées par catégories. Griffoni s'écarta et resta les bras croisés, comme pour absorber la personnalité des gens qui se partageaient cet espace. Les vêtements suspendus étaient flanqués de chaque côté de trois étagères, au-dessus de trois tiroirs.

Des accessoires masculins pour l'hiver – gants et chapeaux – reposaient sur l'étagère du haut, au-dessus de pulls épais, d'autres plus légers et de sweat-shirts ; du côté féminin, on retrouvait le même genre de vêtements, sur les mêmes étagères, mais pêle-mêle.

« C'est un homme soigné, tu ne trouves pas ? demanda Griffoni, en désignant du menton les piles de vêtements.

– On dirait, répondit Brunetti qui songeait à la grise routine d'un expert-comptable. Et sa femme ? »

Au lieu de répondre, Griffoni se rapprocha du côté gauche de l'armoire afin de toucher l'une des robes longues, puis deux des jupes. « Elle sait s'habiller.

– Je ne te suis pas », avoua Brunetti. Griffoni glissa ses mains entre les robes pour les séparer. « Regarde. Elles sont parfaites pour elle : la coupe, le tissu, la manière dont elles tombent. » Elle libéra les robes qui se pressèrent de nouveau l'une contre l'autre. « Elle sait ce qui lui va bien.

– Et ça ? »

Il indiqua les chaussures en désordre.

« Elles ont toutes des embauchoirs, Guido. Tu as remarqué ? »

Non, il ne l'avait pas remarqué, trop occupé à noter que certaines étaient dépareillées. « Et au moins cinq paires sont faites à la main, spécifia-t-elle.

– Et lui ? s'informa Brunetti, se demandant si sa prochaine requête auprès de sa collègue ne serait pas une séance de graphologie.

– Ordonné, peut-être ennuyeux par moments ; très conventionnel et protocolaire.

– Tu devines tous ces aspects de sa personnalité à sa façon de disposer ses costumes ? »

Elle sourit. « Il a trois costumes gris, Guido. » Elle ouvrit les trois tiroirs l'un après l'autre, fouillant à l'intérieur et les refermant systématiquement. Des sous-vêtements, des chaussettes et des mouchoirs. Elle s'arrêta au troisième, mit ses mains derrière le dos au lieu d'y farfouiller et lui dit : « Regarde. Tout est là.

– C'est-à-dire ? s'impatienta Brunetti.

– C'est-à-dire que, au milieu de tout cet ordre, nous avons ici le cœur secret de cet homme.

– Oh, Claudia, je t'en prie.

– Regarde », insista-t-elle en ouvrant davantage le tiroir et en s'éloignant.

Brunetti se pencha, puis s'agenouilla pour mieux voir. Il y aperçut une foule d'objets sens dessus dessous : des billets de banque froissés, estampillés de caractères arabes et d'hommes enturbannés ; une enveloppe contenant des billets aller-retour pour Dubaï datant de quatre mois ; deux trousseaux de clefs correspondant, apparemment, à différentes serrures ; un petit hippopotame en malachite ; un reçu de 30 euros pour la recharge d'une carte de transport ; des pastilles contre la toux ; et un portefeuille en cuir élimé. Brunetti l'ouvrit et glissa les doigts dans les différentes poches ; elles étaient toutes vides, y compris celle où l'on rangeait généralement les factures.

Sous quelques billets de 10 livres se trouvaient d'autres reçus ; deux additions de restaurants et un ticket de caisse de chez Testolini pour l'achat de trois cartouches d'imprimante dont une – d'encre noire – se trouvait là, encore neuve. Brunetti feuilleta quelques papiers retenus ensemble par un trombone et s'aperçut que ce n'étaient pas des tickets mais des coupons pour des produits de beauté, d'une valeur de 154 euros chacun, tous au nom de « Gasparini ». Il y avait quatre piles AAA, encore dans leur emballage, une lampe de poche hors d'usage, d'autres reçus et encore trois coupons. Il se redressa et ferma le tiroir du bout du pied.

« Pas si vite, Guido, lui reprocha Griffoni en se penchant pour le rouvrir. Il n'y a aucun ordre ici ; ces objets n'ont rien en commun, contrairement au reste. » Elle prit l'enveloppe et en tira une paire de rectangles de papier rigide. « Pourquoi n'a-t-il gardé que ces deux cartes d'embarquement ? Ce sont des gens qui bougent beaucoup. Ne m'as-tu pas dit que sa femme voyageait souvent pour son travail ? »

Brunetti opina du chef, mais ne comprenait toujours pas où elle voulait en venir.

Griffoni sortit le tiroir et le posa sur la table entre les deux fenêtres. Elle le vida de tout son contenu, objet après objet. Elle les disposa en ligne jusqu'à l'extrémité de la table, puis commença une seconde rangée.

L'inventaire débutait par les cartes d'embarquement, suivies des billets de banque étrangers. Elle plaça à côté le portefeuille en cuir et, près de lui, l'hippopotame en malachite. Les piles AAA étaient à proximité de la cartouche d'encre, puis venaient les coupons, la torche, les pastilles pour la gorge, les porte-clefs, les reçus et l'argent ; d'autres reçus suivaient encore et quelques objets qui avaient échappé à la première fouille.

Griffoni observa les cartes d'embarquement. « Les gens disent que Emirates est la meilleure compagnie aérienne », déclara-t-elle en les remettant dans l'enveloppe. Elle la posa et prit la torche qui ne fonctionnait plus. Elle examina tout, regarda les objets un par un et lut tout ce qui pouvait se lire.

Pendant qu'elle vérifiait une note d'hôtel de Milan, Brunetti prit les coupons retenus par un trombone. Il les examina l'un après l'autre. « Comment se fait-il qu'un homme ait pour 900 euros de coupons pour produits de beauté ? » lui demanda-t-il.

Il ne sut par quelle association d'idées il pensa aux adolescents qui se procuraient les magazines people au kiosque. Les garçons ne lisaient pas ce genre de magazines. Et les hommes n'utilisaient pas de cosmétiques, en tout cas pas pour une telle somme.

« C'est insensé, n'est-ce pas ? » Brunetti rejoignit Griffoni et lui tendit les papiers.

Elle procéda comme lui, les examinant tous sans exception. « 924 euros, très précisément, rectifia-t-elle en les rendant à Brunetti.

– Allons voir ce qu'en pense la professoressa. » Il glissa les coupons dans la poche de sa veste et, ensemble, ils remirent tout dans le tiroir.

Comme la professoressa Crosera n'était plus dans le salon, Brunetti et Griffoni allèrent dans la cuisine. Ils n'avaient pas entendu Sandro entrer dans l'appartement et furent donc surpris de le trouver à table, un énorme sandwich à la main. Sa mère était assise en face de lui avec une tasse de thé.

« Oh ! Excusez-moi », dit Brunetti, en s'arrêtant brusquement dans l'embrasure de la porte. Griffoni lui rentra dedans avec une exclamation étouffée.

La signora Crosera se leva à moitié de sa chaise. Le garçon posa son sandwich dans l'assiette devant lui et s'apprêta aussi à se lever. Brunetti sourit et Sandro essaya d'en faire autant. Il était moins pâle et semblait plus calme. Il parvint à articuler un poli *« Buongiorno, signori »*, et regarda sa mère, ne sachant trop quoi faire.

« Je vous en prie, ne vous dérangez pas, signora, dit Brunetti. Nous n'avons plus que quelques questions. Nous vous attendons dans le salon. »

Sans laisser le temps à sa mère de prendre la parole, Sandro demanda : « Avez-vous trouvé l'homme qui a attaqué mon père ? » Il essayait de jouer les adultes, mais ne put masquer entièrement sa crainte.

« Pas encore, répondit Brunetti. C'est pourquoi nous voudrions parler de nouveau avec votre mère.

– À quel sujet ? s'informa celle-ci, curieuse, mais pas froissée.

– Au sujet de certains des objets que nous avons trouvés, signora, expliqua Brunetti, sans donner davantage de détails. Nous vous attendons dans le *salotto*. » Il guida Griffoni dans le couloir et ils retournèrent au salon ; ils s'assirent au même endroit, attendant le retour de la professoressa.

Elle arriva quelques minutes plus tard et referma la porte derrière elle. Brunetti se leva. « De quoi s'agit-il ? demanda-t-elle, debout devant le battant.

– Nous avons examiné les effets personnels de votre mari et il y a un élément qui nous échappe », dit-il en sortant les coupons de sa poche.

Elle les regarda, intriguée. « Qu'est-ce que c'est ?

– Des coupons pour des produits de beauté. Nous ne comprenons pas pourquoi votre époux bénéficiait d'un aussi gros crédit pour des cosmétiques. » Il les lui tendit et ajouta : « Il y a son nom dessus. » Elle les regarda brièvement, puis les lui rendit.

Elle alla s'asseoir sur le canapé et Brunetti reprit sa place près de Griffoni. La professoressa jeta un coup d'œil à sa montre, comme si elle n'était pas sûre d'avoir le temps de tout leur expliquer. « C'est à sa tante. » À la manière dont elle prononça le mot, Brunetti sentit qu'elle avait beaucoup à dire sur cette parente. « Tante Matilde, précisa-t-elle avec une neutralité étudiée. Matilde Gasparini. C'est la Gasparini figurant sur les coupons. Mon mari les a rapportés à la maison la dernière fois qu'il l'a vue, je ne sais pas pourquoi. Il m'a dit qu'il devait en discuter avec quelqu'un. Elle a quatre-vingt-cinq ans, donc Dieu seul sait pourquoi elle met autant d'argent dans des produits de beauté. » Cela semblait lui déplaire.

Brunetti ne pouvait guère y aller de son petit couplet sur la bêtise des femmes, ni sur le désir de rester jeune ; pas avec une femme dont le mari était entre la vie et la mort, et encore moins avec Griffoni assise à ses côtés. Il ne songea qu'à répliquer : « Que vous a-t-il dit là-dessus ?

– Seulement qu'il n'avait pas compris ce qu'elle lui avait raconté sur leur provenance. Elle a passé quelque temps à l'hôpital et il est allé lui rendre visite à son retour ; c'est à ce moment-là qu'il les a découverts. Elle lui a dit que ce n'était pas le moment de l'embêter en lui posant des questions à ce sujet.

– L'hôpital d'ici ? » s'informa Brunetti, pour ne pas faire retomber la conversation, et elle fit un signe d'assentiment. « Que faisait-elle là-bas ?

– Un matin, sa *badante*[29] n'a pas réussi à la réveiller, alors elle a appelé les secours. Nous n'étions pas à Venise, si bien qu'elle n'a pas pu nous joindre les premiers jours. Elle était bouleversée. »

Brunetti se contenta de pencher la tête d'un air interrogateur. Elle poursuivit : « Lorsque Tullio est allé voir sa tante à l'hôpital, il a d'abord parlé à son docteur. Il lui a dit qu'elle s'était apparemment trompée, qu'elle avait pris trop de somnifères, que cela arrivait souvent aux personnes âgées. »

29. Auxiliaire de vie. Littéralement « celle qui garde, qui surveille ».

Brunetti hocha la tête et Griffoni émit un grognement de sympathie, comme si elle avait, elle aussi, bien des histoires à raconter sur le troisième âge.

« Tullio a dit au docteur qu'il était son neveu, pas son fils, et qu'il ne savait pas grand-chose sur son état de santé, parce qu'elle avait toujours été bien portante et n'avait jamais évoqué cette question. Il ignorait jusqu'au nom de son médecin traitant. Le docteur lui a révélé que sa tante n'était pas en aussi bonne forme qu'elle le paraissait et que, d'après son dossier médical, on lui avait diagnostiqué la maladie de Parkinson, pour laquelle elle était d'ailleurs traitée. Son ordonnance comportait aussi des médicaments pour un début de maladie d'Alzheimer. Lorsque Tullio l'a vue, il a été choqué par le changement. Il m'a dit qu'elle avait pris un coup de vieux et qu'elle était très confuse. Elle ne cessait de répéter qu'il devait aller chercher ces coupons chez elle, parce qu'elle avait peur que Beata, la *badante*, ne les vole. Il a dû lui promettre d'y aller le jour même pour qu'elle se calme.

– Et l'a-t-il fait ?

– Il lui avait donné sa parole, donc il n'avait pas le choix. » Elle secoua la tête. « Cela fait dix ans que Beata s'occupe de Matilde, qui la considère comme sa fille. C'est fou qu'elle puisse la croire capable de la voler. Sans compter qu'elle aurait eu dix ans pour le faire. » Plus elle parlait de la tante, plus la professoressa Crosera semblait exaspérée. « On l'a renvoyée chez elle le lendemain – c'était il y a deux semaines environ – et Tullio est allé la voir. Deux fois. Elle lui a reparlé des coupons ; elle lui a dit de veiller dessus et il a dû lui en faire la promesse.

– Vous l'avez vue ?

– Pas depuis qu'elle est rentrée chez elle. C'est seulement mon mari qui y va. Enfin, qui y allait.

– Est-elle au courant pour votre époux ? »

Elle secoua la tête plusieurs fois. « Je l'ai dit à Beata, qui ne le savait pas. Je lui ai demandé de le cacher à Matilde si possible ; elle m'a répondu que ce ne serait pas difficile, car plus personne ne venait lui rendre visite.

– Pourquoi ? intervint Griffoni.

– Les gens qui la connaissaient sont tous morts ou en maison de retraite », rétorqua la professoressa Crosera avec la brusquerie sans appel d'une porte qui claque.

Griffoni laissa échapper un « ah » voilé et se tourna vers Brunetti pour voir ce qu'il entendait faire.

Il sortit son carnet de notes. « Pourriez-vous nous donner son adresse, signora ?

– Vous n'allez tout de même pas aller lui parler ? »

Brunetti avait appris, dès le début de sa carrière, que les témoins toléraient tout, sauf le sarcasme. Il s'abstint donc de dire à la professoressa Crosera que la tante de son mari leur serait peut-être d'une aide plus précieuse que l'hippopotame en malachite. Il esquissa un sourire. « Les coupons sont le seul élément qui nous ait semblé déplacé parmi les effets personnels de votre mari, signora, donc je voudrais comprendre. Ne serait-ce que pour éliminer une hypothèse. Puis-je les prendre avec moi ?

– Vous la ménagerez, n'est-ce pas ? s'inquiéta-t-elle.

– Oui, je vous le promets, intervint Griffoni.

– Et si vous ne trouvez rien ?

– Dans ce cas, il nous faudra explorer d'autres pistes, répliqua le commissaire qui aurait aimé avoir mieux à dire.

– Elle habite de l'autre côté des Carmini, le palais juste dans l'axe du pont. Je suis désolée, mais je ne me souviens plus du numéro. Si vous descendez le pont par le milieu, vous déboucherez juste en face. Quatrième étage : son nom est sur la sonnette. »

Brunetti se leva et les deux femmes l'imitèrent. La professoressa Crosera les raccompagna à la porte. Brunetti se rendit soudain compte qu'il ne lui avait pas demandé de nouvelles de son mari, mais la pensée ne lui avait pas plus tôt traversé l'esprit que Griffoni dit : « Je vous souhaite beaucoup de courage dans cette épreuve, signora. » Puis elle sortit et Brunetti lui emboîta le pas, sans dire un mot.

20

En descendant l'escalier, Brunetti songea à la grâce des paroles que Griffoni venait de prononcer. Seul quelqu'un du Sud pouvait formuler un vœu aussi conventionnel avec une si profonde émotion. Il était destiné à la femme en détresse, afin de lui venir en aide, et pas à l'homme inconscient dans son lit d'hôpital qui, malgré son besoin éventuel d'attention, ne l'entendrait ou ne le comprendrait jamais, ni n'en tirerait le moindre bénéfice. Ce n'était pas la première fois que Brunetti s'apercevait du décalage entre l'image qu'il avait des gens du Sud et son fréquent émerveillement devant leur délicatesse naturelle.

Une fois dehors, Brunetti marqua une pause le temps de consulter brièvement le GPS interne que tout bon Vénitien possédait dès la naissance, avec toute la discrétion d'une aiguille de boussole frémissant à la recherche du Nord ou de l'Ouest.

Le chemin désormais clairement en tête, il se mit en route et Griffoni le suivit. Il se dirigea vers le campo Santa Margherita qu'ils traversèrent avant de longer l'église des Carmini jusqu'au pont. Ils s'arrêtèrent pour examiner l'édifice qui se distinguait par deux fenêtres murées au deuxième étage. « Pourquoi ont-ils fait ça ? s'informa Griffoni.

– Pour renforcer la structure, je pense. Quand les *palazzi* sont construits directement sur le canal, ils ne restent pas toujours droits.

– À t'écouter, on dirait que c'est tout ce qu'il y a de plus normal, sourit-elle.

– Je suppose que oui.

– Mais pourquoi boucher les fenêtres ?

– Ils ne se sont certainement aperçus qu'après coup qu'elles affaiblissaient le mur. »

Elle acquiesça, puis traversa le pont et alla à la porte chercher le nom « Gasparini », attendant que Brunetti la rejoigne avant de sonner.

Au bout d'un moment, une voix de femme demanda à l'interphone : « Qui est-ce ? »

Brunetti tapota l'épaule de Griffoni et la pointa du doigt : une femme serait mieux accueillie ici qu'un homme.

« La professoressa Crosera nous a demandé d'aller rendre visite à la signora Gasparini, répondit Griffoni d'une voix amicale et chaleureuse.

– La femme du signor Tullio ?

– Oui.

– Êtes-vous de l'hôpital ?

– Non, expliqua Griffoni. La professoressa Crosera nous a demandé de passer voir comment allait la tante de Tullio.

– Le signor Tullio va bien ? »

Griffoni regarda Brunetti qui hocha la tête. « Oui, dit-elle, Dieu merci.

– Ah, bien, répliqua la femme. Je prie tous les jours pour lui.

– Pouvons-nous monter et venir parler un moment à la signora Gasparini ?

– Bien sûr, si la professoressa Crosera vous envoie. »

Une seconde plus tard, l'interphone grésilla et la porte s'ouvrit. Ils pénétrèrent dans un énorme atrium aux plafonds hauts, avec le carrelage en damier rouge et blanc typique. À l'arrière, de grandes portes vitrées donnaient accès à un jardin ceint d'un grand mur en brique, qui s'étendait sur la superficie d'un pâté de maisons au moins. Des arbres fruitiers sommeillaient misérablement dans l'humidité, attendant le printemps. Les marches du double escalier menant au premier étage étaient larges et basses, usées au centre par des siècles de passage. Chaque étage comportait deux portes par palier, sauf le quatrième où il n'y en avait qu'une.

« Cela signifie-t-il qu'elle possède tout l'étage ?

– Probablement », répondit Brunetti, en imaginant la taille de ce double appartement. Il actionna la sonnette située près de la porte.

Au bout d'un instant, une femme d'environ trente-cinq ans, cheveux blonds et yeux bleu clair, ouvrit la porte. Elle s'écarta pour les inviter à entrer. Elle portait un pull-over blanc en matière synthétique et une jupe foncée qui lui arrivait à mi-mollet. Ses cheveux, partagés par une raie au milieu, tombaient sur ses épaules, droits comme du fil à plomb. Elle avait le visage rond et la peau pâle des Européennes de l'Est. Elle leur sourit nerveusement.

Après avoir demandé la permission d'entrer, Brunetti s'écarta pour laisser passer Griffoni.

L'entrée était une pièce extrêmement longue et basse de plafond, impression accentuée par les poutres sombres qui le traversaient. Même la lumière provenant des fenêtres arrière, qui devaient donner sur le jardin, éclairait peu la pièce ; le sol en bois foncé l'obscurcissait davantage encore. « La signora est dans sa chambre », leur annonça la femme en se dirigeant vers l'arrière de l'appartement.

Ils passèrent entre de longues tapisseries qui se faisaient face. L'une représentait deux cerfs à la robe sombre pris en chasse par des personnages aux couleurs fanées, et l'autre des sangliers. Brunetti remercia la faible lumière. Plus loin, une rangée de portraits d'hommes fixaient leur pendant féminin sur le mur d'en face ; les deux côtés semblaient avoir bien besoin d'une bonne restauration – et d'une meilleure ambiance.

La jeune femme s'arrêta devant une porte sur la droite. « La signora est ici. Ne la contrariez pas, je vous prie. » D'une voix plus confidentielle et en quête de compréhension, elle ajouta : « Elle n'est plus celle qu'elle était. »

Sa tristesse est sincère, songea Brunetti. « Certainement, signorina. »

Elle tenta de sourire et fit un semblant de révérence, proche d'une génuflexion, puis elle poussa le battant et entra dans une pièce aussi sombre que le couloir. « Voici quelques amis du signor Tullio, signora », annonça-t-elle d'une voix faussement gaie. Elle fit deux pas en avant, réitéra sa révérence et sortit en fermant la porte derrière elle.

Une toute petite femme avec des cheveux bouclés d'un roux flamboyant et une coupe moderne peu seyante pour une personne de son âge était assise dans un fauteuil devant la fenêtre, les jambes appuyées sur un repose-pieds en brocart. Des dragons rouges s'entrelaçaient sur sa veste en soie bleue, et sa jupe aux rayures grises et vertes, taillée dans un tissu chatoyant – sans doute du satin – lui descendait jusqu'aux chevilles. Elle avait aux pieds des pantoufles à talons que Brunetti n'avait jamais vues qu'à l'opéra ou dans les portraits de Longhi : elles étaient même ornées d'un pompon. On aurait dit qu'elle était prête à recevoir des invités ou à jouer dans une pantomime de Noël.

L'immobilité de son visage aurait pu être la conséquence d'une opération chirurgicale manquée, ou tout simplement d'une perte d'intérêt pour tout ce qui n'était pas dans la chambre. Ses yeux étaient voilés, non seulement par l'âge, mais aussi par l'incertitude quant à ce qu'ils percevaient. Sa bouche était aussi rouge et fine que ses cheveux.

Ses seuls signes de vie – et Brunetti faillit grimacer en pensant ces mots – provenaient des mouvements occasionnels de sa tête, qui partait sur la gauche à un rythme imprévisible. Il essaya de les chronométrer, tomba sur deux secondes, cinq secondes, une seconde.

Son activité semblait se réduire au simple fait d'être assise. Il n'y avait ni tasse ni verre sur la table près d'elle, pas de fruits ni de chocolats, de livres ni de revues. Elle les regarda et fit un geste royal vers la rangée de fauteuils disposés en face d'elle, comme si elle passait une partie de son temps à donner des audiences. Ils s'assirent.

Autour d'eux se trouvaient de grands meubles foncés et peu commodes. Les fauteuils semblaient trop rembourrés, trop hauts ou trop bas ; certains étaient tout simplement laids. Une des armoires penchait tellement sur la droite qu'on l'aurait crue sur le point de tomber. Les pieds d'une des tables paraissaient atteints d'éléphantiasis et le miroir s'était taché de moisissures avec le temps. Ce mobilier aurait pu provenir du legs d'une famille dénuée de goût.

« Êtes-vous des amis de mon neveu ? demanda-t-elle en guise de salutation.

– Oui, signora », répondit Brunetti. Griffoni acquiesça avec un sourire. La femme la regarda à peine. Sa tête partit soudain vers la gauche puis revint en place. Brunetti se força à l'ignorer.

« Pourquoi n'est-il pas venu me voir ? » Sa voix se voulait pleine de colère, mais elle n'avait qu'un ton boudeur.

« Il est très occupé, signora. Vous savez qu'il doit voyager pour son travail, expliqua Brunetti, en occultant l'image de l'homme dans son lit d'hôpital.

– Mais il vient toujours me voir avant de partir », hésita-t-elle, comme si elle en attendait la confirmation de la bouche de Brunetti. Sa voix faible s'éteignait presque sur les derniers mots de ses phrases.

« Malheureusement, ce voyage n'était pas prévu, il nous a donc demandé de passer vous prévenir, risqua Brunetti.

– Quand est-ce qu'il… », commença-t-elle. Puis elle sembla oublier ce qu'elle voulait dire – ou peut-être était-il trop difficile pour elle de conjuguer son verbe au futur.

« Il nous a demandé, répondit Brunetti comme s'il n'avait pas remarqué sa phrase inachevée, de venir vous dire bonjour de sa part et de vous prier de l'aider à comprendre quelque chose.

– Comprendre quoi ?

– Il a essayé de voir ce qu'il pouvait faire au sujet des coupons que vous lui avez donnés… » Brunetti laissa la phrase en suspens, entre question et affirmation, pour lui laisser la possibilité de confirmer ou de nier.

Elle agita les pieds si vivement qu'une de ses pantoufles tomba par terre. De même que pour les mouvements brusques de sa tête, Brunetti fit semblant de ne pas remarquer ; de fait, personne ne releva.

« Des coupons ? répéta-t-elle d'une voix maintenant chevrotante, comme si cette question l'avait propulsée dans le monde confus du grand âge.

– Oui, ceux de la pharmacie della Fontana. Il paraît que le pharmacien les rembourse en espèces. »

L'entendre parler d'argent liquide parut lui donner un regain de jeunesse. Ses manières hésitantes de vieille femme firent place à l'ardente curiosité d'une personne plus alerte. Brunetti se remémora soudain les mots de sa mère quand il était adolescent, alors qu'elle tentait de lui enseigner sans qu'il en ait conscience une leçon de vie. Il avait déclaré – il devait avoir quatorze ou quinze ans – qu'il lui semblait que les Vénitiens étaient différents des autres, sans pouvoir dire en quoi.

Ils étaient dans la cuisine et, s'essuyant les mains sur son tablier, qu'elle ne quittait pas plus que son alliance, elle avait déclaré : « Nous sommes cupides, Guido. Nous avons ça dans le sang. » Cela avait été sa seule réponse.

« C'est ce qu'il a dit ? s'informa la signora Gasparini. En espèces ? »

Lorsqu'ils le confirmèrent, elle leva puis baissa la tête, cette fois volontairement, et regarda dans le vide. Perdue dans ses pensées, ses traits se relâchèrent. Le silence se répandit dans la pièce. Brunetti ne voyait pas comment poursuivre la conversation.

« Quand reviendra Tullio ? s'enquit soudain la vieille dame.

– Je ne sais pas, signora. Il a dit qu'il était parti au moins jusqu'à la fin de la semaine prochaine. C'est pourquoi il nous a demandé de vous rendre visite pour voir comment vous alliez et si vous aviez besoin de quelque chose. »

Elle le regarda longuement et Brunetti la sentit scruter son âme pour déceler quelle sorte d'homme il était.

« C'est difficile pour Elisa et les enfants, continua-t-il d'un ton familier, cette longue absence. » Il se tourna vers Griffoni, comme s'il venait juste de se souvenir de sa présence. « Est-ce qu'il t'a dit quand il reviendrait, Claudia ?

– Non. Mais nous dînons avec lui le 20, n'est-ce pas ? »

Le commissaire fit un signe d'assentiment et se tourna de nouveau vers la signora Gasparini. « Il sera de retour vers la fin de la semaine prochaine, lui assura-t-il, le sourire aux lèvres pour lui montrer que cette nouvelle lui faisait plaisir.

– C'est dans longtemps, nota la vieille dame.

– Oh, cela passera vite », répliqua Brunetti d'un ton dégagé, en se penchant en avant comme s'il s'apprêtait à se lever.

La signora Gasparini l'arrêta d'un geste. « Vous ne vous êtes pas présentés.

– Je suis Guido Brunetti et voici Claudia Griffoni.

– Votre femme ?

– C'est tout comme », dit Griffoni avec un petit rire.

Eût-il parié sur la surprise de la vieille dame que Brunetti aurait perdu son argent. Elle dévisagea Griffoni pour la première fois. Brunetti compta neuf battements de cœur ; sa tête resta immobile. Mais lorsqu'elle demanda : « Donc vous faites beaucoup de choses ensemble ? », ses légers tremblements reprirent.

Brunetti ne savait pas trop ce que Griffoni avait en tête avec cette remarque. Mais celle-ci semblait avoir de la suite dans les idées. « Oui, signora, comme les magasins, par exemple, et nous partageons les frais. Mais c'est Guido qui paie quand nous sortons manger. »

La tante sembla satisfaite de cette réponse. « Alors vous irez ensemble chercher l'argent ?

– Bien sûr. Nous avons l'habitude de travailler en équipe. » Griffoni lui sourit pour marquer l'ambiguïté de ses propos. Puis, comme si un dernier détail venait juste de lui revenir en mémoire, elle ajouta : « Mais il nous faut savoir ce que nous devons dire au pharmacien.

– Êtes-vous vénitienne ? demanda la signora Gasparini, retrouvant soudain sa vivacité.

– Non, signora, mais je vis ici, maintenant.

– Ah, c'est bien », dit la vieille femme en se frottant les mains, un geste que Brunetti n'avait jusqu'ici vu que dans les romans de Balzac.

Il se tourna vers Griffoni, comme s'il avait achevé les grandes lignes d'un plan et qu'il la chargeait maintenant des détails. « Très bien, Claudia. Je te laisse avec la signora Gasparini et je vais aller demander à la *badante* ce que nous pouvons faire d'autre. »

Il se leva avec une énergie toute masculine et sortit. Il traversa l'appartement et appela : « Signorina ? Signorina Beata ? » Il s'approcha de la porte au fond du couloir et haussa la voix. « Signorina Beata. Êtes-vous là ? »

La jeune femme ouvrit la porte, en s'essuyant les mains avec un torchon de vaisselle. « Je peux vous aider, signore ? » Son italien, remarqua Brunetti, était excellent ; seule une voyelle révélait de temps à autre qu'elle n'était pas du pays.

« Le signor Tullio a dit à sa femme que sa tante avait beaucoup changé ces derniers mois », commença Brunetti, en instillant autant d'inquiétude que possible dans sa voix. Il attendit sa réaction, qui fut un hochement de tête furtif, pouvant aussi bien signifier son approbation que la simple confirmation qu'elle avait bien compris sa déclaration.

Ce silence le contraignit à se montrer plus direct. « Trouvez-vous aussi qu'elle ait changé, signorina ? »

Elle s'essuya de nouveau les mains, même si elles devaient être sèches désormais. « Elle perd la mémoire. C'est venu après les tremblements. » Elle chassa ce constat d'un coup de torchon. « Au début, elle pensait bien à prendre ses médicaments et elle ne tremblait pas autant. Puis elle a commencé à avoir des problèmes de sommeil. Quelquefois je la trouvais le matin, endormie sur le canapé, avec la télévision allumée, et elle ne se rappelait pas comment elle était arrivée là. » La jeune femme semblait davantage perturbée par ce fait que par « les tremblements ».

« Ça lui est passé, et elle s'est mise à se lever de plus en plus tard. Mais une fois, je n'ai pas réussi à la réveiller, alors j'ai appelé les secours. » Elle replia son torchon, le déplia, le plia à nouveau.

« Quand cet incident a-t-il eu lieu, signorina ? demanda Brunetti, qui voulait vérifier si la date correspondait à celle donnée par la professoressa Crosera.

– À la mi-octobre. Je m'en souviens parce qu'elle est revenue de l'hôpital le dernier jour du mois, et qu'elle y était restée deux semaines. Elle ne va pas mieux, donc je ne crois pas que je pourrai rentrer chez moi à Noël.

– Est-ce à cette époque que vous l'avez trouvée changée ?

– J'ai mis un long moment avant de remarquer quoi que ce soit. C'était imperceptible. Mais quand elle est rentrée de l'hôpital, là, oui, j'ai bien vu. Nous avions l'habitude de sortir tous les jours faire les commissions. Nous allions ensemble au supermarché à Santa Margherita pour acheter de quoi dîner ; nous prenions parfois un café avec un gâteau. Nous étions comme des amies. Un jour, c'était elle qui payait, et le lendemain, c'était moi. Oui, nous étions bel et bien amies quand nous prenions le café ensemble. »

Brunetti se mit à calculer : quinze fois par mois, à cinq ou six euros : environ soixante-quinze euros. Il repensa à ce que sa mère lui avait dit à propos de la cupidité des Vénitiens, à laquelle il ajouta la ruse.

« Et puis, à la fin du mois, elle me rendait tout l'argent, en me disant d'aller m'acheter une paire de chaussures ou d'envoyer un colis à ma mère. » Beata sourit à ce souvenir.

Brunetti digéra l'information. « Quel autre genre d'achats faisiez-vous ensemble ?

– Parfois nous allions à Rialto. Ou nous faisions du lèche-vitrines. Ou bien je l'accompagnais chez le médecin ou à la pharmacie. Une fois, nous sommes allées chez l'ophtalmologiste.

– Vous êtes-vous inquiétée quand son comportement a changé ?

– Pas vraiment, parce que cela se faisait si lentement. Par petites touches, çà et là.

– Pourriez-vous me donner un exemple, signorina ?

– Elle ne voulait plus que j'entre avec elle dans le cabinet du médecin, ou que je l'accompagne à la pharmacie, alors que c'est à Cannaregio[30]. Elle a commencé à me demander de sortir de la chambre pendant ses coups de fil et elle ne voulait plus que je surveille ses prises de médicaments. À mon avis, elle était gênée parce que ses tremblements empiraient, et parfois elle se mélangeait les pinceaux. Je faisais mine de ne pas le remarquer, mais elle savait bien que je m'en apercevais. Nous avons continué à aller prendre le café ensemble, mais ce n'était plus pareil. Et c'était toujours elle qui

30. Quartier situé à l'opposé du sien et relativement loin.

payait. Je l'invitais tout le temps, mais elle refusait, alors cela ne me plaisait plus autant, parce qu'elle était toujours la *padrona* et ce n'était pas agréable, pas après avoir été si proches. » Elle laissa ces mots flotter dans l'air un long moment, puis elle ajouta, d'une voix qui ne parvint à masquer sa tristesse : « Je pense qu'elle a oublié que nous étions amies. »

Brunetti, de peur qu'elle ne se mette à pleurer, lui demanda de manière abrupte : « Savez-vous ce qu'il en est des coupons ?

– Quels coupons ?

– Ceux de la pharmacie. Pour les produits de beauté. »

Sa surprise était visible ; elle regarda dans le couloir, comme pour y retrouver le passé.

« Voilà donc d'où ils venaient, dit-elle.

– Les coupons ?

– Non, ses cadeaux. Cet été, juste après mon anniversaire, elle est venue chez nous avec un sac rempli de tubes de rouge à lèvres et de crèmes pour le visage ; il y avait aussi un flacon d'huile pour le bain, et elle m'a tout donné. » Elle retrouva le sourire.

« Elle m'avait déjà offert un cadeau pour mon anniversaire : une chaîne en or avec une croix, que je donnerai à ma mère quand j'irai la voir cet été.

– Donc les produits de beauté étaient un cadeau supplémentaire ?

– Oui. Elle m'a dit qu'on les lui avait offerts. Je les emmènerai quand je rentrerai chez moi. » Son sourire s'affadit légèrement. « Je n'ai aucune raison de m'en servir ici, de toute façon.

– Puis-je les voir ?

– Comment ?

– Voulez-vous bien me les montrer ?

– Mais ils sont dans ma chambre, répliqua-t-elle comme si Brunetti lui avait fait une requête déplacée.

– Peut-être pourriez-vous aller les chercher, Beata ? J'aimerais les voir. » Elle semblait si perturbée que Brunetti se sentit obligé de préciser : « Cela pourrait être utile à la signora. »

Beata hocha la tête et traversa le couloir pour gagner une autre pièce.

Elle fut rapidement de retour avec un sac orange Hermès, et Brunetti crut un instant que les produits de beauté venaient de là. Voyant son expression, Beata expliqua : « Non, signore. La signora les a mis dans ce sac parce qu'elle savait que je l'aimais bien. »

Elle le posa sur une des grandes commodes dans le couloir et en sortit les produits de beauté, l'un après l'autre. Il y avait quatre tubes de rouge à lèvres, deux flacons d'huile pour le bain, une petite boîte de crème pour le visage et trois tubes de *fondotinta*[31].

« Elle vous les a donnés cet été et vous ne les avez toujours pas utilisés ? s'informa Brunetti.

– Non, signore. Je veux les prendre chez moi l'été prochain pour les donner à ma mère et à ma sœur. Elles n'ont jamais eu des produits de cette qualité. » Elle jeta sur les tubes et les boîtes un regard empli de désir et de quasi-vénération, comme s'ils concentraient toute la richesse et le luxe du monde occidental.

« Merci, signorina Beata, dit Brunetti. Savez-vous si la signora s'en est procuré d'autres encore ?

– Je pense que oui, mais c'était au début de l'été. Elle ne l'a plus fait par la suite.

– Était-ce après qu'elle a cessé de vous demander de l'accompagner chaque jour ?

31. Fond de teint.

– Comment le savez-vous ?

– Oh, une idée en l'air », répondit Brunetti d'un ton badin.

La porte de la chambre de la signora s'ouvrit et Griffoni en sortit. Elle envoya un baiser vers la pièce avant de les rejoindre et d'annoncer à Beata : « La signora voudrait que vous lui apportiez une tasse de thé. »

Brunetti vit la jeune femme se retenir de faire une autre révérence. « Bien sûr », dit-elle, avant de se diriger vers la cuisine.

« Comment t'y prends-tu ? demanda Brunetti.

– J'écoute. Je pose des questions. Et je cherche à en savoir davantage. » Elle jeta un coup d'œil aux cosmétiques posés sur la commode, alignés comme les objets sortis du tiroir de Gasparini. Elle prit la crème pour le visage, ouvrit le rabat en carton en veillant à ne pas le plier et en sortit précautionneusement le tube en plastique bleu clair pour lire la marque.

« Je me suis renseignée sur ce produit il y a deux semaines. 150 grammes, 97 euros. » Elle le remit dans son carton qu'elle referma, puis ouvrit tous les rouges à lèvres les uns après les autres et montra à Brunetti qu'ils étaient encore neufs.

« Je devrais dire à mes neveux à Naples de ne pas se mêler de drogue ; ils feraient mieux de vendre ce genre de produits », déclara-t-elle.

Brunetti ignora la remarque. Griffoni évoquait rarement sa famille et il n'avait jamais voulu se montrer indiscret. Mais, devait-il admettre, elle avait un sens inné des réalités.

« Eh bien ? demanda-t-il.

– Elle m'a un peu parlé de sa jeunesse. » Avec grand soin, Griffoni se mit à ranger les tubes et les boîtes dans le sac. « Je lui ai demandé quel était son secret pour avoir l'air si jeune.

– Et qu'est-ce qu'elle t'a répondu ?

– "D'éviter les médecins et d'utiliser les meilleurs produits de beauté", rapporta-t-elle en agitant un tube.

– Donc elle a payé pour tout cela ?

– Oui. Elle a commencé à me dire qu'elle avait trouvé un moyen de se les procurer à peu de frais, mais elle s'est ensuite plaqué la main sur la bouche en disant que c'était un secret et qu'il ne fallait le dire à personne.

– Et qu'est-ce que tu as fait ? »

Une porte s'ouvrit et Beata arriva, portant un plateau avec une unique tasse de thé et trois biscuits sur une assiette. Brunetti lui ouvrit la porte et la suivit dans la chambre.

Lorsque la vieille dame leva les yeux sur lui, il lui dit : « Merci, signora, pour votre aide. J'espère que nous ne vous avons pas trop fatiguée avec nos questions.

– Pas du tout, répondit-elle avec un vague sourire. Passez le bonjour à mon neveu lorsque vous le verrez, vous voulez bien ? Et peut-être pourriez-vous lui demander de m'appeler. » Elle prit ensuite la tasse que Beata lui tendait et dit en souriant : « Cette jeune femme est charmante.

– Oui, n'est-ce pas ? » confirma Brunetti et il sortit, en fermant la porte derrière lui.

Griffoni l'attendait dans le couloir. Tous les objets avaient regagné le sac, posé maintenant au milieu de la commode. Ils quittèrent l'appartement et Griffoni ne souffla mot jusqu'au pont en face du palais. Elle s'arrêta au sommet et s'appuya à la rambarde en y posant les mains à plat.

« Je lui ai dit que j'étais très impressionnée par sa vivacité d'esprit et par sa capacité à garder un secret, reprit-elle. Et que je l'enviais d'avoir trouvé un moyen d'économiser de l'argent parce que j'avais la même passion qu'elle pour les produits de beauté et que j'aimais la qualité. J'ai pris l'air malheureux, je me suis plainte de combien c'était dur, avec ce que je gagnais, de pouvoir me le permettre. »

Brunetti écoutait, aussi fasciné qu'un python par la flûte d'un charmeur de serpents.

« Ensuite, je lui ai souri et fait d'autres compliments. Elle m'a regardée un bon moment, puis m'a demandé si je prenais des médicaments. Pendant une minute, je n'ai pas compris de quoi elle parlait mais j'ai dit que oui et j'ai précisé, d'un ton pudique, que j'en prenais pour des problèmes de dame. » Elle semblait très satisfaite de sa propre astuce. « Même les femmes hésitent à poser des questions sur ce genre de choses. »

Brunetti sourit, tout en secouant la tête.

« Elle m'a dit qu'elle pouvait peut-être m'aider, mais qu'il fallait d'abord qu'elle y réfléchisse.

– À condition de se le rappeler, dit Brunetti sans réfléchir.

– Ne sois pas déplaisant, Guido.

– Désolé. Qu'est-ce que tu lui as répondu ?

– Que rien ne pourrait me faire davantage plaisir. Puis elle m'a invitée à venir prendre le thé, en disant que je pourrais peut-être leur apporter des gâteaux. »

Ah, comme ma mère aurait admiré ces deux femmes, pensa-t-il.

« Et quand ?

– Lundi prochain, à 15 heures. » Griffoni s'écarta du parapet et se mit à descendre les marches.

21

« Je me demande pourquoi elle éprouve aussi peu de sympathie pour elle, déclara Griffoni lorsqu'ils passèrent devant l'église.

– Pourrais-tu démêler ces pronoms ?

– Pourquoi la signora Crosera éprouve aussi peu de sympathie pour la signora Gasparini. C'est une vieille femme vulnérable, qui se bat courageusement contre une sale maladie, malgré ses forces en déclin, et qui n'a plus aucun contrôle sur sa vie.

– Ce sont de bonnes raisons pour avoir de la pitié envers quelqu'un, Claudia, pas de la sympathie, répliqua Brunetti tout en se trouvant très sentencieux.

– La jalousie, ça ne te dit rien ? demanda Griffoni, en riant. Ou la possessivité ?

– Son mari travaille toute la semaine à Vérone, rétorqua Brunetti et quand il rentre à Venise, sa tante le harcèle pour qu'il aille la voir et l'aide pour ceci ou cela. Pas étonnant que son épouse trouve que la vieille tante radote, insiste un peu trop et oublie tout. »

Griffoni s'arrêta de marcher à ces mots, se tourna et lui bloqua pratiquement le chemin. « C'est vrai, elle radote et tout le reste. Mais c'est sa *tante*, au nom du ciel. » Elle haussa la voix à la fin de sa phrase et Brunetti vit une jeune femme leur jeter un coup d'œil.

Brunetti songeait qu'elle était bien une femme du Sud, avec son petit discours sur le caractère sacré de la famille, lorsque Griffoni ajouta, d'une voix soudainement basse et presque glaciale : « Et puis, tu as vu l'appartement : un dernier étage donnant sur l'église des Carmini, d'au moins deux cent cinquante mètres carrés, avec vue sur le canal devant et sur le jardin à l'arrière. » Il avait l'impression d'entendre un agent immobilier pas très net. « Et à qui va aller l'héritage, à ton avis, Guido ? »

Il avait maintenant l'impression d'entendre un agent immobilier non seulement pas très net, mais aussi vénitien – du genre à n'envisager les affaires humaines qu'en termes d'emplacement et de dimensions. Mais il songea que ce serait manquer de sagesse que de le lui faire remarquer. Se remémorant comment la vieille femme avait ignoré Griffoni au début de leur rencontre, il préféra lui demander : « En tout cas, on dirait que tu l'aimes bien, maintenant. Comment ça se fait ?

– Parce qu'elle a un caractère bien trempé, expliqua la commissaire sans hésitation. Et parce que lorsque j'ai laissé entendre que nous étions un couple, mais sans être mariés, elle n'a même pas fait semblant de s'en offusquer, contrairement à beaucoup de gens de son âge. Sans compter qu'elle a apprécié que je ne sois pas vénitienne.

– Et c'est important ?

– Oui, parce que je n'ai pas de préjugés sur les gens d'ici, et je peux l'écouter parler de quelqu'un sans y aller de mon petit commentaire comme quoi le frère de son arrière-grand-père aurait usurpé vingt acres de terre au cousin de mon arrière-grand-père à Dolo en 1937. »

Brunetti rit pour désamorcer les tensions. « Tu nous as bien observés, n'est-ce pas ?

– Vous n'êtes pas si différents de nous, même si les Napolitains remontent généralement à plus de cinq ou six générations pour justifier tout jugement tranché, positif ou négatif, sur un individu », sourit-elle. Elle fit une pause, puis ajouta : « Étrangement, elle, en tout cas, semblait plutôt bien disposée envers les gens. Elle n'arrêtait pas de parler de personnes qu'elle aimait, à qui elle faisait confiance.

– A-t-elle mentionné quelqu'un en particulier ?

– Oh, elle avait toute une liste : son vénéré oncle Marco, son médecin, son amie Anna Marcolin, deux fromagers à Rialto et la signora Lamon, sa voisine de l'étage d'en dessous. Sans oublier le moustachu qui vend du poisson sur le campo Santa Margherita. » Face au regard de Brunetti, elle expliqua : « La rumeur dit qu'il vend parfois du poisson de la veille, mais elle garantit que ce n'est pas vrai. Sa famille achète du poisson à la sienne depuis soixante ans.

– C'est bien une Vénitienne, dit Brunetti en riant.

– Et elle pourrait aussi bien être napolitaine. » La paix restaurée, ils continuèrent leur chemin.

« Le pharmacien, le dottor Donato, est le premier de la liste. C'est le propriétaire de la pharmacie della Fontana, qui lui procure les fameux coupons, avec son nom, son code fiscal, son adresse et son numéro de téléphone imprimés dessus.

– Qu'est-ce qu'elle t'a dit à ce sujet ?

– Que c'est le descendant d'un doge du XVIIe siècle dont le règne avait duré trente-cinq jours et qu'elle est fière d'être sa cliente. Je sais qu'on aime bien se vanter de titres de noblesse à Naples, mais ce n'est rien comparé aux gens d'ici.

– Peut-être à cause des petits chapeaux que portaient les doges, suggéra Brunetti, le visage impassible.

– C’est la première fois que je vois un Vénitien qui ne se pâme pas devant une allusion aux doges. Es-tu sûr d’en être vraiment un ? »

Adoptant sa prononciation la plus impénétrable et usant du dialecte de ses grands-parents, qu’il avait encore dans les oreilles, Brunetti déclara : « *Noi altri semo zente che no se lassemo strucar le segole in te i oci*[32].

– Qu’est-ce que ça veut dire ?

– En gros, qu’on ne s’en laisse pas conter. »

Il la vit s’efforcer de répéter l’adage de tête et chercher à le traduire en italien, sans succès. « Pour moi, ça pourrait vouloir dire n’importe quoi. »

Il était content qu’elle n’ait pas saisi : la ville ne s’était donc pas entièrement dévoilée. Ses propres enfants parlaient plus volontiers italien que vénitien, probablement parce que c’était la langue que leurs parents employaient avec eux, mais cela ne les avait pas empêchés d’apprendre le dialecte auprès de leurs camarades de classe.

Revenant à la signora Gasparini, Brunetti demanda : « A-t-elle dit autre chose sur le pharmacien ?

– Cela fait des années qu’elle est cliente chez lui. Il lui a probablement établi autant de diagnostics que son médecin. »

Les nuages disparurent d’un coup et le campo Santa Margherita fut inondé de soleil ; la température monta en flèche. « Asseyons-nous une minute », proposa Griffoni en se dirigeant vers un banc.

Elle croisa les bras et étira les jambes. Brunetti s’assit près d’elle. Deux amis qui bavardaient, voilà tout. « J’ai

32. Expression signifiant littéralement : « Nous ne sommes pas des gens à qui on peut écraser des oignons dans les yeux. »

deux tantes, dit-elle en regardant le bout de ses pieds. Aux premiers stades d'Alzheimer. Elles sautent toutes les deux du coq à l'âne, sans aucune logique. Elles parlent de poisson, puis de chemin de fer, puis de leurs enfants, puis des chewing-gums dans les rues. Si je veux leur parler de quelque chose, je dois aiguiller leur esprit sur le sujet ; par exemple, les chewing-gums. Elles se concentrent une demi-minute et nous pouvons ainsi discuter, mais elles partent ensuite à Mexico ou à Lourdes et je dois retourner à la question des chewing-gums, dont elles peuvent continuer à parler un peu plus. Puis elles me demandent si j'ai décidé en quelle matière je veux m'inscrire à l'université, ou bien à quel endroit j'ai acheté mon pull-over. Le temps de mentionner de nouveau les chewing-gums, elles ont oublié que nous en avions parlé.

– Et donc ?

– La signora Gasparini n'en est pas au stade de mes tantes, mais elle faisait la même chose, dans le but sans doute d'éviter de parler du dottor Donato. Quand je l'ai interrogée à son sujet, elle m'a demandé où j'avais acheté mes chaussures. Je lui ai dit à San Leonardo, juste en face de la pharmacie, et elle m'a expliqué dans la foulée que l'ancien cinéma Italia à San Leonardo était devenu un supermarché, dont nous avons dû discuter un moment. C'était comme une partie de billard – tout partait dans tous les sens, en revenant parfois au départ, mais seulement quand je trouvais un moyen de l'y ramener. Elle parlait du dottore avec admiration et gratitude, mais il y avait autre chose dans sa voix. J'avais l'impression qu'elle se méfiait de lui mais qu'elle avait peur de l'avouer, même à elle-même. » Elle finit par se lever. « Assez pour aujourd'hui. Je rentre, maintenant. On se verra plus tard. » Elle partit vers le campo San Barnaba pour se rendre à l'arrêt de vaporetto le plus proche et fut rapidement absorbée par la foule – autrefois inhabituelle en cette saison – qui allait dans la même direction.

Au lieu de retourner chez lui, Brunetti entra dans un bar et commanda un expresso. Pendant qu'il attendait sa consommation, il appela la signorina Elettra, lui donna le nom du dottor Donato et lui demanda si elle pouvait effectuer des recherches sur lui. Comme il n'avait besoin de rien d'autre, elle raccrocha.

Il alla payer son café et fut surpris de voir qu'il était passé à 1,20 euro. Il régla sans poser de questions mais, une fois dans la *calle*, il se demanda si on l'avait filouté ou si les prix avaient augmenté depuis la veille, lorsqu'il l'avait payé 1,10 euro.

Sommes-nous d'une telle vénalité ? songea Brunetti en se dirigeant à son tour vers le campo San Barnaba.

Sa famille, tout du moins dans son souvenir, avait su concilier pauvreté et générosité, mais peut-être sa mémoire avait-elle édulcoré le comportement de ses parents. Il se rappela toute une série d'invités, désignés comme les amis de son père, qui avaient souvent mangé chez eux, et se souvint que ses vêtements, après deux ou trois ans, disparaissaient souvent de son armoire au gré des visites d'une cousine de sa mère, qui habitait à Castello avec ses six enfants et un mari constamment au chômage. La famille de Brunetti n'avait rien, mais parvenait toujours, au milieu de ce rien, à trouver quelque chose à donner à qui avait encore moins.

« Et il n'y a pas plus vénitien que nous », dit-il doucement, au grand étonnement d'une femme qui passait par là.

Après l'Académie, il tourna à droite, puis à gauche, et entra dans la pharmacie située à l'angle. Derrière le comptoir se trouvait une ancienne camarade de classe, et sa première *fidanzata*[33], Beatrice Rossi. Elle le vit entrer et sourit à sa vue, comme à chaque fois qu'ils se croisaient. « En voilà une surprise ! »

Elle sortit de derrière le comptoir et ils se prirent dans les bras. Des années, voire des décennies plus tôt, ils avaient pensé partager leur vie ; aujourd'hui, ils étaient heureux en ménage, chacun de leur côté. Il regarda son visage et, derrière les rides aux coins de sa bouche et de ses yeux, il retrouva la fille au doux parfum qui était venue s'asseoir près de lui en histoire, le premier jour de lycée.

« Toujours à la poursuite des mauvais garçons ? » C'était devenu sa question rituelle.

« Toujours en train d'écouler tes drogues ? répliqua-t-il, comme à chaque fois. Tu as le temps de prendre un café ? »

Il savait que, après autant d'années dans cette pharmacie, elle pouvait aller et venir à sa guise.

« Non, je ne peux pas, Guido. Lucilla est malade ; il n'y a que la nouvelle ici avec moi, et elle ne peut pas faire d'ordonnances. » Elle regarda autour d'elle. « Il n'y a personne, nous pouvons parler. » Au fil des ans, Beatrice avait procuré de temps à autre des informations à Brunetti sur les gens de son quartier, parfois sur certains de ses clients, quoique sans jamais trahir le secret médical. Il lui assurait que même les ragots lui étaient utiles.

« Qui est-ce, cette fois ? » demanda-t-elle avec une familiarité qui le prit de court. Sa surprise la fit sourire.

33. Fiancée.

« Je vois luire dans tes yeux l'envie de partir en chasse, Guido. »

Au lieu de protester, Brunetti lui sourit en retour et lâcha : « Le dottor Donato, ton collègue.

– Tiens ? Qu'est-ce que tu pourrais bien avoir à faire avec quelqu'un comme lui ?

– Il est mêlé à une affaire et je voudrais en savoir un peu plus avant de décider s'il vaut le coup qu'on s'intéresse de près à lui. » Ce n'était pas toute la vérité, mais c'était la vérité.

« Comment es-tu tombé sur son nom ?

– Oh, quelqu'un m'en a parlé. »

Beatrice éclata de rire. « Bientôt, tu ne voudras même plus me dire le nom de Paola.

– Ça va, ça va, Beatrice. En vérité, je préfère ne rien dire pour l'instant. Je veux juste qu'on me parle un peu de lui.

– Donne-moi un thème. » Il crut d'abord qu'elle plaisantait, puis il se rendit compte du bon sens de sa suggestion : à supposer que les enfants de Donato fussent voleurs de voitures sur le continent, rien n'aurait servi de parler de ses préférences sexuelles, de savoir s'il battait sa femme ou si sa femme le battait.

Il mit un certain temps à formuler sa requête. « Serait-il capable de contourner les règles pour son profit personnel ? »

Une femme de l'âge de Brunetti entra et s'approcha du comptoir ; Beatrice repassa derrière et s'occupa d'elle. La cliente se tourna vers lui, mais il se concentra sur le contenu d'une bouteille de shampooing – et se trouva stupéfait par le nombre de substances qui le composaient. Pourquoi en fallait-il autant ?

Les femmes conversèrent à voix basse, puis Beatrice gagna la réserve de la pharmacie d'où elle revint quelques minutes plus tard avec quatre boîtes de médicaments. Elle enleva les étiquettes figurant au dos et les colla sur les ordonnances que lui tendit la cliente. Elle les scanna, les mit dans un sac en plastique et prit le billet de vingt euros que la femme lui tendait. Après lui avoir rendu la monnaie et glissé le reçu dans son sac, Beatrice remercia la dame et lui souhaita une bonne soirée.

Une fois la cliente partie, Beatrice rejoignit Brunetti. « Le dottor Donato est un des pharmaciens les plus respectables de la ville, Guido. Il était autrefois le président de notre ordre. »

Brunetti attendit. Comme elle n'ajoutait rien, il insista : « Qu'est-ce que tu ne me dis pas ? » Silence. « S'il te plaît, Beatrice. Ce pourrait être important. » Ce n'était pas un mensonge, mais il se sentit néanmoins mal à l'aise en prononçant ces mots.

« Eh bien, commença-t-elle en se mettant à ranger des boîtes de pastilles contre la toux. Certaines personnes répondraient probablement oui à ta question. Peu importe qui. »

Elle lui sourit et se pencha plus près de lui, comme pour lui chuchoter une confession. « Même s'il n'y a pas besoin d'enfreindre le règlement : nous gagnons plus qu'assez.

– Puis-je mettre ta déclaration par écrit et te demander de signer ? plaisanta Brunetti.

– Mon Dieu, non ! rétorqua-t-elle avec une horreur théâtrale. Je serais rayée de l'ordre des pharmaciens si ça leur revenait aux oreilles.

– Cela fait du bien d'entendre au moins l'un d'entre vous le reconnaître, poursuivit Brunetti d'un ton soudain sérieux.

– Nous croulons tous sous l'abondance, Guido, pas seulement les pharmaciens. Nous tous. Nous avons tous trop d'argent et trop de choses, sans en être jamais satisfaits. »

Brunetti la regarda comme s'il la rencontrait pour la première fois, se demandant s'il avait bien entendu. « Tu le penses vraiment, Beatrice ?

– De tout mon cœur, confirma-t-elle avec gravité. Je donnerais tout si je le pouvais. » Elle sourit soudain. « Bon, la moitié. Une partie. » Puis son sourire s'élargit. « Je suis affreusement hypocrite, ne m'écoute pas.

– Mais tu le pensais, n'est-ce pas ? Du moins, au moment où tu l'as dit.

– Sans doute. Le seul problème est que je manque de cohérence. Cette idée me vient à l'esprit de temps en temps, quand je vois tout ce que nous avons, Rolando et moi, et tout ce qu'ont les enfants. Et puis j'oublie. » Elle secoua la tête. « Fais comme si je n'avais rien dit, d'accord ?

– Non, je ne veux pas l'oublier. C'est une des meilleures réflexions que tu aies jamais faites. »

Il se pencha et l'embrassa sur les deux joues, puis il quitta la pharmacie sans se retourner, préférant ne pas croiser son regard.

22

En rentrant chez lui, Brunetti réfléchit aux paroles de Beatrice. Comment interpréter sa réponse ? C'étaient des on-dit, ce qui ne suffisait pas à intenter un procès à quelqu'un. « Certaines personnes » croyaient le dottor Donato capable de détourner la loi à son profit. Dans le jargon professionnel, on employait l'expression de « preuves par ouï-dire », une sorte d'acrobatie linguistique cherchant à transformer les commérages en une substance crédible.

Il se souvint que Beatrice avait fait deux ans d'études de notariat à l'université avant de les abandonner, à la grande surprise de ses amis et de ses proches – elle était elle-même fille de notaire – pour s'inscrire en pharmacie. Elle s'était justifiée à l'époque en prétendant vouloir aider l'humanité, un argument qui n'avait eu que peu d'effet sur sa famille.

Pensant à présent aux notaires, il se remémora le jour où Paola et lui avaient acheté leur appartement, vingt ans plus tôt. Cela avait été une scène véritablement grotesque : au moment où le chèque devait changer de main, le notaire s'était brusquement rappelé qu'il devait aller s'occuper de quelque chose dans une autre pièce et avait laissé l'acquéreur le remettre en main propre aux vendeurs. Dès que la porte s'était refermée derrière lui, Brunetti avait ouvert sa mallette et sorti des liasses entières de lires – ah ! qui se souvenait encore des lires, aujourd'hui, les bonnes vieilles lires ? Il les avait tendues aux vendeurs, un jeune couple qui avait décidé de s'installer à Vicence et qui s'était mis à compter l'argent.

À un moment donné, le notaire avait frappé à la porte et demandé s'ils avaient fini. Ils avaient répondu « Non » en chœur et le vendeur avait même crié : « N'entrez pas ! », un ordre auquel le notaire s'était plié.

Une fois le comptage terminé et cent millions de lires passées d'une mallette à l'autre, Brunetti avait sorti un chèque de cent millions de lires de moins que le prix réel de l'appartement, l'avait posé sur la table et avait rappelé le notaire dans son propre bureau.

Ah, où étaient les sous d'antan ? L'époque était aux virements bancaires et il régnait une atmosphère de méfiance générale entre les acquéreurs et les vendeurs, car l'État ne tolérait plus l'ancien système et exigeait dorénavant de percevoir tous les impôts qui lui revenaient sur chaque vente effectuée. Malheureusement, on n'avait pas encore trouvé de système empêchant l'argent d'être happé dans le trou noir des malversations du gouvernement.

Ce souvenir força Brunetti à réfléchir à ses propres contradictions en matière de rectitude fiscale, du moins lorsque l'État était impliqué. Il s'arrêta au sommet du pont de San Polo, envisageant l'hypothèse que les coupons de la signora Gasparini puissent faire partie d'un système pensé précisément pour tromper l'État et non pas les clients. En cas de signes probants de fraude, on chercherait moins – voire pas du tout – à le signaler à la police. Les gens ne réagissaient que si l'État les escroquait, pas si quelqu'un escroquait l'État.

Ce n'était pas le genre de sujet à aborder pendant le dîner. Il préféra donc écouter Chiara louer sa professeure d'histoire et apprécier la manière dont elle parvenait à susciter l'intérêt de ses étudiants en abordant les textes historiques, notamment les documents relatifs aux événements advenus au cours des premiers siècles de la république romaine. C'était la première fois que Chiara réfléchissait à l'énorme différence entre les gens d'hier et d'aujourd'hui. « Ils pouvaient tuer leurs enfants s'ils le voulaient, déclara-t-elle, horrifiée qu'un père ait le droit à Rome de donner la mort à un enfant qu'il ne reconnaissait pas ou ne voulait pas. En revanche, d'après notre enseignante, ils pouvaient tout aussi bien aller à la benne la plus proche, prendre un bébé s'il était encore en vie et le ramener chez eux.

– Et en faire quoi ? s'informa Raffi en levant les yeux de son assiette.

– L'élever comme leur propre enfant, répondit Chiara.

– Ou leur esclave », dit Raffi qui avait hérité le sens de la repartie de sa mère.

Chiara l'ignora et regarda son père qui se resservait des *gnocchetti di zucca*[34]. Elle s'adressa à lui, avec le plus beau des sourires : « Tu aurais été au chômage, papa.

– Vraiment ? Pourquoi ? s'étonna Brunetti, même s'il le savait.

– Il n'y avait pas de police. Tu imagines : un million de personnes dans la ville et pas un seul flic. » Elle les laissa méditer là-dessus, puis demanda : « Que faisaient les gens s'il leur arrivait quelque chose ?

– Ta professeure n'en a pas encore parlé ? »

34. Petits gnocchis au potiron.

Chiara, qui était en train de boire une gorgée d'eau, secoua la tête.

« Je pense qu'elle vous dira que leur seul recours était de prendre un avocat – comme Cicéron – pour lancer une accusation ou, s'ils faisaient l'objet d'une accusation, de prendre un avocat pour s'en défendre.

– Mais pour ceux qui n'avaient pas les moyens ? Papa, toi qui as lu plein de choses là-dessus, qu'est-ce qui se passait ? Que faisaient les gens ? »

Espérant lui remettre en mémoire que l'humanité était alors, comme elle l'avait affirmé elle-même, très différente, il expliqua : « La plupart d'entre eux n'essayaient pas de trouver un avocat, mon ange. Ils se résignaient, ou ils prenaient la situation en main.

– Comment ça ?

– Comme aujourd'hui, intervint Paola. Ils punissaient ceux qui leur avaient causé du tort ou ils chargeaient quelqu'un de le faire.

– Mais c'est fou, répliqua Chiara. Les gens ne peuvent pas vivre ainsi. »

Brunetti avait très envie de préciser que c'était encore le cas de bien des individus dans son propre pays, mais il eut l'amabilité de se taire. Il jeta un coup d'œil à Paola qui se retint de dire ce qu'elle avait sur le bout de la langue et préféra annoncer : « Chiara, j'ai fait la *ciambella*[35] que tu aimes tant. »

Cette perspective concrète de dessert parvint à distraire leur fille de ses aspirations justicières. « Celle avec des raisins secs et du potiron ? »

Paola opina du chef. « Elle est sur le rebord de la fenêtre. Elle devrait être froide maintenant. Va la chercher pendant que j'apporte les assiettes. » Paola se leva

35. Gâteau en forme de couronne.

et commença à débarrasser la table. Lorsqu'elle prit l'assiette de Brunetti, elle lui fit un sourire trop large pour être honnête, puis elle suivit sa fille dans la cuisine.

Plus tard, tandis qu'ils lisaient au lit, Paola se tourna vers Brunetti pour lui demander : « Le chiffre que Chiara a donné était-il juste ?

– La population de Rome ?

– Oui.

– C'est bien ce que j'ai lu », confirma Brunetti en posant *Antigone* sur son ventre, même s'il était impatient de continuer à lire. Le seul moment où il pouvait se consacrer à des livres sérieux était, semblait-il, avant de dormir. Bien sûr, ce n'était pas une très bonne idée, car il était souvent si fatigué qu'il sombrait rapidement dans le sommeil, mais c'était le seul instant de la journée où aucun élément extérieur ne venait solliciter son attention et où il pouvait au moins essayer de se concentrer sur ses lectures.

Paola en fit de même avec son livre – il ne savait pas ce qu'elle était en train de lire – et croisa ses mains dessus. « Un million de personnes vivant sans lois, répéta-t-elle en fermant les yeux, comme pour mieux se représenter le tableau.

– C'est presque impossible à croire.

– Merci de m'avoir empêchée…

– De te mettre à parler politique ?

– Oui, et de proférer des propos incendiaires, du type "comme maintenant, soixante millions d'entre nous".

– Plus polémiques qu'incendiaires, observa Brunetti avec ironie. Chiara n'aurait pas écouté de toute façon Personne ne s'en soucie plus, et encore moins les jeunes.

– De quoi ?

– De la politique.

– Nous avons deux enfants, Guido.

– Est-ce que tu attends de moi une déclaration solennelle sur notre devoir, ou quelque chose comme ça ? »

Elle ferma son livre et le posa sur sa table de nuit. Elle réfléchit assez longuement à sa question pour lui apporter une réponse sérieuse. « C'est ce qu'aurait dit l'homme que j'ai épousé.

– Antigone parlait de devoir, et elle s'est pendue dans une grotte, rétorqua Brunetti.

– C'est ce qu'aurait dit l'homme que j'ai épousé », réitéra-t-elle.

Brunetti tourna son livre dans l'autre sens, mais le laissa à plat. Il porta son regard sur le tableau accroché entre les deux fenêtres, peu visible dans la pénombre qui l'enveloppait. C'était un petit portrait du XVIIe siècle représentant un Vénitien, très probablement un marchand, que Paola avait déniché dans une brocante ; elle l'avait fait restaurer et le lui avait offert pour leur vingtième anniversaire de mariage.

L'homme, d'une grande sobriété aussi bien dans son habillement que dans son expression, regardait ses observateurs droit dans les yeux, comme pour mesurer leur valeur. Sur une table, à sa droite, se trouvait un vase de glaïeuls, symbole d'honneur et de constance, lui avait expliqué Paola. Brunetti étudia l'homme, imaginant qu'il l'étudiait en retour à la lumière de sa lampe de chevet.

« Oui, il l'aurait dit », finit-il par approuver. Il reprit sa lecture, car il avait de nouveau envie, après un intervalle de vingt ans, d'entendre Antigone s'exprimer sur l'obligation de suivre la loi. Quel réconfort pour un homme qui venait de passer ses vingt dernières années à s'occuper d'individus dont le seul intérêt dans la vie était de s'y soustraire.

Paola lui tourna le dos et éteignit de son côté.

L'après-midi suivant, lorsque Brunetti se rendit chez la signorina Elettra, il sentit la tension dans l'air avant même d'avoir vu le lieutenant. Scarpa s'appuyait sur le bureau de la signorina, penché en avant, allongeant bizarrement le cou pour la regarder de près.

« Ou est-ce que je me trompe, signorina ? » l'entendit-il lui demander.

La signorina Elettra se tourna vers Brunetti qui eut le temps de distinguer les différentes émotions peintes sur son visage : le mépris, la colère, voire la peur.

Son expression changea lorsqu'elle aperçut Brunetti et suggéra, d'un ton trop vif : « Pourquoi ne pose-t-on pas la question au commissaire, lieutenant ? Il est certainement mieux placé que moi pour le savoir.

– Que se passe-t-il, signorina ? » intervint Brunetti, saluant Scarpa avec les apparences de la politesse.

Scarpa se redressa et fit un geste avec les égards dus au rang supérieur de Brunetti.

« La signorina Elettra et moi nous interrogions sur la manière dont certaines informations confidentielles auraient pu parvenir à sortir du cercle de la questure.

– Ah bon », fit Brunetti avec la plus grande indifférence. Voyant le visage de la signorina Elettra se détendre un peu au ton de sa réplique, il continua : « Et le pharmacien ?

– Aucune piste intéressante, signore, j'en suis désolée. »

Quand Brunetti était enfant, sa famille avait un chien, un bâtard, et comme c'était à lui de le sortir, il savait ce que signifiait chaque regard lancé en arrière, chaque coup de laisse. Il comprit donc à la voix de la secrétaire qu'elle était en train de tirer sur la sienne et qu'elle était impatiente de s'échapper.

Pour lui en donner la possibilité, Brunetti déclara, du ton d'un supérieur envers son subordonné : « Merci, signorina. J'ai trouvé quelques éléments hier et j'ai pris des notes. Peut-être pourriez-vous monter les chercher et les ajouter à votre dossier. » Le prétexte était d'une faiblesse patente, mais c'était ostensiblement la requête d'un haut gradé adressée à une subalterne ; elle ne pouvait donc que se lever de son fauteuil et s'y conformer. « Très bien. Je pourrai ainsi le clore, commissaire, et demander au vice-questeur d'y jeter un coup d'œil. »

Comme si Patta se donnait la peine de lire les rapports, se dit Brunetti en lui tenant la porte ouverte. N'ayant pas très envie de laisser le lieutenant seul dans le bureau de la signorina, il attendit et le regarda en face pour lui signifier clairement de sortir avec eux.

Scarpa comprit qu'il n'avait pas le choix. Sur un signe de tête de Brunetti, il passa devant lui. Le commissaire referma la porte derrière eux. La signorina Elettra et lui commencèrent à gravir les marches menant à son bureau. Quant au lieutenant Scarpa, il longea le couloir jusqu'au bout et tourna à gauche.

« De quoi parlait-il ? s'informa Brunetti d'un ton égal.

– Il en a déjà été question, commissaire. Vous en avez probablement entendu parler.

– Encore cette histoire de fuites ? »

Elle hocha la tête.

« Savez-vous de quoi il s'agit ?

– Il prétend qu'on a divulgué le nom d'une personne convoquée pour un interrogatoire.

– Divulgué auprès de qui ?

– Il ne l'a pas précisé, il a juste mentionné le fait qu'on ait ébruité le nom d'un suspect.

– Comment ?

– Il ne l'a pas dit non plus.

– C'est tout ?

– D'après le lieutenant, c'est plus que suffisant.

– Pour faire quoi ?

– Pour désigner un coupable, je suppose. Ça lui plaît.

– Je l'avais remarqué. Êtes-vous au courant de cette affaire ? »

Elle leva son menton et pinça les lèvres. Il ne lui restait qu'à mettre ses mains derrière le dos et à se dandiner d'avant en arrière comme un enfant pris en flagrant délit.

« Oui, finit-elle par dire.

– Suis-je censé l'être aussi ?

– Pas encore. »

Brunetti s'abstint de commenter sa réponse. « Est-il possible d'avoir une liste des clients de la pharmacie du dottor Donato ? préféra-t-il lui demander.

– Je pense que oui. Ou du moins, des gens dont les ordonnances ont été enregistrées chez lui.

– Jetez-y un coup d'œil, je vous prie. Et regardez ce qui leur a été prescrit.

– Recherchez-vous un type particulier de médicament ? Ou de maladie ? l'interrogea-t-elle, donnant ainsi à Brunetti une idée des catégories de renseignements qu'elle pouvait lui fournir.

– Quelque chose de cher qu'on prescrit aux personnes âgées. » Il vit la curiosité lui traverser le visage. « Surtout si elles sont soignées pour des maladies affectant la mémoire ou les facultés mentales. »

Elle acquiesça.

« Cela vous semble faisable ? »

Elle baissa rapidement les yeux en signe de modestie, comme si elle ne voulait pas pécher par un défaut aussi malséant que la vantardise. « J'ai accès à une ample variété d'informations, signore. »

Brunetti s'apprêtait à demander des précisions, mais il y renonça par prudence ; mieux valait qu'il ignore l'étendue de ses pouvoirs. Il transforma sa question en une quinte de toux, puis conclut d'un ton sérieux : « C'est bien ce que j'espérais. »

23

Peu après le départ de la signorina Elettra, Vianello frappa doucement à la porte de Brunetti et entra sans attendre d'y être invité. Brunetti lui désigna d'un signe son fauteuil habituel et lui demanda : « Est-ce que tu as croisé la signorina Elettra en montant ?

– Non, répondit Vianello. Mais c'est d'elle que je viens te parler. Et de ses préoccupations actuelles.

– D'après ce que j'ai vu, on dirait que c'est le lieutenant Scarpa. »

Vianello leva les mains et fixa ses paumes un moment. « Oui, c'est l'impression que l'on en retire.

– Tu veux dire qu'il y a autre chose ?

– En quelque sorte.

– Peux-tu me dire ce qui se passe sans parler en langage codé ?

– Ce n'est pas très clair, Guido. Un de mes informateurs m'a rapporté, il y a quelques semaines, que quelqu'un de chez nous avait livré le nom d'un suspect relâché faute de preuves, alors qu'on le savait coupable. Quand je l'ai interrogé à ce sujet – quel suspect, pour quel crime ? –, il n'a pas su me répondre et m'a dit qu'il l'avait entendu raconter dans un bar. Je lui ai dit d'oublier cette histoire, qui ne m'intéressait pas. Mais il y a une semaine, il m'a appris qu'il avait réentendu le même récit, sauf que cette fois le nom du suspect était cité. »

Brunetti se pencha sur son bureau et se saisit d'un portemine. Il fit apparaître la mine de plomb en quelques clics, l'examina un moment puis la repoussa à l'intérieur. Il leva les yeux vers Vianello.

« Qui est-ce ?

– Costantino Belli. »

Brunetti écarquilla les yeux et posa le crayon.

« Où est-il ?

– Aux dernières nouvelles – qui remontent à deux semaines environ –, il est rentré chez lui. Enfin, chez sa mère, pour être précis.

– Ah, la mère, fit Brunetti.

– Je ne sais pas si je devrais dire ça, mais nous n'avons aucune preuve de sa culpabilité.

– Pas de preuve tangible, en effet. Mais on peut supposer.

– Les juges ne condamnent pas les gens sur des suppositions, Guido. Ils préfèrent les faits.

– Souviens-toi de ce que je t'ai dit sur les sarcasmes, Lorenzo, sourit Brunetti. Ça ne sert qu'à mettre les gens en colère.

– Désolé. J'ai eu un moment d'égarement.

– Lucia Arditi a passé trois jours à l'hôpital après son agression. Les médecins ont certifié qu'elle a été violée et brûlée avec une cigarette. Chez elle. Dans son propre lit. Lorenzo, tu as lu le rapport des ambulanciers : quand ils sont arrivés sur les lieux, elle leur a dit qu'elle avait subi un viol.

– Elle a ensuite modifié sa déclaration et assuré que c'était consensuel, rétorqua immédiatement Vianello tel un avocat de la défense.

– De quel côté es-tu ? »

Vianello croisa les bras sur sa poitrine et le regarda fixement.

« Je suis désolé, Lorenzo », finit par dire Brunetti.

L'inspecteur haussa les épaules. « C'est un sale petit vicieux, Guido. Tu le sais et je le sais. Nous savons ce qu'il a fait à Lucia Arditi. Nous savons sans aucun doute que c'était lui. Mais un magistrat appellerait cela une supposition. Et puisque Lucia Arditi persiste à nier cette agression, en l'absence de preuves concrètes, il ne pourrait en aucun cas envisager d'instruire un procès contre Belli. Elle a dit qu'ils ont eu un rapport sexuel ce soir-là et qu'elle en avait parlé à ses amis sur Facebook. Tu te souviens ? "En souvenir du bon vieux temps." »

Son regard croisa celui de Brunetti. « Tu l'as lu, Guido. Elle a dit à tout le monde – après avoir précisé que Costantino était sous sa douche – combien elle avait eu raison de rompre avec lui. »

Vianello marqua une pause après ces mots, comme pour leur donner à tous deux le temps de comprendre, eux qui étaient d'une autre génération, comment quiconque pourrait vouloir rendre publique une telle information.

« Lorsqu'elle est allée à l'hôpital…, commença Brunetti.

– Peu importent les conclusions du médecin ou ce qu'a raconté Lucia quand elle a été admise à l'hôpital. Dans sa déposition, elle a affirmé que c'était consensuel. Elle n'est pas revenue là-dessus. C'est tout ce qui compte. Il est parti, elle est allée se coucher, elle a remarqué du sang sur les draps en se réveillant, elle a appelé les secours, ils lui ont envoyé une ambulance.

– Et la brûlure de cigarette ?

– Elle a dit et répété que c'était un accident, répliqua Vianello d'une voix nouée.

– Et le message de la mère de Belli ? s'enquit Brunetti, sans réelle curiosité, cette question ayant été résolue depuis longtemps déjà.

– Tu l'as lu aussi, Guido. Elle a envoyé un SMS à Lucia pour lui souhaiter un bon rétablissement et lui dire que les amis de Costantino étaient impatients de voir les vidéos. La signorina Elettra n'était pas autorisée à fouiller dans son téléphone. Nous possédons cette information illégalement.

– Elle est inutile, de toute façon, concéda Brunetti à contrecœur. Cette vieille bique n'a pas spécifié de quelle sorte de vidéo il s'agissait. Si nous lui avions posé la question, elle aurait sûrement répondu que c'étaient des vidéos de la première communion de son fils. » Il se leva et alla à la fenêtre, regarda au loin de l'autre côté du canal, n'y vit rien qui pût l'aider à se calmer et revint à son fauteuil. « Est-ce parce que nous avons des filles ? demanda-t-il à Vianello.

– C'est parce que nous sommes humains », rétorqua l'inspecteur.

Brunetti renonça à se livrer à davantage de spéculations philosophiques. « Est-ce que ton informateur a vraiment entendu le nom de Belli ?

– Oui. Des types étaient en train de parler de ce qui lui était arrivé. Certains riaient et disaient qu'il méritait de s'en prendre une. L'un d'eux a dit ensuite que quelqu'un à la questure avait mentionné Belli comme suspect dans le cadre de l'affaire Lucia Arditi. Mon indic attend que je lui donne son argent pour se souvenir de qui il détient cette information.

– Qu'est-ce que tu vas faire ?

– Je suis venu te demander conseil, justement. Pour moi, il vaut mieux laisser tomber, lui dire que je ne le crois pas et que cette histoire ne nous intéresse pas.

– Tu avais pourtant l'air intéressé, tout à l'heure, remarqua Brunetti d'une voix neutre.

– Réfléchis-y, Guido, suggéra Vianello avec douceur.

– C'est déjà fait. »

Leurs regards se croisèrent. Brunetti pinça les lèvres et prit deux profondes inspirations, mais il garda le silence. Ils savaient tous deux que la signorina Elettra avait lu le rapport des ambulanciers, cette déclaration sur laquelle Lucia Arditi était ensuite revenue. Ils savaient aussi que c'était la signorina Elettra qui avait trouvé le SMS de la mère de Belli envoyé à la jeune fille. Pas étonnant si Vianello voulait dire à son informateur qu'ils ne croyaient pas à cette histoire de fuite à la questure.

– Ah, là, là », marmonna Brunetti. Il fixa le mur et réfléchit à ce qu'il savait – et ignorait – sur la signorina Elettra. Il savait bien que Vianello et lui avaient tous les deux raison.

Transgressant le tabou qui lui interdisait de songer à la sexualité de ses enfants, Brunetti adressa une prière silencieuse à quiconque veillait sur les jeunes gens, afin que le premier amour de Chiara soit un bon garçon, quelqu'un qui l'aime. Pas besoin qu'il soit beau, riche ou intelligent, ou qu'il possède des qualités princières : rien qu'un bon garçon amoureux d'elle.

Brunetti entra le nom de Belli dans son ordinateur pour lire le rapport de l'hôpital qu'il n'avait jamais pris soin de consulter. Le jeune homme, qui avait été trouvé dans la rue, avait été admis aux urgences à 1 h 30 du matin, plus de trois mois plus tôt. Il avait reçu plusieurs coups au visage ; il avait le nez cassé, le cartilage presque arraché. Il avait été frappé à l'aine ; un des testicules était gravement contusionné. Son épaule gauche était disloquée, mais sans ecchymoses qui auraient pu suggérer une chute.

Brunetti détourna son regard de l'ordinateur et se souvint de l'implication de la police dans l'affaire. Ils ne l'avaient appris que le lendemain matin, par un appel de l'hôpital. Belli, qui avait repris connaissance, avait raconté qu'il s'était fait agresser en rentrant chez lui ; on l'avait attaqué par-derrière, et il ne se souvenait de rien d'autre jusqu'à son réveil à l'hôpital. Il avait toujours son portefeuille sur lui, ce qui excluait l'éventualité d'une agression pour vol, et ce ne fut qu'en entendant son nom que Brunetti avait soupçonné cette attaque d'être liée au viol de Lucia Arditi, advenu plus de six mois auparavant.

Des recherches discrètes sur la famille de la jeune fille avaient révélé que ses parents, qui possédaient une fabrique de chaussures dans la campagne de Trévise, étaient à Milan pour une foire commerciale le soir des faits et que Lucia et son frère étaient en visite chez un oncle en Espagne.

Le policier qui avait interrogé Belli lui avait demandé si des gens pouvaient lui vouloir du mal et il avait répondu qu'il n'avait pas d'ennemis. Le cas en était resté là, ni oublié ni poursuivi. Brunetti songea qu'il s'était écoulé beaucoup de temps depuis cette histoire. La vengeance, dit l'adage, est un plat qui se mange froid, mais la réalité est tout autre. La vengeance manque de patience et s'avère souvent rapide, impulsive et d'une sotte évidence. Selon Brunetti, quiconque avait attaqué Belli l'avait fait pour une raison plus récente. La vengeance n'était d'ailleurs qu'une hypothèse. Son expérience personnelle en matière de violence l'exhortait à penser que des professionnels auraient fait un bien meilleur boulot. Belli aurait compris sa douleur et les murs de sa chambre d'hôpital seraient devenus son nouveau décor pour un long moment : il se serait retrouvé avec les deux jambes dans le plâtre au lieu de rentrer chez sa petite maman après seulement deux jours d'hospitalisation.

Sans savoir pourquoi, il se souvint combien la signorina Elettra était restée distante vis-à-vis de cette affaire de fuite d'information à la questure, alors qu'elle se repaissait habituellement de ce genre de rumeurs. Il se souvint également de sa gêne – pour ne pas dire sa nervosité – face au lieutenant Scarpa.

Acceptant enfin qu'elle avait bel et bien paru effrayée, Brunetti se leva et se résolut à contrecœur à tirer cette situation au clair.

La signorina Elettra sourit à son arrivée. « Que puis-je faire pour vous, commissaire ? » demanda-t-elle, et il perçut, pour la première fois en toutes ces années – ou bien était-il plus attentif que d'habitude ? –, un brin de timidité dans sa question.

Il lui sourit en guise de réponse et se força à se détendre en s'approchant de son bureau. Puis, se rendant compte qu'il s'était avancé trop près, il alla admirer les fleurs à la fenêtre. Elles étaient constituées de centaines de pétales très étroits : il avait leur nom sur le bout de la langue. Il s'adossa à l'autre vitre.

« Le pharmacien ? » répondit-il histoire de procrastiner un peu.

Elle sembla soulagée par sa requête. Son visage s'anima et elle se tourna vers son ordinateur. « Oui. C'est la situation géographique qui pose problème.

– Que voulez-vous dire ? » s'informa Brunetti, ayant balayé de son esprit aussi bien Scarpa que Belli et Lucia Arditi. Il se rapprocha et suivit son doigt pointant une liste de noms, classés par ordre alphabétique.

« Ce sont les clients du dottor Donato âgés de plus de soixante-dix ans. Il y en a cent vingt-sept. »

Elle fit apparaître deux nouvelles colonnes à droite des noms. « Celle-ci montre les médicaments prescrits et la maladie qu'ils servent habituellement à soigner. »

Brunetti constata qu'un grand nombre de patients prenaient les deux mêmes remèdes et que la plupart des médicaments traitaient les deux mêmes maladies : Parkinson et Alzheimer.

« Et voici donc les données géographiques. »

Une autre liste, plus brève, comportait une cinquantaine de noms. La deuxième colonne était intitulée « Kilomètres » et la troisième, « Arrêts de vaporetto ». Brunetti étudia cette page un certain temps et remarqua que plus de la moitié des noms avaient reçu la mention – ce fut le mot qui lui vint à l'esprit – d'au moins quatre kilomètres, et que tous affichaient sept arrêts de vaporetto au minimum.

La signorina Elettra leva les yeux sur lui et sourit. « Laissez-moi ajouter cet élément, signore. » Une quatrième colonne apparut : celle des adresses. Environ la moitié des personnes enregistrées sur la liste, dont la signora Gasparini, habitaient à Dorsoduro, tandis que les autres vivaient pour la plupart à Castello.

Brunetti fixa la liste, baissa les yeux sur la signorina Elettra et remarqua : « Alors que la pharmacie du dottor Donato se trouve à Cannaregio.

– Ces patients ont plus de soixante-dix ans, certains plus de quatre-vingts, et ils doivent presque tous traverser la ville, ou envoyer quelqu'un à l'autre bout de Venise, pour aller chercher leurs médicaments.

– C'est absurde, n'est-ce pas ?

– Sauf si la pharmacie du dottor Donato leur concède quelque chose de spécial, suggéra-t-elle.

– Ou s'ils concèdent quelque chose de spécial à la pharmacie, nuança Brunetti. À votre avis ?

– Ma famille vivait à Cannaregio quand j'étais petite, près de l'église San Leonardo. Je me souviens que nous habitions au numéro 1400. Donc quand j'ai vu son adresse, je me suis dit qu'il devait se trouver plus ou moins dans ce quartier, pratiquement à hauteur du ponte delle Guglie et pas du tout vers Rialto. Les habitants de Dorsoduro n'ont pas de raison d'y aller, et encore moins ceux de Castello. Pas pour une pharmacie, en tout cas. Et regardez cela, signore. » Elle leva sa main droite, les doigts suspendus au-dessus du clavier, tel un pianiste attendant le silence du public. Puis elle tapa trois notes – *clic clic clic* – et recula au fond de son fauteuil pour permettre à Brunetti de voir l'écran.

Il n'y avait cette fois que deux colonnes : les patients, de nouveau rangés par ordre alphabétique, et leurs médecins traitants. Cette dernière, cependant, ne comportait qu'un seul nom : la dottoressa Carla Ruberti, gérant deux cabinets, l'un à Dorsoduro et l'autre à Castello.

La signorina Elettra laissa à Brunetti le temps d'intégrer la signification de ces documents. « Ne vous en faites pas, commissaire : j'ai tout imprimé pour vous. » Comme il restait impassible, elle s'inquiéta : « Qu'y a-t-il, signore ? »

Il s'éloigna d'elle et, désignant l'ordinateur : « Je ne suis pas venu vous parler de cette question, signorina. »

Elle se pétrifia. Sa réaction ne dura qu'une seconde, mais elle n'avait pas échappé à Brunetti.

Il se balança d'un pied sur l'autre, ne sachant quelle attitude adopter. Mais la confiance qu'il avait en elle l'incita à lui demander – ou plutôt à lâcher : « Que s'est-il passé ?

– Pardon ?

– Avec Belli. Comment se fait-il que son nom soit sorti de l'enceinte de la questure ? » Il avait utilisé une formulation neutre, suggérant que le nom avait pu s'envoler de lui-même : ainsi pourrait-elle lui mentir si elle le souhaitait.

Elle détourna les yeux, puis revint vers lui et toucha son clavier. Il ne pouvait distinguer qu'une partie de l'écran, mais il le vit s'obscurcir. Elle se redressa dans son fauteuil et croisa les mains sur ses genoux.

« Des amis à moi ont une fille, commença-t-elle. Elle a dix-neuf ans et je la connais depuis qu'elle est bébé. C'est une fille gentille, très intelligente, elle m'a toujours appelée *zia* Elettra. Je suis allée dîner avec ses parents il y a quelques mois. Tous deux semblaient différents, tendus. Je leur ai demandé ce qui n'allait pas et ils m'ont expliqué qu'ils se faisaient du souci pour Livia, à cause de son nouveau petit copain.

– Que vous ont-ils dit exactement ?

– Qu'elle était complètement sous son emprise, qu'elle passait sa vie à attendre ses coups de fil et qu'elle ne voyait plus ses amis parce qu'il l'en empêchait. Son premier amour… Cela arrive. »

Brunetti hocha la tête sans rien dire.

« Elle m'avait parlé de ses amoureux par le passé, mais c'était la première fois que j'entendais parler de celui-ci. Son père a mentionné qu'il s'appelait *Costantino.* Je me suis dit que je devais rester calme, qu'il ne pouvait pas être le seul à porter ce nom-là.

– Mais ? se risqua Brunetti.

– Je leur ai posé la question et ils m'ont dit son nom de famille. Quand ils ont vu ma tête, ils m'ont demandé ce qui m'arrivait. » Elle regarda Brunetti et il lut sur son visage une expression de défi.

Il recula de deux pas pour retourner s'appuyer, comme d'habitude, contre le rebord de la fenêtre. Il croisa les bras et attendit.

« Je la connais depuis qu'elle est toute petite. »

Brunetti pensa – espéra, même – qu'elle disait cela pour préparer sa défense, justifier sa décision par ses obligations envers cette jeune fille. Ses propos lui avaient échappé, elle n'avait pas réfléchi sous le coup de la surprise, elle n'avait plus pensé à ses responsabilités professionnelles…

« Je leur ai donc raconté ce que Costantino avait fait à Lucia Arditi, avec l'aide de sa mère. Je leur ai révélé quel genre de gens c'étaient.

– Et pour ce qui est de son agression ?

– Elle a eu lieu trois semaines plus tard, précisa-t-elle. J'en ai été choquée. » Puis, comme rappelée à l'ordre par l'esprit de la Vérité : « Mais pas étonnée.

– Avez-vous revu vos amis depuis ce dîner ?

– Non.

– À votre avis, ils sont à l'origine de l'agression ?

– Vous pensiez qu'ils m'appelleraient pour me le dire ? »

Il ignora sa question.

« Et la fille ?

– Je vous l'ai dit : je n'ai revu personne, je n'ai pas eu de leurs nouvelles depuis ce dîner. Peut-être n'en aurai-je jamais plus.

– Ne soyez pas dramatique, Elettra », lança-t-il sans réfléchir.

Elle eut une grimace gênée. « Oui, il faut que je me calme, n'est-ce pas ?

– Assurément.

– Qu'allez-vous faire maintenant ? »

Brunetti haussa les épaules et regarda par la fenêtre. Son bureau était à l'autre bout de la questure. Celui de la signorina Elettra donnait sur le même canal, mais depuis un étage et sous un angle différents. C'était la même chose, mais avec un tout autre aspect. Créon avait déclaré à Antigone que les ordres étaient les ordres et qu'il fallait leur obéir, fussent-ils importants ou mineurs, justes ou injustes.

« Je ne sais pas, avoua-t-il. Envoyez-moi ces listes, voulez-vous ? »

Il sortit de son bureau et regagna le sien.

24

Le temps qu'il atteigne son bureau, Brunetti s'était réconcilié avec sa conscience. La signorina Elettra avait agi instinctivement pour protéger une personne qu'elle aimait. Ce n'était pas tout à fait comme pousser quelqu'un hors de la trajectoire d'une voiture – c'était comme faire cela et, en conséquence, causer un accident. La nuance ne lui échappait pas, mais il estimait l'affaire classée. Il avait pris sa décision : l'indiscrétion commise par sa collègue resterait entre eux et finirait par disparaître, au fil du temps, de la mémoire collective de la questure.

Quasi convaincu de cette résolution, il revint au dossier en cours : il lui fallait parler des coupons à Griffoni, tout comme il lui fallait en apprendre davantage sur la pharmacie et le pharmacien.

Tout en gravissant les marches qui menaient au bureau de la commissaire, Brunetti songea que peu de ses collègues étaient aussi astucieux que Claudia et bien moins encore aussi inventifs qu'elle. Elle avait une remarquable capacité à se couler dans la peau qui plairait le plus à un témoin ou un suspect, et savait adapter son discours au leur – prononciation, intonation, références – avec une extrême subtilité. Une fois cette forme d'osmose établie, elle approuvait leurs idées et leurs préjugés par des hochements de tête et des sourires quasi imperceptibles. Brunetti ne parvenait jamais à déceler le moment précis où elle s'investissait de ces autres personnalités, même s'il avait souvent capté l'instant où elle laissait choir cette seconde peau et réintégrait son propre soi, caustique et implacable.

Elle était au téléphone dans son bureau. Comme elle était assise de côté dans son fauteuil, elle vit Brunetti arriver et lui sourit, levant deux doigts pour le faire patienter. Le rythme de ses réponses se mit vite à laisser transparaître son impatience. Son interlocuteur ne résista pas longtemps et la conversation prit fin. Elle se leva et s'étira. « Est-ce que le monde extérieur existe encore ? »

Brunetti acquiesça et recula, les bras tendus comme s'il dirigeait un avion vers son emplacement sur le tarmac. Passant la porte à petits pas, il lui fit signe de sortir de son bureau et de le rejoindre. Elle le suivit volontiers.

« Nous allons à la pharmacie, suggéra-t-il en lui tendant les coupons qu'ils avaient trouvés dans le tiroir de Gasparini.

– Oh, génial, répliqua-t-elle, feignant d'en être ravie. Cela fait des semaines que je voulais de nouveaux rouges à lèvres. Peut-être que je pourrai les acheter avec les coupons de la tante Matilde. »

Comme le soleil les gratifiait de ses bienfaits, ils décidèrent de marcher jusqu'à San Marco-Vallaresso, de prendre le n°2 et de descendre à San Marcuola, puis de terminer à pied. La riva degli Schiavoni était bondée, même en ce mois de novembre bien avancé, ce qui ne se serait pas produit à peine quelques années auparavant. S'étant promis de ne pas maugréer sur l'horrible façon dont la ville avait changé, Brunetti se contenta de commenter à Claudia certains des endroits où ils passaient. Il lui évoqua par exemple le vaporetto qui avait sombré pendant une tempête. Il ne se souvenait plus du nombre de victimes piégées à l'intérieur. À l'approche de San Marco, il lui parla des *Sette Martiri*, fusillés pendant la Seconde Guerre mondiale en représailles à la disparition d'un soldat allemand, qui en fait était tombé à l'eau, ivre, et s'était noyé.

Elle haussa les épaules, comme seul pouvait le faire un individu dont les grands-parents avaient connu la guerre. « C'est arrivé à un de mes grands-oncles. Il avait onze ans, précisa-t-elle. Mais personne ne lui rend hommage, aujourd'hui. »

Ils descendirent le pont et décidèrent de traverser la place San Marco avant d'aller prendre leur vaporetto. Ils se dirigèrent vers le cœur de ce trésor à ciel ouvert et Griffoni se retourna pour regarder la façade de la basilique. Brunetti s'arrêta près d'elle.

« La première fois que je suis venue à Venise, je devais avoir dix-sept ou dix-huit ans – c'était un voyage scolaire –, et je suis restée une heure sur la place. Je n'arrêtais pas d'en faire le tour pour tout voir. La bibliothèque, les piliers, la basilique, le campanile, encore et encore. Et maintenant, certains jours, je la traverse sans même lui prêter attention.

– Cela nous arrive à tous, affirma Brunetti en s'éloignant de la basilique pour emprunter la *calle* menant à l'arrêt San Marco-Vallaresso.

– Ma propriétaire – elle est à la retraite, elle doit avoir près de soixante-dix ans – a enseigné en maternelle toute sa vie. Comme elle ne va plus au travail, elle passe ses journées à flâner dans la ville avec son mari.

– Est-elle vénitienne ?

– Autant que toi.

– Simplement pour regarder ?

– Oui. Elle m'a dit qu'elle remarque constamment de nouveaux détails. Ils retournent parfois aux endroits qu'ils ont connus dans leur jeunesse.

– Est-ce qu'elle se sert d'un guide ?

– Non. Je lui ai posé la question. Elle m'a répondu qu'elle se contente de garder les yeux ouverts. Et qu'elle lève toujours la tête. Quand il y a trop de touristes, elle descend à Castello ou elle va vers Santa Marta, ou d'autres quartiers encore un peu moins fréquentés. Et il ne se passe pas un seul jour sans qu'elle fasse une découverte.

– Et ensuite ?

– D'après ce que j'ai compris, elle rentre à la maison, prépare le dîner et regarde la télé avec son mari.

– Bien, prions le Seigneur qu'elle puisse continuer à marcher et à regarder la ville du matin au soir.

– Prions le Seigneur ? s'étonna-t-elle.

– Pas de panique, Claudia. C'était une phrase de ma mère.

– Ah », fit-elle avant de reprendre son chemin.

Ils montèrent dans le n°2 qui partit aussitôt. Il soufflait une brise plutôt fraîche. Ils allèrent à l'intérieur et s'installèrent à l'arrière.

« Comment allons-nous procéder ? » s'informa Brunetti.

Griffoni observait les palais qui défilaient sous ses yeux. Elle finit par répondre : « Je pourrais me faire passer pour sa nièce, tu sais, celle de Naples, avec son accent bien napolitain. » À mesure qu'elle parlait, sa prononciation passa progressivement de son italien habituellement élégant à une variante méridionale qui n'avait plus les mêmes voyelles. Regardant par la fenêtre, elle révisa sa partition. « Je viens lui rendre visite deux ou trois fois par an et cette fois, tante Matilde m'a donné ces coupons, en me disant de m'en servir et de m'acheter des produits pour me faire belle. »

Brunetti brûlait de lui répliquer qu'elle n'en avait guère besoin. « J'entrerai en même temps que toi et je trouverai quelque chose à acheter. J'aimerais autant assister à toute la performance quand tu essaieras de te servir des coupons. »

Griffoni approuva le plan du commissaire d'un hochement de tête, puis proposa : « Peut-être qu'il vaudrait mieux que je leur dise que tout est pour elle. » Elle lui fit un large sourire. « Dommage que je n'aie pas pensé à faire une liste d'une main tremblante ; cela aurait rajouté de l'authenticité.

– Tu te débrouilleras très bien », dit Brunetti à l'instant où le vaporetto accostait à l'embarcadère : trois personnes descendirent avec eux. Ils tournèrent derrière l'église et se dirigèrent vers San Leonardo, puis ils bifurquèrent à gauche. Aux abords de la pharmacie, Brunetti passa derrière Griffoni et la laissa entrer seule. Il s'arrêta pour observer les masques dans la vitrine du magasin attenant et leur lança le même regard qu'aux touristes : distant, indifférent et un brin mécontent.

Il laissa s'écouler quelques minutes avant d'entrer à son tour. Il regarda à l'intérieur. Griffoni était seule et parlait avec une vendeuse. Elle avait eu le temps d'effectuer ses achats : sur le comptoir s'alignaient trois tubes de rouge à lèvres et quelques petits objets qu'il ne put identifier. Elle était en train de tendre un coupon à la jeune femme.

La vendeuse le prit et l'examina, puis regarda Griffoni. « Mais vous n'êtes pas la signora Gasparini, nota-t-elle d'un ton neutre.

– Non, je suis sa nièce, spécifia Griffoni en alourdissant tellement son accent qu'il faillit s'écraser sur le comptoir.

– Ah, bon. Pouvez-vous attendre un moment ? demanda la jeune femme avec amabilité. Je vais chercher le dottor Donato.

– Certainement, répondit Claudia. Je vais jeter un coup d'œil aux crèmes pour le visage. »

Brunetti, de son côté, regardait le fil dentaire et les brosses à dents, et en prit même une pour observer les soies à travers l'emballage en plastique.

Un homme plus âgé arriva au comptoir. Grand et robuste, il avait les cheveux foncés et une moustache. Brunetti lut son nom sur le badge accroché au revers de sa veste : *Dott. Donato.*

Griffoni était revenue au comptoir, avec une boîte bleu clair dans les mains. « Puis-je vous aider, signora ? »

Brunetti remit la brosse à dents en place et prit un flacon de bain de bouche.

« Oui, ce serait fort aimable à vous, dottore. Ma tante m'a demandé de venir chercher des articles pour elle. Elle m'a donné des coupons et m'a dit de m'en servir pour payer. » Sa voix était pleine de la convivialité du Sud et Brunetti, qui regardait le flacon et non pas Griffoni, était sûr que son sourire était tout aussi chaleureux.

Il jeta un coup d'œil au comptoir et vit que le coupon était toujours là. Griffoni s'en saisit et le tendit au pharmacien. Il fit un signe de remerciement et l'observa soigneusement, les sourcils levés. Il avait le visage d'un citoyen au-dessus de tout soupçon : rond aux joues roses, avec de grands yeux marron qui semblaient trouver ce monde aussi agréable qu'intéressant. Il reposa le papier sur le comptoir et s'informa, le sourire aux lèvres : « Vous êtes la nièce de la signora Gasparini, dites-vous ?

– Oui, confirma Griffoni, passant outre ses deux derniers mots. Je lui rends visite tous les deux ou trois mois. » Instillant une demi-goutte de culpabilité dans sa voix, elle ajouta : « Je ne viens pas aussi souvent que je le devrais, je sais. Mais c'est ma tante et je suis toujours contente d'aller la voir et d'essayer de l'aider quand je suis là. »

Le dottor Donato posa les mains sur le comptoir et se pencha plus près d'elle. Il répliqua, en parlant si bas que Brunetti pouvait à peine entendre ses mots : « Je peux comprendre qu'on veuille l'aider. » Sa voix était emplie d'affection et d'estime. « Elle a longtemps été ma cliente. » Brunetti, qui connaissait la date à laquelle il avait rempli la première ordonnance de la signora Gasparini, baissa les yeux pour continuer à lire l'étiquette sur la petite bouteille qu'il tenait.

Il s'écarta sur la gauche et commença à regarder les tubes de crème solaire. Un moment plus tard, un jeune pharmacien s'approcha de lui. « Puis-je vous aider, signore ?

– Oui, répondit Brunetti. Ma femme et moi partons en croisière et elle m'a demandé d'acheter de la crème solaire car elle a lu quelque part qu'il faut en porter même l'hiver, surtout en mer. À cause de la réverbération, je crois

– Mais oui, absolument. »

Le pharmacien, dont le badge en plastique indiquait également *Dott. Donato*, s'informa sur le degré de protection que souhaitait son épouse.

Brunetti prit l'air désemparé, avoua qu'il ne s'y connaissait pas du tout et demanda conseil au professionnel qu'il était. Pendant que le jeune homme lui expliquait les différences entre les crèmes, Brunetti jeta un coup d'œil à Griffoni et au pharmacien plus âgé, avec lequel elle semblait en pleine discussion. Il l'entendit dire « une telle personne », mais le restant de l'expression fut couvert par la voix du jeune homme qui sortit un tube jaune en énonçant Cinquante. Ce devrait être bon même par grand soleil. »

Brunetti sourit et le remercia. « Ma femme m'a demandé d'acheter aussi de l'aspirine.

– En comprimés ou effervescente, monsieur ?

– En comprimés, s'il vous plaît », précisa-t-il en espérant qu'il partirait les chercher derrière le comptoir ou dans l'arrière-salle, ce qui lui permettrait d'entendre la suite de la conversation entre Griffoni et le pharmacien qui n'avait pas changé de place, mais semblait maintenant plus crispé et résolument moins aimable qu'auparavant.

« Si vous n'y voyez pas d'objection, signora, disait-il, je garderai le coupon jusqu'au retour de votre tante. » Il parlait d'un ton avenant et léger que démentait son visage. « Si vous voulez acheter ces articles…

– Non, répondit-elle avec affabilité, mieux vaut laisser choisir ma tante.

– Alors je les garde, n'est-ce pas, jusqu'à ce que je la revoie ? » À ces mots, le dottor Donato ramena les articles vers lui.

Le jeune pharmacien revint de la réserve et Brunetti alla au comptoir payer sa crème solaire et l'aspirine. Deux autres personnes étaient entrées entre-temps et s'étaient placées entre Brunetti et Donato, qui continuait à concentrer toute son attention sur Griffoni.

« J'ai hâte de revoir votre tante », déclara le pharmacien en ouvrant un tiroir où il rangea les produits. Griffoni le remercia pour son aide et se dirigea vers la porte. Le pharmacien lui lança un regard fixe et froid, dont l'intensité contrastait avec ses pommettes roses.

Puis il se tourna vers la cliente suivante, une femme robuste aux cheveux blancs permanentés qui lui fit un sourire chaleureux. « Ah ! s'exclama-t-il d'une voix redevenue soudain amicale, chère signora Marini, en quoi puis-je vous être utile ? »

Brunetti attendit que la signora Marini commence à parler, prit sa monnaie et gagna lentement la porte.

Griffoni se tenait quelques mètres plus loin. Elle regardait une vitrine présentant toute une gamme de masques. Le propriétaire chinois était assis au comptoir, au fond du magasin. Lorsque Brunetti la rejoignit, elle raconta : « Je suis allée chez le coiffeur, la semaine dernière, et la fille qui faisait le shampooing à la vieille dame assise près de moi lui a demandé si elle voulait un “traitement anti-jaune”. » Elle désigna un masque particulièrement horrible et continua : « Je l'ai interrompue et lui ai dit que c'était une réflexion peu aimable, à mon avis, dans une ville où il y avait autant de résidents chinois. Mais maintenant, je pense que j'aurais pu me dispenser de lui faire ce reproche.

– J'avais remarqué que ton sens de l'humour te fait des amis où que tu ailles, Claudia, affirma Brunetti. Que t'a dit le dottor Donato ?

– D'abord, que ma tante lui avait toujours dit qu'elle n'avait qu'un neveu, donc il s'étonnait que je sois sa nièce. J'ai ri et lui ai dit que j'étais la fille d'un de ses cousins, mais qu'à Naples, ce lien de parenté entrait dans la catégorie générale des nièces.

– Et ?…

– Il s'est confondu en excuses, mais a insisté sur le fait qu'il ne pouvait pas me faire bénéficier du coupon car il était à son nom et qu'elle seule pouvait le signer. » Elle sortit les coupons de son sac et lui en tendit un, en montrant que le nom de famille de la signora Gasparini figurait en haut. « Mais il n'y a pas d'endroit pour le faire.

– Qu'est-ce que tu en conclus ?

– Il se peut que ce soit un homme scrupuleusement honnête qui veut faire les choses bien », suggéra-t-elle. Puis elle se tut pour envisager d'autres interprétations.

« Alors pourquoi mentir en disant qu'il lui fallait une signature ? demanda Brunetti d'un ton impatient.

– Exactement, approuva-t-elle. C'était inutile. Il aurait pu tout simplement refuser. »

Ils revenaient tranquillement vers l'embarcadère lorsque Brunetti proposa : « Je pense que nous devrions retourner parler à tante Matilde.

– Moi aussi », confirma Griffoni. Tels des personnages de dessins animés, ils tournèrent simultanément les talons et s'engagèrent dans la *calle* qui les ramènerait chez la vieille dame.

En passant devant l'église des Carmini, Brunetti suggéra : « Puisque vous êtes maintenant les meilleures amies du monde, tu devrais lui faire la conversation.

– Mais c'est toi, l'homme. Elle a dans les quatre-vingts ans, Guido. Même si elle me trouve amusante et qu'elle aime bien parler chiffons avec moi, pour elle, c'est l'homme qui décide.

– Tu n'as pas l'air de t'en offusquer, remarqua Brunetti.

– C'est une question de génération. Et puis, ce n'est pas pour séduire les femmes qu'elle dépense autant en produits de beauté. »

Au moment où Griffoni formulait cette remarque, ils arrivèrent devant la porte d'entrée. Brunetti sonna et expliqua à Beata qu'ils aimeraient parler de nouveau à la signora. Elle ouvrit aussitôt et ils pénétrèrent dans le hall d'entrée.

En haut de l'escalier, la jeune femme les accueillit avec un sourire. « La *padrona* était très contente de votre visite, signori. Elle n'a pas arrêté d'en parler. Je suis contente que vous soyez revenus. » Elle recula pour les laisser entrer et les guida le long du couloir.

Elle s'arrêta devant le salon. « Je vais la prévenir que vous êtes là.

– Bien sûr », répondit Brunetti, auquel elle s'était adressée en ignorant Griffoni.

Ils entendirent des voix indistinctes à l'intérieur, puis Beata revint et ouvrit grand la porte pour leur permettre d'entrer. Elle s'éclipsa en la refermant derrière elle.

La signora Gasparini était assise au même endroit que la veille, comme si elle n'avait pas bougé de son fauteuil. Les dragons étaient toujours là et les rayures descendaient toujours de sa taille à ses chevilles. Le mouvement involontaire de sa tête vers la gauche ne s'était pas non plus atténué. Même infime, il était à chaque fois accentué par son nuage de cheveux roux.

« Comme c'est gentil à vous de revenir me voir », dit-elle en s'adressant exclusivement à Brunetti, les mains levées en signe de bienvenue, avec un sourire ravi.

« Nous sommes heureux de vous revoir, signora, dit Brunetti qui se poussa sur le côté pour que la vieille femme puisse mieux distinguer Griffoni. C'est très agréable de revenir dans un lieu aussi majestueux. D'autant plus que nous y sommes tous deux si chaleureusement accueillis. » La signora Gasparini regarda alors Griffoni et lui fit le froid signe de tête que l'on se doit d'accorder par politesse à un inconnu.

« Oui, confirma-t-elle, jetant un coup d'œil circulaire à la pièce comme si elle la découvrait pour la première fois. C'est charmant, n'est-ce pas ? C'était le cabinet d'études de mon grand-père, et c'est là que je reçois. Je pense qu'il donne à mes hôtes une idée du statut de notre famille. » Brunetti était incapable de dire si le rythme de son tic était identique à la fois précédente.

« Tout à fait, signora, s'extasia Griffoni en regardant autour d'elle comme si elle ne pouvait en rassasier ses yeux. Tout est si beau. »

La signora Gasparini, qui apparemment ne reconnaissait toujours pas la commissaire, sourit, incapable de contenir sa joie face à des compliments aussi sincères. Elle les invita à s'asseoir. « Pourriez-vous me redire pourquoi vous êtes venus ? » Elle s'efforça de paraître énergique, mais était incapable de masquer sa confusion. Brunetti se sentit transpercé de pitié. Griffoni avait raison : elle était solide et ne demandait aucune commisération.

« Nous sommes venus à cause de votre neveu, Tullio. Il voulait que nous réglions cette histoire avec la pharmacie. Mais je ne parviens toujours pas à comprendre ce qui s'est passé, c'est pourquoi je suis revenu vous demander de m'aider. Je pense que cela vous permettra de récupérer votre argent, ajouta-t-il en recourant au sésame capable d'éveiller son intérêt.

– Vous aider ? répéta-t-elle, comme si elle ne pouvait saisir ce mot.

– Pourriez-vous m'expliquer comment vous avez obtenu les coupons, signora ? Je ne pourrai pas persuader le dottor Donato de vous rendre l'argent tant que je ne saurai pas ce qu'il en est. »

Brunetti la vit croiser vivement les mains.

« C'est à cause des ordonnances.

– Quelles ordonnances, signora ?

– Celles que je remplis chaque mois. Je vais à la pharmacie, je les leur donne et eux me donnent les médicaments.

– Je vois, signora. On vous les donne à prix réduit ?

– Bien sûr. C'est la moindre des compensations vu les impôts que j'ai payés toute ma vie. »

Oui, après tout, pourquoi les riches ne devraient-ils pas tirer profit de leurs contributions à la santé publique ? se demanda Brunetti.

Il entendit Griffoni murmurer près de lui *« Brava*[36] *»* et vit que ce compliment avait capté l'attention de la vieille dame.

Elle regarda Griffoni. « Ma chère, souvenez-vous-en : d'ici à ce que vous ayez mon âge, il ne restera plus rien. Ils auront tout volé, ces porcs.

– Pourriez-vous nous dire le nom du médicament, signora ? la coupa Brunetti, qui ne souhaitait pas ouvrir ce type de vannes.

– Oh, ne me demandez pas ce genre de choses. Je prends ce que me prescrit mon médecin. »

Brunetti comprit son hésitation à nommer ses maladies, même si chaque tremblement, tressaillement ou trou de mémoire en était un témoignage flagrant. « Je vois, signora. Et les coupons ?

– Quelquefois, quand je suis très occupée ou que j'ai trop de choses en tête, j'oublie d'emporter mes ordonnances. » À l'entendre, on aurait dit que ses jours étaient une succession de rendez-vous et conseils d'administration, au lieu de ces heures passées dans cette pièce sans livres, sans télévision, sans compagnie.

« Et ensuite que se passe-t-il ?

36. Dans ce contexte : « Vous avez tout à fait raison. »

– Oh, le dottor Donato sait combien ces médicaments sont importants pour ma santé, mais sans ordonnance, il ne peut pas soumettre les formulaires au système de santé.

– Bien sûr, marmonna Griffoni comme si elle n'avait pu s'en empêcher.

– Donc que fait-il pour vous, dans ce cas, signora ? s'informa Brunetti.

– Il me demande de les lui payer, au plein tarif, au lieu des deux euros que je suis censée donner, et en échange il me donne un coupon. » Baissant la voix, pour que Beata ne puisse pas entendre, elle continua : « Le dottor Donato m'a dit que, de cette manière, il pouvait ajouter vingt pour cent à leur valeur. »

Tous deux sourirent et Griffoni ne put s'empêcher de s'exclamer : « Oh, c'est si gentil de sa part, signora ! » Comme si le pharmacien méritait un prix pour son sens civique exemplaire.

« Il n'est pas obligé, je le sais. Mais c'est un homme exquis, déclara la signora Gasparini avec un sourire hollywoodien. Et cela ne fait de mal à personne, n'est-ce pas ?

– Absolument pas », la rassura Griffoni.

Ils avaient de toute évidence mérité ce secret. « Le dottor Donato a dit que c'est une offre qu'il ne fait qu'à ses clients fidèles, aux gens auxquels il peut faire confiance. Il m'a demandé de ne pas l'ébruiter, donc, s'il vous plaît, ne dites rien. Je sais que je peux compter sur vous.

– Bien sûr, signora, confirma Griffoni avec juste ce qu'il fallait de piété dans la voix.

– Je le comprends tout à fait, commença Brunetti, d'un ton admiratif. Et avec le prix des médicaments aujourd'hui, vingt pour cent ferait… »

Il fut interrompu par Griffoni qui fit un geste de la main en direction du visage de la signora Gasparini comme une magicienne vers un lapin. « Et votre teint est bien la preuve qu'une femme ne devrait jamais utiliser que les meilleurs produits. »

L'expression de la signora Gasparini se fit plus pensive à ces mots. « Il s'est excusé auprès de moi, plus d'une fois, de ce que les règlements du système de santé soient si compliqués. S'il me remboursait, ils s'apercevraient qu'il m'a délivré les médicaments sans ordonnance. Et si cela se produisait, il m'a dit qu'on lui retirerait sa licence. Il a été un si bon ami pour moi que je ne peux pas lui faire courir ce risque. »

Griffoni et Brunetti acquiescèrent, ce qui donna lieu à une scène grotesque où tous trois hochèrent la tête en même temps.

« Vous rappelez-vous combien de fois il vous est arrivé, ces dernières années, d'avoir oublié de prendre votre ordonnance avec vous ? » demanda Brunetti d'un ton préoccupé. Il étudia soigneusement son visage sous couvert de sollicitude et vit ses yeux se fermer lentement. Lorsqu'ils se rouvrirent, son regard semblait flou, comme si l'on avait appelé une autre actrice pour poursuivre la scène.

« Ces dernières années, voyons… Oh, je ne me souviens pas vraiment », répondit-elle avec un étonnement appuyé. Elle les regarda tour à tour comme si elle cherchait à lire la réponse sur leur visage.

En temps normal, Brunetti aurait réitéré sa question, mais il était évident que la signora Gasparini avait décidé de ne pas se le rappeler. Par conséquent, il changea de sujet et affirma, avec conviction : « Quelle chance d'avoir trouvé un pharmacien suffisamment dévoué à ses clients pour s'exposer ainsi. »

Le voyant à la fois convaincu et indifférent à sa perte de mémoire, elle sourit. Désormais en confiance, elle se pencha de nouveau en avant et chuchota : « C'est exactement ce que la signora Lamon m'a dit. Un jour où elle était au comptoir devant moi, je n'ai pas pu m'empêcher d'entendre leur conversation. Elle avait oublié son ordonnance et le dottor Donato lui a donné un coupon. Quand je l'ai vue chez Tonolo il y a quelques jours – j'aime bien leurs petits beignets, surtout ceux au chocolat noir –, je lui ai dit qu'il l'avait fait pour moi aussi. » Elle marqua une pause, comme pour vérifier qu'elle ne se répétait pas. Sa mémoire lui certifiant peut-être que non, elle poursuivit : « Elle m'a dit qu'il le faisait également pour deux de ses amies. C'est si gentil à lui de nous traiter ainsi.

– Il a bien de la chance de pouvoir travailler avec la dottoressa Ruberti, qui doit être elle aussi très gentille », ajouta Brunetti avec le plus grand naturel, comme si la générosité de l'un menait à l'autre. Pour qu'elle ne lui demande pas comment il détenait le nom de son médecin, il ajouta : « Ma belle-mère la consulte depuis des années et n'arrête pas de chanter ses louanges.

– Oui, convint la signora Gasparini. Et elle est courageuse, comme le dottor Donato, toujours prête à prendre des risques pour que ses patients soient bien suivis.

– Oh, dit Griffoni avec la curiosité enthousiaste de la jeunesse, qu'a-t-elle fait pour vous, signora ? »

La signora Gasparini s'apprêta à répondre, puis sembla avoir oublié ce qu'elle voulait dire.

Brunetti reconnut dans ses yeux la panique qui saisissait sa mère lorsque, aux premiers stades de la maladie, elle s'apercevait de ces oublis. « Depuis combien de temps vous suit-elle, signora ? » demanda-t-il, comme si Griffoni ne l'avait pas déjà interrogée.

Sans doute cette question était-elle moins compliquée pour elle, car elle répondit : « Dix ans. Quand mon médecin de famille est parti à la retraite, la dottoressa Ruberti a pris la suite du cabinet. Elle est vénitienne. Mon père allait à l'école avec son grand-père. Nous l'avons découvert quelques mois après mes premières consultations chez elle, et cela nous a liées, en quelque sorte.

– Certes, murmura Brunetti. Vous pouviez être sûre qu'elle porterait un intérêt personnel à votre santé.

– Exactement, confirma-t-elle. Je n'allais pas souvent la voir, au début, vous comprenez. Pas autant que certaines vieilles dames du quartier. Jusqu'à l'an dernier quand… quand j'ai passé quelques examens à l'hôpital et que la dottoressa Ruberti m'a prescrit certains médicaments. » Elle se tut, et Brunetti se demanda si elle tentait de se forcer à oublier sa maladie et ses mouvements de tête. Lui n'y arrivait pas.

Elle posa ses mains sur ses genoux, les doigts entrelacés. « Je suis allée chez mon autre pharmacien, celui chez qui j'allais avant, qui m'a appris qu'il existait un autre médicament identique à celui que la dottoressa Ruberti me prescrivait, qui était… Comment ça s'appelle, déjà ? Voyons… Ça commence par un *G*. »

Brunetti vit sa bouche se crisper sous l'effet de la peur. « Voulez-vous dire générique, signora ?

– Oui. Oui, c'est cela. Bien sûr. Je l'avais sur le bout de la langue. » Elle sourit sans dissimuler son soulagement. « Je lui ai dit que je devais en parler d'abord à mon médecin. La dottoressa Ruberti m'a alors expliqué que les médicaments n'étaient pas les mêmes, que celui qu'elle m'avait prescrit coûtait plus cher parce qu'il était meilleur. » Elle ferma les yeux, en proie à la frustration imposée par son vieil âge et son impuissance. « Vous voyez ce qu'ils font, ils essayent d'économiser de toutes les manières possibles, peu importe si cela nous tue. »

Brunetti émit un bruit réconfortant, mais ne dit rien.

« J'y suis retournée le lendemain et j'ai dit au pharmacien que je ne voulais pas le générique, raconta-t-elle, visiblement fière d'avoir intégré le terme, et comme il a refusé de m'écouter, je suis partie. Quand j'en ai parlé à la dottoressa Ruberti, elle m'a dit qu'elle aurait voulu me dire de me méfier de lui, mais qu'elle ne pouvait pas pour des raisons d'éthique professionnelle. Elle était contente que je l'aie constaté par moi-même et elle connaissait une pharmacie qui me donnerait le bon médicament.

– Dieu merci, soupira Griffoni.

– Oui. Dieu merci, vraiment. Ils m'ont sauvé la vie. » Au lieu d'en éprouver de la reconnaissance, la vieille femme sembla angoissée, comme si cette lutte l'avait épuisée et la hantait encore.

« C'est donc ainsi que vous êtes devenue la cliente du dottor Donato ? demanda Brunetti avec la candeur d'un enfant curieux d'entendre la fin d'un conte de fées.

– Oui, quelle chance. Un médecin si formidable, un pharmacien aussi soucieux du bien-être de ses patients… »

25

Dehors, le jour baissait et la température avec lui, un avant-goût de ce qui les attendait pendant la nuit. Ils se dirigèrent vers Rialto. Griffoni remonta le col de sa veste et garda les bras croisés pendant tout le chemin. En passant devant chez Rizzardini, Brunetti lui demanda si elle voulait boire quelque chose. Elle répondit qu'elle avait besoin d'un café. À l'intérieur de la minuscule pâtisserie, ils commandèrent tous deux un café et elle demanda un *cannolo*[37] en précisant : « C'est le seul endroit à Venise où je me sens chez moi. Du moins pour les pâtisseries. » On leur apporta le gâteau et les cafés, et ils s'installèrent en bout de comptoir, près de la porte.

Elle but une gorgée et fit la grimace.

« Qu'est-ce qui ne va pas ? s'inquiéta Brunetti.

– Je ne suis pas à Naples, voilà ce qui ne va pas », répondit-elle d'un ton sérieux. Mais elle finit par sourire, pour montrer qu'elle plaisantait. Elle mordit dans sa pâtisserie cylindrique ; des miettes tombèrent sur le devant de sa veste. « Ce n'est pas que le café soit mauvais, c'est que les gens d'ici ne savent tout bonnement pas ce qu'est un bon café, ou ne savent pas comment le faire. » Elle repoussa sa tasse du bout du

37. Pâtisserie sicilienne farcie de ricotta de brebis.

doigt et termina sa pâtisserie fourrée à la crème en deux bouchées, puis s'essuya la bouche avec une serviette en papier et brossa ses habits de la main. « Ceci dit, leurs gâteaux sont délicieux. »

Brunetti finit son café, qu'il avait trouvé bon, et essaya de se souvenir de celui qu'il buvait à Naples de nombreuses années auparavant, à l'époque où il était en poste là-bas. Il se rappelait le goût des pâtes et du poisson, mais pas du café. Il se souvint seulement qu'il était deux fois plus petit que celui qu'il venait de consommer et que deux de ces cafés-là lui donnaient de l'énergie pendant des heures.

Il faisait chaud dans le bar et ils étaient seuls au comptoir.

« Qu'est-ce que tu en penses ?

– La grand-mère de mon meilleur ami avait la maladie d'Alzheimer. Et la signora Gasparini…, répondit-elle, avant de se corriger avec un sourire : Et ma tante Matilde me fait penser à elle. Des fois la mémoire fonctionne, d'autres non. Quand elle baisse la garde, c'est une vieille femme fragile, avec un début de Parkinson, qui perd la mémoire et essaie de dissimuler tout cela de son mieux. »

Elle posa un billet de cinq euros sur le comptoir. Le serveur lui rendit la monnaie et les débarrassa.

« Et donc ? » demanda Brunetti.

Sans répondre, Griffoni gagna la porte. Elle sortit dans la *calle* principale, tourna à gauche et s'arrêta pour regarder les gâteaux dans la vitrine. « Gasparini a des coupons. Il les a obtenus de sa tante, énonça-t-elle lentement, raisonnant tout haut. Elle savait que la pharmacie agissait de même avec d'autres clients et il se peut qu'elle l'ait raconté à son neveu. Peut-être qu'il est allé trouver Donato et lui a dit qu'il était au courant de ses magouilles. Ou qu'il l'a menacé de le dénoncer à la police.

– Pourquoi Gasparini aurait-il pris soin de le prévenir ? s'étonna Brunetti. Pourquoi ne pas tout simplement le faire, venir nous voir avec les coupons et ce qu'il avait pu apprendre de sa tante ? À propos de la voisine du dessous, par exemple. »

Griffoni enfonça ses mains dans ses poches et se balança sur ses pieds. Brunetti pouvait pratiquement l'entendre changer de vitesses dans sa réflexion.

Comme elle ne répondait toujours pas, il affirma : « Tu as sans doute raison quand tu dis qu'il devait savoir pour les autres. Ta tante n'a pas mis une demi-heure à nous en parler.

– Sa voisine, oui.

– Pourquoi Donato se limiterait-il aux médicaments pour la maladie de Parkinson et d'Alzheimer ? Ceux pour les problèmes psychologiques sont plus chers, surtout quand ils arrivent sur le marché. » Il songea, mais sans le dire, que les patients auxquels on prescrivait ce genre de médicaments étaient les plus susceptibles d'oublier d'apporter leur ordonnance à la pharmacie et les moins propres à prêter attention au prix ou au mode de paiement.

Il savait bien que les gens faisaient confiance à leur pharmacien autant qu'à leur médecin, peut-être davantage encore – et ils leur confiaient leurs secrets.

« Donato savait si les familles étaient riches ou si un de leurs membres risquait de nourrir des soupçons en voyant disparaître cent euros de temps à autre, déclara-t-il.

– Un pharmacien saurait certainement juger de la gravité d'une maladie à la lecture de l'ordonnance et évaluer ainsi la probabilité que le patient ne se rappelle rien. Surtout pour un début d'Alzheimer. »

Brunetti hocha la tête, se demandant combien de coupons avaient pu être oubliés ou perdus par les gens qui les avaient déjà réglés. En les retrouvant dans un tiroir quelques mois plus tard, combien d'entre eux se souvenaient à quoi ils correspondaient ?

« Ce petit jeu pourrait se révéler une mine d'or, n'est-ce pas ? conclut Griffoni.

– Mais les autres employés de la pharmacie ? Est-ce qu'ils proposent tous aux clients de payer le prix fort contre un coupon ? Il faut bien qu'ils soient tous complices, non ?

– Ils sont certainement au courant, nuança Griffoni. Je ne sais pas si c'est de la complicité.

– Qu'est-ce que ça serait d'autre ?

– Une façon d'éviter les problèmes, de garder son emploi, de se mêler de ses affaires. Souviens-toi de la Bible, Guido.

– C'est toi qui me dis ça ? » lâcha-t-il sans cacher sa stupéfaction.

Elle sourit face à l'intensité de sa réaction et lui tapota le bras. « Ne t'inquiète pas. Je fais simplement allusion aux sept années de vaches grasses et de vaches maigres. Nous avons eu beaucoup d'années de vaches grasses et maintenant les années maigres ont commencé. Donc les gens, même les pharmaciens, sont bien moins valeureux qu'ils ne l'étaient par le passé. Ils ne peuvent pas perdre leur travail.

– Ne peuvent pas ou ne veulent pas ? rectifia Brunetti avec une rigueur toute nordique.

– Ne veulent pas, concéda Griffoni en bonne Napolitaine.

– Ils prêtent serment. Comme les médecins, insista Brunetti.

– Certainement, confirma-t-elle d'un ton affable. Mais je ne suis pas sûre que cela ait beaucoup de valeur de nos jours, pas pour la plupart des gens. Ils veulent faire profil bas pour survivre. Voilà où ils en sont.

– Profil bas ?

– Tout à fait. »

Elle avait raison là-dessus, et Brunetti n'aimait pas cela.

Il jeta un coup d'œil à sa montre et vit qu'il était 18 heures passées. Repartir au travail alors qu'il était si près de chez lui aurait été idiot. « Tu prends le bateau ? lui demanda-t-il.

– Oui. Mais je ne vais pas à la questure. Si le lieutenant Scarpa me demande où j'étais, je lui dirai que j'ai suivi un suspect jusqu'à San Pietro di Castello. »

Brunetti rit en imaginant un non-Vénitien se lancer dans cette aventure et ils revinrent vers Rialto, car il avait décidé de raccompagner sa collègue à San Silvestro.

« Le week-end dernier, je suis allée vers l'église dell'Angelo Raffaele et j'ai passé deux heures à me promener dans ce quartier.

– Tu étais perdue ?

– Pas vraiment. Je n'allais nulle part en particulier, je flânais sans but. Je marchais simplement en rond – ou plutôt, en carrés – jusqu'au moment où j'ai commencé à reconnaître des magasins devant lesquels j'étais déjà passée, ou des restaurants aux coins de rues où j'avais déjà tourné. Je m'amusais à bifurquer systématiquement après avoir franchi deux ponts.

– Et donc ?

– Je pense avoir une vague idée de la géographie de cette ville.

– Ce n'est pas facile.

– Je sais, je sais. Il faut être né ici.

– Cela aide », approuva Brunetti alors qu'ils s'engageaient dans la *calle* menant à l'embarcadère. Il regarda sa montre. « Il y a un vaporetto pour le Lido dans deux minutes.

– Tu as tous les bateaux en mémoire ?

– C'est mon arrêt, donc je connais les horaires.

– Ah », fit-elle. Elle sortit son portefeuille de son sac et prit son imob.

Brunetti entendit le vaporetto s'approcher. Après quelques secondes, elle perçut aussi le bruit du moteur. « Et demain ? s'informa-t-elle. Que faisons-nous ?

– Je vais y réfléchir », répondit le commissaire en repartant vers le passage couvert.

Après le dîner, Brunetti alla dans le bureau de Paola et s'étendit sur son canapé, les mains croisées derrière la tête. Il avait laissé la porte entrouverte pour faire entrer la lumière du couloir dans la pièce. Dehors, la nuit était tombée. L'obscurité créait un décor idéal.

Il fixa le plafond et pensa à sa propre pharmacie, située sur le campo San Bartolomeo, juste à gauche de la statue[38]. C'était là qu'il allait parce que… Eh bien, parce qu'il y allait depuis toujours.

Il ferma les yeux et s'imagina en train d'y entrer et de se diriger vers le comptoir, une ordonnance à la main.

Il entendit des voix à la porte de l'appartement : Chiara et Raffi. L'un d'eux riait. C'était un son si normal que Brunetti le remarqua à peine.

Le remarqua à peine. Bien sûr, personne ne s'inquiétait des actions d'un pharmacien. Il prenait les ordonnances, apportait les médicaments et en donnait le

38. Carlo Goldoni, le « Molière italien ».

montant. Si son pharmacien avait dit à Brunetti de payer 22 euros au lieu de 2, il n'aurait pas discuté le prix. Si le pharmacien disait à une personne qui se soignait pour des troubles mentaux, mais qui avait oublié d'apporter l'ordonnance voulue, que la seule façon d'obtenir ses médicaments était de payer plein pot et de recevoir, en guise de compensation, un coupon au nom de la pharmacie, qui irait le contester ?

Si le client refusait, il suffisait au pharmacien de s'excuser de lui avoir suggéré cela pour lui éviter de revenir plus tard, et de lui dire de repasser avec son ordonnance pour obtenir ses médicaments au prix habituel. Puis de le rayer de la liste des clients potentiels.

Y avait-il des gens vraiment *capables* de cela, de mettre en péril leur profession pour si peu ? Brunetti se souvint d'un avocat renommé qui avait été surpris l'année précédente en train de voler trois cravates Hermès. Le vice-questeur Patta avait étouffé l'affaire : aucune accusation n'avait été portée contre lui et rien n'avait été révélé à *Il Gazzettino*, qui n'aurait pas manqué d'en faire des gorges chaudes. Brunetti comprenait cette décision : nulle carrière, nulle réputation ne méritait d'être détruite par une seconde de folie.

Vingt ans plus tôt, il le savait, il aurait réagi différemment – plus féroce, plus prompt à punir. « Comme tu deviens italien, dit-il à voix haute.

– Tant mieux. Je n'aurais pas du tout aimé avoir épousé un Australien sans m'en être rendu compte », répliqua Paola en poussant la porte du pied. Elle portait un plateau avec deux tasses de café, deux petits verres et une grande et fine bouteille qui devait contenir de la grappa.

26

Vers 4 heures du matin, Brunetti fut tiré de son profond sommeil par le bruit du vent. Il s'assit, alarmé, sans comprendre où il était l'espace d'un instant. Il tendit la main et sentit l'épaule de Paola. Il chercha des yeux le motif familier projeté sur le mur par les réverbères, cinq étages plus bas. Il se laissa aller sur son oreiller en guettant le bruit, qui ne revint pas. La nuit le recouvrait d'une chape de silence.

Avait-il rêvé ? D'où provenait le vent ? Où s'était-il perdu pendant son sommeil ? Il n'avait que le vague souvenir de s'être trouvé dans une pièce faiblement éclairée. Il examina la lueur des lampadaires, se demandant s'il allait se rendormir.

Il pensa au dottor Donato et à tout ce qu'il ne savait pas sur lui : sa famille, ses habitudes, ses amis, ses affaires. Par une surprenante association d'idées, il s'aperçut qu'il ne possédait pas davantage d'informations sur Gasparini. C'était un homme avec un fils à problèmes, qui n'était plus qu'une silhouette inerte dans un lit d'hôpital, branchée à des machines. Comme Donato, il avait sûrement un passé qui expliquait son présent.

On pouvait en dire tout autant de la dottoressa Ruberti.

Il commença à songer aux choses qu'il chargerait la signorina Elettra d'examiner, mais y renonça rapidement, conscient qu'elle était devenue bien plus douée que lui pour ce genre de recherches. Il se mit, néanmoins, à énumérer les données qu'il voulait obtenir : famille, contacts éventuels avec la police, situation financière… Ses idées perdirent progressivement de leur acuité et Brunetti se laissa bientôt gagner par le sommeil, emporté par des zéphirs bien plus doux que ceux qui l'avaient arraché aux bras de Morphée.

Une fois arrivé à la questure, il alla directement au bureau de la signorina Elettra, ignorant quelle serait son humeur après leur delicate conversation. Il ne put le deviner car elle était au téléphone quand il entra. Le premier détail qu'il remarqua fut le bouquet sur son bureau : il ne connaissait absolument pas ces fleurs – ni des tulipes ni des roses, il était au moins certain de ce point –, d'une couleur si foncée qu'elle frôlait le violet. Il n'avait jamais vu de fleurs si sombres, à croire qu'elles n'étaient pas là pour illuminer la pièce.

Le bouquet masquait partiellement la signorina Elettra. Elle lui fit un signe de main puis montra la porte de Patta et annonça, dans le récepteur : « Il vient d'arriver, dottore. Avez-vous le temps de le recevoir maintenant ? » Pendant qu'elle attendait la réponse du vice-questeur Patta, elle leva de nouveau la main et haussa les épaules, pour signaler à Brunetti qu'elle n'avait aucune idée de ce que son supérieur lui voulait.

« Bien, je lui dis d'entrer. » Elle raccrocha et indiqua la porte.

Il fit deux pas, marqua une pause et revint vers elle. « Je sais que vous avez déjà jeté un coup d'œil au dossier du dottor Donato, mais pourriez-vous examiner aussi sa vie privée ? Ainsi que celle de Gasparini et de la dottoressa Ruberti ? » Sans attendre sa réponse, Brunetti gagna la porte de Patta et entra sans frapper.

Le vice-questeur était penché derrière son bureau. On ne voyait que ses épaules et une partie de son dos, qui bougeait au rythme de sa respiration. « Avez-vous un problème, monsieur le vice-questeur ? » s'enquit Brunetti en s'approchant rapidement de son supérieur.

Soudain, tel un diable sorti de sa boîte, le restant de la silhouette de Patta apparut en face de Brunetti, qui s'était arrêté juste devant lui. « Je renouais mon lacet », expliqua-t-il, le visage rougi, car il s'était relevé trop vite. « Asseyez-vous, commissaire. Je voudrais vous informer sur un point. »

Brunetti s'exécuta : il croisa les jambes, posa ses mains sur les bras du fauteuil et tenta d'avoir l'air aimable et alerte.

« C'est au sujet des bagagistes à l'aéroport », déclara Patta.

Brunetti enfla son sourire de botox et hocha la tête, adressant une supplique à saint Antoine, le patron des objets et des causes perdus : *Cher saint Antoine, enlève-moi ce poids des épaules, je t'assurerai de ma gratitude et te remercierai à tout jamais, amen.* Sa mère lui avait appris, quand il était petit, qu'il était vulgaire et offensant de marchander avec les saints, en leur proposant des prières ou des bonnes œuvres en échange de faveurs. « Dis-leur juste que tu les remercieras et que tu leur seras reconnaissant, lui conseillait-elle. Après tout, ils sont au paradis. Qu'est-ce qu'ils pourraient vouloir de plus ? »

Cette position était tellement sensée, même à ses yeux d'enfant, qu'il n'avait jamais dérogé à cet enseignement. Ainsi Brunetti disposait-il d'un certain nombre de saints dont il invoquait l'aide en cas de besoin, et qu'il remerciait toujours abondamment en reconnaissance de leur aide.

« Ah oui, les bagagistes, fit-il comme si le sujet l'intéressait vaguement.

– Cela fait des années que nous jouons au chat et à la souris avec eux », décréta Patta. Brunetti opina du chef. Il avait passé des journées, des semaines, des mois à mener l'enquête, à superviser l'installation de micro-caméras partout dans l'aéroport, à interroger, à leur montrer des vidéos où on les voyait piller les valises confiées à leurs soins. Mais un seul d'entre eux avait-il été incarcéré ? Un seul d'entre eux avait-il été licencié ?

Patta, qui avait parfois dû approuver les tentatives de rassembler des preuves formelles contre eux, dit avec lassitude : « Je suis fatigué de cette histoire. »

Comme nous tous, avait très envie de répliquer Brunetti. « Et donc, monsieur le vice-questeur ?

– Nous avons perdu suffisamment de temps avec cette affaire et j'ai décidé de régler la question une bonne fois pour toutes », assena Patta de son ton le plus péremptoire. Brunetti était curieux de savoir ce qu'il avait en tête. Les empêcher d'entrer dans l'aéroport ? Les arrêter tous ? Construire un mur ?

« L'aéroport n'est pas à Venise. Il est à Tessera. » Puis, d'une voix qui laissait entendre qu'il s'irritait de l'incompétence généralisée mais qu'il n'était pas mauvais joueur au point d'en faire une montagne, il ajouta : « Personne ne semble l'avoir noté avant moi. » Il marqua une pause pour permettre à Brunetti d'endosser sa propre responsabilité là-dessus. « Je me suis entretenu aujourd'hui même avec les avocats de la ville et je leur ai dit que, comme Tessera relève de Mestre et pas de Venise, l'affaire est du ressort de leur juridiction et non de la nôtre, et que par conséquent, c'est la police de Mestre qui est chargée de faire appliquer la loi à l'aéroport, et pas nous.

– Que vous ont-ils répondu, signore ?

– Ils vont examiner la situation, mais d'ici là... » Patta fit durer le plaisir, avec un petit geste dédaigneux.

« D'ici là, monsieur ? demanda Brunetti, qui n'en pouvait plus de suspense.

– D'ici là, il n'y aura plus aucune interférence de la police avec les bagagistes ni surveillance de ces derniers, annonça le vice-questeur comme s'il avait procédé à l'arrestation de tous les chefs de la Sacra Corona Unita[39] et que le dossier était définitivement clos.

– Vraiment aucune ?

– Aucune. J'ai ordonné à nos patrouilles là-bas de cesser leur action et j'en ai informé mon confrère de Mestre. » Patta lui fit un sourire. « Je voulais que vous le sachiez, de manière à ce que vous ne soyez pas surpris par les nouveaux emplois du temps.

– Et votre confrère de Mestre, monsieur le vice-questeur ? »

Un autre sourire. « Il a refusé de prendre la moindre responsabilité et n'enverra personne en patrouille. »

Brunetti, songeant à sa conversation avec Griffoni sur la complicité des employés de pharmacie, déclara : « C'est une très sage décision, dottore. Est-ce tout ? »

Au hochement de tête de Patta, il se leva et quitta le bureau.

La signorina Elettra le regarda dans les yeux. Brunetti observa son visage et y décela en filigrane sa cordialité habituelle ; il remarqua également que les fleurs aux sombres pétales avaient été exilées sur le rebord de la fenêtre.

« Le vice-questeur m'a dit qu'il n'y aura plus d'enquêtes sur les bagagistes.

39. Organisation criminelle sévissant dans les Pouilles.

– Oui, confirma-t-elle, quasi radieuse. Je sais. »

Tiens, tiens, se dit Brunetti. La signorina Elettra ayant un don pour les ellipses, elle aurait pu laisser entendre, comme à l'accoutumée, que des ragots lui étaient parvenus aux oreilles. Mais il n'y avait aucune ambiguïté dans sa remarque : elle avait entendu Patta grâce au dispositif d'écoute qu'elle avait placé dans son bureau.

« Vous semblez ravie. Si je puis me permettre.

– Oh, je le suis. Très, renchérit-elle, en jouant avec le bouton de son chemisier.

– Puis-je vous demander pourquoi ?

– Parce que cette démarche lui a été suggérée – vivement suggérée – par le lieutenant Scarpa qui l'a mis au courant de cette séparation des juridictions au sein de la ville. Avec la plus grande autorité, si je puis m'exprimer ainsi. » Lorsqu'elle prononça le nom du lieutenant, Brunetti se souvint d'une déclaration de Créon : *« Jamais un ennemi, même mort, ne devient un ami*[40]. *»* Mais la signorina Elettra lui fit ensuite un sourire si sucré que des abeilles n'auraient pas manqué de venir y chercher du miel.

« Puis-je aller plus loin et vous demander où il a obtenu cette information ? » demanda-t-il.

Son sourire s'élargit encore ; Brunetti redouta un pic de glycémie.

« J'ai entendu le lieutenant en discuter avec le vice-questeur et lui dire qu'il se chargerait de se renseigner sur la division territoriale. » Elle marqua une pause pour enlever un grain de poussière invisible sur son bureau.

« Bien sûr, il aurait pu trouver cette information lui-même, mais il m'a dit de le faire. Il me l'a demandé. Alors je l'ai fait.

40. Traduction de J. Bousquet et M. Vacquelin (1897).

– A-t-elle réellement été opérée, cette séparation juridictionnelle ?

– Bien sûr, répondit-elle. En 1938. »

Brunetti marqua une longue pause.

« Et depuis ?

– Aucune idée, commissaire. Le lieutenant voulait que je trouve tout rapport relatif à cette décision administrative séparant les deux villes. C'est ce qu'il m'a demandé, et c'est ce que je lui ai procuré.

– Donc, quand il n'y aura plus la moindre surveillance de la police, avec les conséquences inévitables qui vont suivre, on s'apercevra que le lieutenant a cité un règlement datant de pratiquement un siècle ?

– Précisément.

– Tout porte à croire que ce détail ne jouera pas en sa faveur.

– Je le crains », répondit-elle avec un sourire qui ne révélait pas tout à fait ses dents.

Brunetti se retrouva frappé de mutisme par la ruse de sa collègue. Lorsqu'il retrouva la parole, il lui annonça finalement : « Je monte à mon bureau. »

Elle hocha la tête et revint à son écran.

Il ne revit pas la signorina Elettra avant l'après-midi. Elle toqua à sa porte vers 17 heures, des papiers à la main.

« Les trois mousquetaires ? demanda-t-il.

– Oui, signore, répondit-elle.

– Des éléments intéressants ?

– Oh, je préfère que vous en jugiez par vous-même, commissaire. » Elle traversa la pièce et posa les documents sur le bureau.

« Pourriez-vous en envoyer des copies à la commissaire Griffoni et à l'inspecteur Vianello ?

– Bien sûr, signore », confirma-t-elle avant de sortir.

Elle avait apporté trois minces piles de papiers agrafés ensemble, avec le nom de Donato sur l'une, de Gasparini sur l'autre et de Ruberti sur la dernière.

Il se saisit la première, qui lui apprit que Girolamo Donato était né à Venise soixante-trois ans auparavant. Sa famille était propriétaire de la pharmacie à San Leonardo depuis trois générations. Il avait fait ses études de *farmacia* à l'université de Padoue et était entré dans l'affaire familiale à l'âge de vingt-cinq ans. Au cours de sa carrière, il avait été élu une fois président de l'ordre des pharmaciens de la province de Venise. Son fils et sa fille, tous deux diplômés en pharmacie, travaillaient avec lui, ainsi que deux jeunes femmes qui l'aidaient à la vente, à la maintenance du magasin et à la gestion du stock.

Leur famille se répartissait dans trois appartements situés dans un grand palais sur la fondamenta della Misericordia. Son fils et sa bru avaient deux garçons, de cinq et trois ans ; sa fille, qui avait un peu plus de trente ans, n'était pas mariée.

Brunetti leva les yeux de la page, étonné qu'une famille puisse présenter un tel degré de normalité. Ils faisaient leurs études, travaillaient, se mariaient, devenaient parents, travaillaient encore. Il regarda la page suivante, révélant que Donato avait offert un appartement à chacun de ses enfants. Après avoir réglé salaires, frais courants, assurances et impôts, la pharmacie dégageait un bénéfice d'environ 150 000 euros par an. Cette somme surprit Brunetti qui s'attendait à beaucoup plus. Au fond, un pharmacien travaillait souvent plus de huit heures par jour et devait rester ouvert le week-end et pendant les vacances selon un système très strict de roulement, qui exigeait également d'être fréquemment de garde la nuit.

Il mit le premier rapport de côté et passa aux documents sur Gasparini. Lui aussi était né à Venise, un peu plus d'une décennie après Donato. Il avait fait des études de sciences économiques à Ca' Foscari[41] et avait commencé à travailler à Trévise, tout de suite après avoir soutenu sa maîtrise. Au cours de ses dix-huit ans de carrière, il avait changé quatre fois d'emploi ; il y avait trois ans qu'il travaillait à Vérone où il était l'assistant de l'expert-comptable en chef. Brunetti revint en arrière et regarda les noms des sociétés avec lesquelles il avait collaboré pour deviner leur nature. « Textile », « Cuir ». C'était clair. « Holdings », « Entreprises ». Mystère.

Brunetti établit la liste des villes où Gasparini avait travaillé au fil des ans et vit qu'il n'avait jamais gardé deux emplois successifs au même endroit. Il était passé de Trévise à Conegliano, puis à Padoue, puis à Pordenone, et enfin à Vérone. Brunetti essaya d'imaginer la vie de ce couple, de ces enfants : avaient-ils subi des déménagements incessants, ou faisaient-ils partie de ces familles où le père, telle une apparition fantomatique, ne se montre qu'après l'heure du coucher et repart avant leur réveil ?

Comme si la signorina Elettra avait lu dans ses pensées, elle lui livrait dans le paragraphe suivant d'autres informations provenant de l'*ufficio anagrafe*[42] : au cours des vingt années précédentes, Gasparini et sa femme avaient conservé la même adresse légale, et les enfants étaient inscrits au lycée Albertini depuis quatre ans.

41. L'université de Venise.
42. Bureau d'état civil.

Brunetti revint en arrière et examina plus en détail la situation financière de Gasparini. Les salaires mentionnés pour chacun de ses emplois étaient plus que moyens, et si sa femme touchait le même traitement que Paola, ils ne pouvaient probablement pas se permettre d'envoyer leurs enfants dans cet établissement.

Brunetti songea immédiatement à une explication possible – des irrégularités fiscales –, qu'il écarta aussitôt. Gasparini n'aurait pas pu s'y livrer fréquemment sans se faire prendre. Brunetti essaya d'envisager une autre hypothèse pour ce parcours professionnel si particulier, sans doute courant dans d'autres pays, mais surprenant en Italie où beaucoup de gens gardaient le même emploi des décennies entières, pour ne pas dire pendant toute leur carrière. Du chantage, peut-être ? Qui mieux qu'un expert-comptable pour connaître l'état réel des finances d'une société ? Si les officiers de la Guardia di Finanza[43] pouvaient être arrêtés pour ne pas avoir dénoncé de fraudes fiscales en échange de pots-de-vin, planifier de telles fraudes et en tirer profit aurait été pour un comptable un jeu d'enfant.

La page suivante révélait que sa troisième société avait fait l'objet, deux mois après le départ de Gasparini, d'une descente de la Guardia di Finanza, qui avait confisqué ordinateurs et dossiers. Les enquêteurs n'avaient pas mis longtemps à découvrir une comptabilité parallèle répertoriant les véritables chiffres de l'entreprise.

Brunetti leva les yeux de la page. La tactique était si claire qu'elle semblait s'écrire sous ses yeux : rejoindre une société, y rester suffisamment longtemps pour

43. Corps de police dépendant directement du ministre de l'Économie et des Finances.

découvrir leur comptabilité parallèle, voire la mettre en place soi-même, s'en occuper assez longtemps pour comprendre le système, puis exiger de l'argent contre son silence. En cas d'accord, prendre l'argent et changer d'emploi ; en cas de refus, trouver un nouvel emploi et, une fois le poste obtenu, appeler la Guardia di Finanza.

Naturellement, il pouvait y avoir d'autres explications, mais celle-ci paraissait sensée, du moins aux yeux d'un individu enclin, par déformation professionnelle, à traiter tout comportement humain avec suspicion et présomption de culpabilité.

Il prit le troisième dossier : la dottoressa Ruberti avait été une étudiante moyenne, qui avait obtenu son diplôme de médecine en 1987 à l'université de Padoue, où elle avait travaillé quatre ans en qualité d'interne avant de rejoindre deux autres médecins dans un cabinet à Abano Terme. Elle l'avait quitté six ans plus tard et était retournée à Venise pour lancer ses propres cabinets à Dorsoduro et à Castello.

Mariée, divorcée, un fils avec un grave handicap physique placé dans un établissement spécialisé. N'avait jamais fait l'objet d'une arrestation, aucune infraction au volant, propriétaire de son appartement et de son cabinet au rez-de-chaussée à Dorsoduro. Elle louait celui de Castello.

Ce rapport, plutôt bref, s'achevait sur ces informations.

27

L'après-midi était déjà bien avancé, mais Brunetti convoqua malgré tout Griffoni et Vianello dans son bureau pour leur parler des éléments fournis par la signorina Elettra.

Il se pencha en arrière dans son fauteuil et croisa les bras, observant le ciel visible depuis sa fenêtre : sombre et triste, il annonçait le mauvais temps. La vie allait se rétracter pour de longs mois, le manque d'ensoleillement serait bientôt cause de morosité et les gens n'auraient plus qu'une envie : s'échapper au soleil, à la mer ou dans les montagnes. Brunetti détestait le ski parce que, tout comme le polo, ce sport nécessitait de lourds équipements. À dire vrai, Brunetti détestait la plupart des sports, excepté le football, que son père adorait et lui avait appris à aimer et qui avait pour vertu rédemptrice de n'exiger qu'un ballon dans lequel taper. Même s'il pensait que le monde du sport était corrompu jusqu'à la moelle, que les millions de paris reposaient sur des matchs truqués, il ne pouvait s'empêcher de se passionner pour eux. Un jour, son père l'avait emmené voir un match entre l'Inter et…

Sa brève rêverie fut interrompue par l'arrivée de Vianello qui entra sans frapper et laissa la porte ouverte, suivi de près par Griffoni. Ils s'assirent en face du commissaire, chacun avec un calepin et un stylo, à l'évidence curieux d'entendre ses propos.

« Je voudrais examiner ce qu'a découvert la signorina Elettra sur le nombre de fois où le signor Gasparini a changé d'emploi. » Ils sortirent leurs propres exemplaires. Lorsqu'ils en eurent terminé la lecture, Brunetti demanda : « Qu'en pensez-vous ? »

Griffoni leva les yeux, surprise par la question, mais Vianello répondit : « C'est inhabituel, n'est-ce pas, d'en changer autant ?

– Je pense que oui. Effectivement. »

Griffoni regarda Vianello, sans un mot.

« Peut-être que ce n'est pas un très bon expert-comptable », suggéra l'inspecteur avec un geste vague vers le dossier. Brunetti savait bien que ce n'était là qu'un préambule. « Ou peut-être qu'il est vraiment très bon.

– C'est-à-dire ? s'informa Griffoni.

– C'est-à-dire que les gens ne changent pas d'emploi aussi souvent, surtout par les temps qui courent, et surtout pas un homme marié avec des enfants. À moins qu'il n'ait une bonne raison. » Conclusion qui conforta Brunetti dans l'idée que Vianello, tout comme lui, était conscient des sombres recoins de l'âme humaine.

Vianello reprit : « Qu'a-t-elle donné, cette visite de la Guardia di Finanza trois mois après qu'il a quitté son troisième poste à la… » Il feuilleta les papiers. « … la société Cuirs Poséidon ?

– Deux, rectifia Brunetti.

– Pardon ?

– C'était deux mois après.

– J'ai comme l'impression que vous tirez tous les deux sur cet homme des conclusions hâtives qui m'échappent », dit Griffoni.

Vianello prit la parole avec une insistance qui parut à Brunetti un peu excessive : « Il n'a pas seulement changé d'emploi : il a changé à chaque fois de ville. Comment expliques-tu qu'il ait pu perturber sa vie de famille aussi fréquemment ?

– Pourquoi avoir besoin d'une explication ? demanda sèchement la commissaire. Pourquoi n'aurait-il pas simplement changé d'emploi à plusieurs reprises ? » Puis, regardant Brunetti pour l'inclure dans son interrogation, elle ajouta : « Vous semblez tous deux supposer – sans véritable preuve, à mon avis – que ce sont des coups montés. »

Brunetti et Vianello échangèrent un regard, ce qui exaspéra Griffoni. « Oh, ça suffit, vous deux. Quoi, je suis l'idiote du village qui ne peut pas voir ce que les hommes d'expérience captent d'un seul coup d'œil ?

– Claudia, répliqua Brunetti, nous ne sommes pas en train de nous liguer contre toi. Nous partons tous de la même information.

– Qu'est-ce que tu veux dire ?

– Que nous lisons tous ce document, expliqua-t-il en levant la chemise, mais qu'apparemment, nous en avons une perception différente. »

Griffoni lui lança un regard froid. « Et parce que vous deux l'interprétez de la même manière, vous avez raison ? Toute suspicion partagée se ferait soudain vérité ?

– Cette situation pourrait expliquer l'intérêt de Gasparini pour les coupons. Il aurait pu y voir une occasion à saisir », expliqua Brunetti en regardant Vianello qui fit un signe d'assentiment. « Si, en tant qu'expert-comptable, il lui fallait préparer les vrais comptes de la société, en plus de ceux qu'ils montrent à la Guardia di Finanza, sa position lui permettait d'exploiter cette information à son profit. » Brunetti les regarda tous deux ; ni l'un ni l'autre n'avait relevé l'expression « vrais comptes de la société ».

Griffoni examinait ses papiers comme si elle cherchait à les traduire dans une autre langue.

« Cette hypothèse expliquerait pourquoi il changeait d'emploi, poursuivit Brunetti. Et de ville. Soit il partait parce qu'ils ne commettaient pas d'abus, soit il partait parce qu'ils en commettaient bel et bien et qu'il les avait fait chanter.

– Alors pourquoi la Guardia di Finanza a-t-elle fait une descente à la société de cuir ? demanda Griffoni.

– Parce qu'elle a refusé de payer et qu'elle l'a licencié, suggéra Vianello. Quelle meilleure preuve de son pouvoir pouvait-il donner à un employeur refusant de céder à son chantage ?

– Claudia, commença Brunetti patiemment. Loin de moi l'idée de t'influencer, je suis simplement en train de te demander de considérer cette raison comme une explication plausible à ses fréquents changements d'emplois.

– Comment aurait-il pu trouver un autre emploi après ça ? Surtout si c'était un maître-chanteur.

– Ils devaient être impatients de se débarrasser de lui, affirma Vianello. Et quoi de mieux, pour cela, que de lui écrire une lettre de recommandation bien flatteuse afin de le refiler à une autre société ?

– Je pense que vous êtes aussi dingues l'un que l'autre », rétorqua Claudia abruptement.

Les deux hommes la regardèrent fixement. Brunetti tenta de l'amadouer. « Allez, Claudia. Juste parce que nous ne sommes pas d'accord avec toi ? Pour lui, le pharmacien n'était rien d'autre qu'une cible, comme ses employeurs précédents.

– J'attends toujours la preuve de ce que vous avancez.

– Revenons un instant sur le cas du dottor Donato, proposa Vianello en agitant une liasse de papiers. Il a toutes les apparences d'un homme bien, honnête, qui a travaillé dur toute sa vie. » La façon dont il avait appuyé sur *apparences* ne leur avait pas échappé.

« Il a trouvé cette arnaque des coupons, continua-t-il. La signorina Elettra s'est procuré le règlement qui encadre l'activité commerciale des pharmaciens. Ils peuvent ajouter trente-trois pour cent au prix des médicaments, pas plus. Mais pour les produits de beauté, ils peuvent établir le prix qu'ils veulent. Elle a trouvé une pharmacie qui pratiquait un surcoût de soixante-dix pour cent.

– Pense à la marge qu'il se fait en vendant des cosmétiques plutôt que des médicaments, dit Brunetti à Griffoni. Gasparini est un expert-comptable. Même si l'histoire de sa tante n'est pas très claire, il aura aussitôt compris l'avantage des coupons.

– La signora Gasparini en a presque pour 1 000 euros, dit Vianello de façon moins agressive, et en prenant soin de s'adresser à eux deux. Elle les accumule depuis un long moment, tout comme sa voisine, la signora Lamon. Et le bénéficiaire de l'affaire, c'est Donato. »

Cette fois, Griffoni ne contesta pas leur raisonnement. Brunetti la vit fixer le vide ; il se demanda si elle essayait de calculer les revenus supplémentaires que Donato encaissait chaque mois.

Brunetti et Vianello se regardèrent et sombrèrent dans le silence d'un commun accord.

Parlant lentement, comme si elle énonçait chaque mot à contrecœur, Griffoni déclara : « D'accord, il valait mieux pour Donato que Gasparini n'en parle à personne. » Elle était encore loin d'approuver leur position, mais au moins elle en envisageait l'éventualité. Au bout d'un moment, elle finit par demander : « Avez-vous réfléchi à ce qui se passerait si vous demandiez à Matilde Gasparini de s'adresser à un magistrat ou de faire une déposition ? Ou à ce que ferait un bon avocat de la défense de votre défilé de femmes âgées, atteintes de la maladie d'Alzheimer ou de Parkinson ? » Elle comptait ses objections sur ses doigts. « Vous n'aurez que le témoignage – si on peut appeler ça comme ça – de ces vieilles dames aux idées confuses. Ou d'hommes dans le même état. Vous avez les coupons avec le nom de la signora Gasparini dessus et son calcul pas très net de vingt pour cent de réduction. Vous n'avez pas la preuve que Gasparini et Donato aient pu être en contact. Et vous disposez des ragots qu'une des collègues de Donato a rapportés à son sujet. Si vous croyez que cela suffit pour un juge, eh bien, bonne chance », conclut-elle.

Ses propos semblèrent avoir l'effet d'une douche froide sur Vianello. « Nous n'avons trouvé personne d'autre ayant un mobile pour agresser Tullio Gasparini.

– Ni pour le voler », leur rappela Brunetti.

Le silence se fit de nouveau autour d'eux. Brunetti nota que le ciel s'était obscurci et que la nuit n'allait pas tarder à tomber. Il entendit une rafale soudaine de vent. De l'autre côté du canal, les feuilles des arbres tourbillonnaient dans le jardin d'une maison ceinte d'une barrière. Le vent faisait claquer le volet de la fenêtre à l'étage, témoin sonore de la détérioration progressive du bâtiment.

« Et donc ? finit par demander Vianello.

– Sa femme sait quelque chose, dit Griffoni.

– Tu sembles bien sûre de toi.

– Tu n'aurais rien dit à la tienne ? » rétorqua-t-elle du tac au tac.

Le rire de Vianello désamorça les tensions.

« Comment *osez*-vous parler ainsi de Tullio ? » cria la signora Crosera.

Elle les avait reçus chez elle le lendemain matin, accueillant Brunetti et Griffoni avec une politesse distante. Brunetti avait décidé qu'une troisième personne serait de trop et Vianello n'avait pas insisté pour les accompagner. La professoressa Crosera les avait conduits au salon.

Son mari, avait-elle expliqué en réaction à la question de Brunetti, était un homme tranquille, sérieux, dont la vie était centrée sur sa famille et – avait-elle révélé après avoir posé sur eux un regard fébrile – sa passion pour le cyclisme. Il avait participé au Giro d'Italia, quand il était étudiant, et s'était rendu compte qu'il n'avait pas l'endurance nécessaire pour devenir un professionnel. Mais il faisait toujours du vélo ; il avait trois bicyclettes dans un garage à Mestre et, lorsqu'il était chez lui le week-end, il passait au moins une journée entière à parcourir, en toutes saisons, de longues distances et à rentrer à la maison, épuisé et apaisé.

Face à la normalité de ce récit, il n'avait pas été facile pour Brunetti d'aborder l'argument suivant, à savoir sa vie professionnelle décousue. Il lui avait néanmoins demandé, avec précaution, pourquoi son mari avait changé d'emploi si souvent et elle avait répondu, en montrant les premiers signes tangibles de son irritation, qu'elle avait l'impression qu'ils le soupçonnaient d'avoir été licencié pour incompétence ou faute.

« C'est l'option que nous aimerions exclure, signora, avait répliqué Brunetti d'un ton grave. Non pas l'incompétence, signora, mais la faute. »

Il avait souvent rencontré dans des romans des personnages dont la mâchoire se décrochait de surprise. Ce fut exactement ce qui se produisit alors, avant que la signora Crosera ne redemande instamment : « Comment *osez*-vous parler ainsi de Tullio ? »

Elle semblait sur le point de poser une autre question, mais elle étouffa de rage et fut obligée de se taire. Elle plaqua sa main sur sa bouche pour bloquer sa toux, le visage empourpré de colère.

Griffoni, qui était restée assise sans rien dire pendant l'interrogatoire de Brunetti, avait grimacé de honte lorsqu'il avait fait cette dernière suggestion. Elle se contenta de fixer le vide sans regarder personne.

La signora Crosera baissa les paupières et posa une main sur son cœur, geste qui aurait pu passer, dans d'autres circonstances, pour de la pure comédie. Brunetti entendit, pour la première fois, le tic-tac d'une horloge située quelque part dans la pièce.

L'horloge en émit plus de cent avant que la signora ne rouvre les yeux et ne les regarde. « Je vais vous dire ceci une bonne fois pour toutes, et ensuite je veux que vous sortiez de chez moi, tous les deux. Vous ne me reparlerez plus et je ne vous reparlerai plus, à moins d'y être contrainte par un tribunal. » Elle n'avait même pas pris la peine de regarder Griffoni. « Vous avez bien compris ? demanda-t-elle à Brunetti.

– Oui.

– Les parents de mon mari sont tous les deux morts d'un cancer, à six ans d'intervalle. Leur agonie a été longue et horrible. Dans les deux cas… » Elle dut s'arrêter, puis reprit, la gorge serrée : « Dans les deux cas, ses employeurs étaient si contents de lui qu'ils l'ont laissé s'absenter et exercer depuis Venise. Et dans les deux cas, comme il se rendait compte qu'il ne pouvait pas continuer à faire son travail correctement, il a démissionné pour s'occuper de ses parents et nous avons vécu sur mon salaire. »

Elle les regarda pour vérifier s'ils suivaient bien son discours. « Il a pris ces décisions parce que c'étaient les bonnes, pour lui comme pour moi. Dans le troisième cas, il est parti parce que le fils du propriétaire lui a demandé de faire quelque chose d'illégal, et pour ce qui est du dernier, la société s'est délocalisée à Shanghai et il a refusé leur offre d'aller travailler là-bas. » Elle les observait tour à tour. Brunetti croisa son regard, mais pas Griffoni.

« Et le lycée Albertini ? Qui le paye ? » Le commissaire jouait sa dernière carte, mais il la jouait mal, et il le savait.

« Sa tante, répondit-elle avec un mépris cette fois palpable. Donc vous pouvez écarter votre idée de malversations ou tout ce que vous l'imaginez capable de faire. »

Elle se leva et se dirigea vers la porte. Brunetti et Griffoni la suivirent, en évitant de se regarder. La professoressa Crosera referma derrière eux.

Brunetti raconta cet épisode à Paola après le dîner. Elle l'écouta en silence en sirotant l'infusion qu'ils avaient décidé de boire au lieu de leur café-grappa. Elle était assise dans le canapé, les pieds par terre, sa tasse sur les genoux. Brunetti avait choisi de s'asseoir dans le fauteuil en face d'elle avec un mug.

« Tu n'as pas commencé par contacter ses employeurs ? »

Refusant de répondre, Brunetti secoua la tête.

« Pauvre Elisa, dit Paola au bout d'un moment.

– Je voulais t'en parler. Elle risque d'être…

– Oui, elle risque, approuva Paola. Je le serais à sa place. Qu'avez-vous fait ?

– Quand ?

– Après qu'elle vous a mis à la porte.

– J'ai appelé la signorina Elettra et lui ai demandé de vérifier la date du décès des beaux-parents, puis d'appeler les lieux où son mari était employé à l'époque pour confirmer ses propos. »

Paola releva brusquement le menton et le fixa droit dans les yeux. « Tu as fait ça alors que tu ne t'en étais pas donné la peine avant ?

– Oui. »

Paola y réfléchit un long moment, mais s'abstint de tout commentaire. Elle finit par demander : « Et donc ?

– Elle disait la vérité.

– Comme d'habitude, se permit de préciser Paola. Et maintenant ?

– Je vais aller parler au dottor Donato.

– Pourquoi ?

– Je veux voir sa réaction quand je lui dirai que Gasparini était au courant de l'histoire des coupons.

– Pourquoi lui dire que tu sais ?

– Parce qu'il comprendra que nous avons fait le lien avec l'agression de Gasparini.

– As-tu envisagé que tu pouvais te tromper autant sur Donato que sur Gasparini ?

– Il a donné des coupons à beaucoup de gens, donc nous ne nous trompons pas au moins sur ce point, répliqua-t-il, fort soulagé de pouvoir affirmer cela.

– Mais c'est de la menue monnaie, Guido. Combien cela peut-il lui rapporter en un an ?

– Ce serait plus facile à croire s'il réalisait de plus gros bénéfices ? Ce serait pire ?

– Non, Guido. Cela dit, la loi évalue bel et bien la culpabilité par degrés.

– Et tu désapprouves ?

– C'est malhonnête de pousser des personnes âgées à dépenser une centaine d'euros en produits de beauté chaque mois, répondit-elle fermement. Mais voler et tromper sont désormais des pratiques si banales que nous sommes prêts à passer outre tout délit mineur, comme si ce n'était pas immoral. Il existe une loi, je crois, qui dispense de prison ceux qu'on condamne à trois ans ou moins ?

– Plus ou moins, oui.

– Réfléchis à l'*Antigone* que tu es en train de lire. Qui a raison ? Antigone ? Créon ? Elle ne fait de mal à personne, mais faudrait-il pour autant l'autoriser à violer la loi ? Elle déclare qu'elle obéit à la loi des dieux et qu'elle fait ce que l'humanité estime juste. Elle peut donc enfreindre la loi humaine ? »

Brunetti gardait le silence. Il n'avait pas de réponse, *Antigone* non plus. La pièce posait des questions et demandait aux lecteurs d'y réfléchir, d'y répondre eux-mêmes, s'ils osaient. Paola poursuivit : « Si elle avait insisté pour enterrer deux ou trois frères, aurait-elle été plus courageuse ou plus noble ? Ou, aux yeux de Créon, son crime aurait-il été deux ou trois fois plus grave ? »

Brunetti leva les mains pour signifier son incapacité à se prononcer.

« C'est pour ça que les gens aiment les romans, conclut Paola à sa grande surprise. Dans la plupart des romans, les choses leur sont expliquées par un narrateur.

On leur *dit* pourquoi les personnages ont fait ce qu'ils ont fait. Nous sommes habitués à cette voix qui oriente notre pensée.

– On dirait que ça te déplaît.

– Oui. C'est trop facile. Et en fin de compte, c'est tellement différent de la vie, tellement faux.

– Pourquoi ?

– Parce que dans la réalité, il n'y a pas de narrateur, la vie déborde de mensonges et de demi-vérités, donc nous n'avons jamais de certitudes, pas vraiment. Et j'aime qu'il en soit ainsi.

– La fiction serait donc bel et bien de la fiction ? »

Paola le regarda droit dans les yeux, bouche bée. Puis elle renversa la tête et rit jusqu'à en avoir les larmes aux yeux.

28

Lorsque Brunetti arriva à la questure le lendemain matin, le jeune planton le salua vivement et lui annonça : « Dottore, la signorina Elettra a dit qu'elle voulait vous voir dès votre arrivée. »

Il le remercia et monta vers le bureau de sa collègue, curieux d'apprendre quelles nouvelles informations elle avait réussi à exhumer depuis la veille. Il avait mal dormi, car il n'avait cessé de s'interroger sur les raisons qui le poussaient à soupçonner Gasparini – fondées, il en était désormais conscient, sur sa volonté désespérée de trouver le mobile de son agression. Comment sa défiance envers la victime avait-elle pu si rapidement échapper à son contrôle ? Était-ce l'approbation de Vianello qui l'avait incité à adopter un jugement aussi hâtif ? Il avait lu que l'agressivité se renforce au sein d'un groupe. Vianello et lui formaient-ils un groupe ? Il reconnut, de mauvais gré, que leurs opinions s'étaient acoquinées.

En entrant dans le bureau de la signorina Elettra, il remarqua qu'elle avait remplacé les fleurs foncées par un immense bouquet jaune vif. Étaient-ce des zinnias ? Il ne savait jamais. Tapageurs, ils semblaient ravis d'être placés dans la lumière et d'animer joyeusement la pièce.

La signorina Elettra, nota-t-il en s'approchant d'elle, dégageait une énergie aussi solaire que ses fleurs. Il comprit aisément à son expression que des difficultés s'annonçaient, mais pour quelqu'un d'autre.

« Qu'avez-vous donc découvert, signorina ? demanda-t-il d'un ton qui scellait leur traité de paix.

– J'ai vu Barbara hier soir, répondit-elle.

– J'espère qu'elle va bien. » Il connaissait la sœur de la signorina Elettra et l'appréciait beaucoup.

« Très bien, merci, confirma-t-elle poliment. Comme elle est médecin, je me suis dit que j'allais lui poser la question.

– Au sujet de la dottoressa Ruberti ? s'informa Brunetti.

– Proust, sourit-elle. Barbara m'a dit que c'est son surnom dans le milieu médical. »

Face à l'incompréhension patente du commissaire, elle précisa : « Parce qu'elle écrit énormément. Énormément d'ordonnances. »

Naturellement. « Pour des personnes âgées ?

– Pourvu qu'elles soient atteintes de la maladie de Parkinson ou d'Alzheimer. Elle a d'autres patients, parfois plus jeunes, déprimés ou bipolaires. Dans les deux cas, elle a la réputation d'avoir une prédilection pour les nouveaux médicaments et évite habituellement les génériques.

– Vous tenez ces informations de votre sœur ?

– Bien sûr que non. Elle ne m'a donné que son surnom. J'ai fait quelques recherches à mon arrivée ce matin. » Son visage se durcit. « Les services de santé me surprendront toujours par leur négligence. Leur banque de données est protégée par un système qui est une véritable invitation au piratage.

– Vous avez "fait quelques recherches" ? » demanda Brunetti, passant outre son indignation.

Elle tapota son ordinateur d'un geste affectueux et expliqua : « J'ai procédé de la même manière qu'avec le dottor Donato, commissaire. J'ai trouvé la liste de ses patients et j'ai regardé ce qu'elle leur prescrit. » Elle secoua la tête avec un semblant de désapprobation. « La plupart des médicaments sont nouveaux.

– “Nouveaux”, c'est-à-dire “chers” ?

– Oui, et dans certains cas, très chers.

– Comment peut-elle se le permettre ? Je pensais que le système de santé surveillait les ordonnances des médecins.

– Effectivement. Mais la liste de ses patients est énorme, plus de mille, donc les médicaments qu'elle prescrit aux autres malades créent probablement une moyenne acceptée par le service concerné. » Sa voix vira de nouveau à l'indignation. « Ils sont d'une grande insouciance. Il suffirait d'une seconde pour se rendre compte d'un manège aussi flagrant.

– Pourriez-vous me faire des tableaux comme ceux que vous aviez établis pour la pharmacie ? la coupa Brunetti, sans lui laisser le temps d'entrer dans les détails.

– Bien sûr, dottore. J'ai un programme qui… », commença-t-elle, mais elle n'acheva pas sa phrase, pressentant le manque d'intérêt de son collègue. Elle prit une feuille de papier. « Quel genre de listes souhaitez-vous ?

– J'en voudrais une avec les personnes qui prennent des médicaments pour des problèmes psychologiques et une avec les personnes atteintes de toute forme de démence. Leurs noms, adresses, âges ; les médicaments qu'elle leur a conseillés et leur prix. Dans les cas où elle prescrit un nouveau médicament très cher, mettez le prix du générique ou du médicament standard auquel elle a renoncé.

– Entendu, commissaire.

– Pourriez-vous vérifier aussi où ont été exécutées les ordonnances ? »

Elle fit un rapide signe de tête, confirmant que cela serait facile.

Le souvenir très vague d'un article qu'il avait lu un jour dans *Il Gazzettino*, peut-être plusieurs années auparavant, lui traversa l'esprit. « Pourriez-vous contrôler également si elle a prescrit des ordonnances pour des gens décédés ? »

La signorina Elettra releva si vite la main qu'elle raya la page de son stylo. « Comment ?

– Cela arrive, répondit-il calmement. Du moins, d'après *Il Gazzettino*. Si les gens ne meurent pas à l'hôpital, le bureau d'état civil n'en est parfois pas informé. Ni le service de santé. Il faut quelquefois des mois, voire plus, avant que le décès ne soit officiellement déclaré.

– Donc ils descendent dans les limbes et y demeurent, tout en continuant à toucher leur retraite et à se faire prescrire des médicaments ? » Elle secoua la tête plusieurs fois, en un geste exprimant aussi bien son admiration que son étonnement. « Tentant.

– Mais ce qui m'intéresse surtout, c'est de savoir quelles sont les pharmacies concernées », insista Brunetti.

Elle esquissa un sourire sans joie. « Moi aussi. » Elle se tourna vers son ordinateur. Son attention s'était de toute évidence décuplée et elle s'apprêtait à suivre les pistes que Brunetti lui avait suggérées.

Se rendant compte qu'il avait tout dit, le commissaire retourna dans son bureau.

Il avait acheté *Il Gazzettino* du jour sur le chemin de la questure. Quoi de mieux pour passer le temps en attendant l'appel de la signorina Elettra ? Il savait qu'elle ne s'arrêterait pas avant d'avoir trouvé ce qu'elle voulait au sein du système de santé. Il ouvrit le journal et regarda la première page qui montrait le maire en train de poser, un grand sourire aux lèvres, devant une carte du canal Vittorio Emanuele, la dernière trouvaille de la municipalité pour accueillir toujours plus de bateaux de croisière, au grand dam des Vénitiens. Brunetti examina ce projet et fut saisi de désespoir.

En bas à droite, un entrefilet décrivait le démantèlement d'un trafic de drogue dans la ville par les carabinieri. Voir page 27. Cette dernière lui apprit que les carabinieri, après un an d'enquête, avaient arrêté la veille six dealers soupçonnés d'être impliqués dans une opération dénommée « Poigne de fer ».

Les dealers, révélait l'article, avaient travaillé à proximité de trois écoles de la ville, en passant pratiquement inaperçus malgré les plaintes des habitants du quartier et des parents d'élèves. Cependant, « leurs heures étaient comptées » et un raid des carabinieri au petit matin avait abouti à la confiscation de treize kilos de haschisch, de marijuana, de drogues de synthèse et de substances diverses. Les six hommes étaient tous en situation illégale dans le pays. Ils avaient été emmenés au poste des carabinieri où ils avaient été interrogés puis relâchés, avec l'ordre de quitter l'Italie dans les quarante-huit heures.

Les questions de juridiction ne concernaient ni n'intéressaient Brunetti. Il ne comprenait pas non plus pourquoi les gens se droguaient ; peut-être tout simplement parce qu'ils le pouvaient. Son pragmatisme le poussait à approuver toute méthode permettant d'empêcher les jeunes de le faire ; le reste lui importait peu. Peut-être une rupture d'approvisionnement serait-elle d'un certain secours à Sandro Gasparini ; peut-être la situation de son père lui ferait-elle l'effet d'un électrochoc. Peut-être redeviendrait-il plus sérieux. Ou peut-être pas.

Brunetti aperçut une nouvelle pile de documents dans sa corbeille, mais il les ignora et retourna à la première page du quotidien. Comme d'habitude, il délaissa la politique nationale, soupira aux nouvelles internationales et sauta la page des sports. Il lui restait donc bien peu à lire et il eut vite terminé. Les seules options possibles étaient de se jeter par la fenêtre ou d'accepter ses responsabilités et de se plonger dans ses dossiers.

Il plaça le journal à sa gauche, en le retournant pour cacher la photo du maire, et posa devant lui les rapports qui s'étaient accumulés sur son bureau. Midi sonnait au clocher de San Giorgio dei Greci lorsque la signorina Elettra vint frapper au montant de sa porte. « Puis-je entrer, commissaire ?

– Ou je vous écoute, signorina, ou je continue à lire ce débat sur la façon dont il convient de catégoriser le fait de rouler à bicyclette dans la ville en l'absence de loi municipale sur le sujet, répondit Brunetti. Qu'en dites-vous, crime ou infraction ?

– J'ai examiné attentivement ces directives, signore, affirma-t-elle d'un air très sérieux. D'après moi, il vaut mieux le considérer comme une infraction. »

Brunetti ferma le dossier et le plaça par-dessus les autres qui avaient déjà émigré sur la gauche. « Merci, signorina. Que m'apportez-vous ?

– Les tableaux, signore.

– Très bien. Vous souhaitez peut-être attirer mon attention sur un point en particulier ?

– Non, commissaire. Je pense que les chiffres parlent d'eux-mêmes. »

Elle posa les papiers devant lui, puis quitta le bureau.

La signorina Elettra lui avait déjà dit que la dottoressa Ruberti avait un grand nombre de patients, mais lorsqu'il regarda le tableau « Démence », il fut tout de même surpris de voir qu'il couvrait quatre pages en interligne simple. Chaque patronyme était suivi du nom et du prix du médicament que la dottoressa avait prescrit. Suivaient le nom et le prix de médicaments analogues, souvent génériques, qui étaient également disponibles. Le produit coûtait le plus souvent un peu moins du double ; le tiers, dans certains cas. Plus de la moitié des ordonnances avait été exécutée par la Farmacia della Fontana.

Le deuxième tableau, avec les patients de la dottoressa Ruberti souffrant de « maladies psychiques », qui couvrait aussi quatre pages, reproduisait le même schéma et concernait la même pharmacie. Les médicaments qu'elle prescrivait à ses patients étaient toujours bien plus chers que les produits génériques inscrits à côté.

Le troisième tableau – les défunts – introduisait un peu de variété. Le nom du patient était suivi de la date du décès enregistrée à l'*Ufficio anagrafe* et du jour où chacune des ordonnances avait été exécutée à titre posthume. Dans certains cas, il s'était écoulé plus de deux ans entre la première et la dernière date. Toutes sauf six étaient encore en vigueur auprès de la Farmacia della Fontana.

C'était l'œuf et la poule. Qui avait commencé ? Le médecin, qui avait suggéré au pharmacien de communiquer au service de santé le montant de l'ordonnance avec le médicament le plus cher, afin d'obtenir un plus haut taux de remboursement ? Ou le pharmacien qui s'était mis en quête de médecins complaisants pour prescrire des ordonnances qu'il pourrait exécuter à son profit ? Lequel soudoyait l'autre ?

Brunetti comprit qu'il lui fallait parler aux deux parties pour avoir les deux sons de cloche, mais qu'il valait mieux commencer par le tenté que par le tentateur, ne serait-ce que parce que le plus faible des deux pouvait être davantage enclin à dire la vérité. Il lui sembla plus probable que le tentateur fût le pharmacien.

Il retourna à son ordinateur, chercha l'adresse de la dottoressa Ruberti et les heures d'ouverture de ses cabinets, et apprit qu'elle travaillait ce jour-là jusqu'à 13 h 30 dans celui du campo Santa Margherita, non loin de chez la signora Gasparini. Il pouvait donc aisément s'y rendre, prendre une chaise dans la salle d'attente et être le dernier patient de la matinée.

Il se demanda un instant s'il n'allait pas proposer à Vianello ou à Griffoni de l'accompagner, mais il était tellement gêné d'avoir commis une si grossière erreur de jugement sur Gasparini qu'il préféra s'y rendre seul.

Il descendit du n° 1 à Ca' Rezzonico, traversa le campo San Barnaba, passa devant les deux bateaux du marchand de fruits recouverts de bâches vertes pendant la pause- déjeuner, traversa le pont et descendit sur le *campo*. Il était déjà 13 heures passées lorsqu'il arriva. Il trouva l'adresse en quelques minutes : le cabinet était situé juste à côté de l'agence immobilière. Sur la plaque, où étaient inscrits son nom et les heures d'ouverture, figurait aussi la mention : *Sonnez et entrez*. Brunetti sonna, entendit la porte s'ouvrir et entra.

Il monta au premier étage où il vit une autre plaque avec le nom du médecin et une flèche indiquant l'arrière de l'édifice. Au bout du couloir se trouvait une porte avec son nom sur une pancarte en laiton, qu'il ouvrit.

Trois personnes étaient assises dans la pièce, deux femmes et un homme. Les quatre autres chaises étaient vides. Six yeux le regardèrent choisir une chaise à l'écart. Avant de s'asseoir, il leur fit un signe de tête que personne ne lui rendit. Il se pencha et prit le magazine du dessus sur la table.

Les femmes, avait-il noté, étaient toutes deux d'un fort embonpoint, alors que l'homme était très mince. Il n'avait rien remarqué d'autre sur leur compte et ne leva pas les yeux pour les examiner. Il se contenta de lire *Six raisons pour devenir végan* en attendant son tour. Une porte s'ouvrit à la gauche des trois patients et une voix de femme appela : « Signora Tassetto. »

Une des femmes se leva et, non sans difficulté, se dirigea vers la porte et entra. Brunetti observa la femme au teint pâle, debout dans l'embrasure. Elle était au moins aussi grande que lui et portait une blouse blanche. Elle se tourna pour emboîter le pas à sa patiente avant qu'il ne puisse mieux la voir. Quinze minutes plus tard, la femme sortit et passa la porte, tandis que la dottoressa appelait le signor Catucci. Cette fois, Brunetti nota qu'elle n'avait pas de maquillage et que ses mèches châtain clair étaient retenues par des barrettes de chaque côté de son visage. Son regard capta le sien ; elle sembla surprise par la présence d'un inconnu dans sa salle d'attente. Elle suivit le patient dans son cabinet.

Cinq minutes à peine s'écoulèrent avant qu'elle ne réapparaisse et autorise l'homme à partir. Il marchait lentement, comme sous le choc de mauvaises nouvelles. Nul besoin de convoquer ensuite la femme qui s'était levée dès l'ouverture de la porte et était passée devant la dottoressa. De nouveau, cette dernière posa les yeux sur Brunetti avant de sortir de la salle.

Il s'écoula un moment qui lui parut très long – quoiqu'il ne dura sans doute pas plus de dix minutes – avant que la patiente ne ressorte. Après son départ, la femme en blouse blanche s'approcha de Brunetti et lui demanda :

« En quoi puis-je vous aider, signore ? » Elle parlait d'une voix timide, comme si c'était elle qui cherchait de l'aide. Elle devait avoir une quarantaine d'années.

Brunetti se leva et remit le magazine sur la pile. « Je voudrais vous parler, dottoressa.

– Vous êtes ?

– Guido Brunetti. » Il marqua une pause puis ajouta, encore contrarié par son impair à l'égard de la signora Crosera : « Je suis commissaire de police. »

Elle se détendit sans sourire.

« Ah oui, dit-elle en reculant. Venez dans mon cabinet pour discuter. » Elle s'arrêta en chemin et déclara : « Je vous attendais. »

Brunetti la suivit à l'intérieur. Elle ferma la porte et alla s'asseoir derrière son bureau avec une grâce naturelle qu'il avait souvent remarquée chez les femmes de grande taille.

Son cabinet était très différent de celui du dottor Stampini à l'hôpital : propre, rangé, avec un fauteuil confortable pour le patient. Le long du mur du fond, percé de deux fenêtres donnant sur le bâtiment situé de l'autre côté de la *calle*, se trouvait un lit d'examen recouvert de l'habituelle feuille de papier. Des boîtes de médicaments s'alignaient dans une armoire vitrée. Il n'y avait sur son bureau qu'un ordinateur sur le côté droit et deux piles de dossiers de patients.

Les diplômes médicaux alternaient avec des photos de fleurs prises de si près qu'elles en devenaient méconnaissables. Brunetti s'assit et regarda la dottoressa Ruberti. Elle avait un visage allongé, tout comme son corps, et elle paraissait encore plus grande du fait de sa minceur. Elle le regardait en face, avec neutralité. Ses yeux étaient marron clair – couleur d'ambre, auraient dit ses admirateurs ; couleur boue, pour ses détracteurs.

Brunetti s'était souvent senti mal à l'aise lors d'échanges informels avec des médecins. Il se demandait toujours s'ils n'étaient pas en train d'évaluer l'état de santé des gens lorsqu'ils les regardaient dans les yeux, leur prenaient la main ou leur proposaient de reprendre du vin. Elle, au contraire, l'observait comme si elle était vraiment disposée à l'aider.

« Vous avez dit que vous vouliez me parler, commissaire. À quel sujet ?

– Tullio Gasparini, répondit Brunetti.

– Ah oui, fit-elle d'une voix égale. Le neveu de la signora Gasparini.

– Comment se fait-il que vous le connaissiez, dottoressa ? Ce n'est pas un de vos patients, n'est-ce pas ? »

Son regard devint soudain désapprobateur. « Commissaire Brunetti, dit-elle en semblant se contraindre à la patience, pourrais-je vous suggérer quelques règles de courtoisie à observer au cours de cette conversation ?

– Je vous en prie.

– Bien. » Elle hocha plusieurs fois la tête. « Je compte vous dire la vérité : vous n'avez pas besoin de me piéger pour me faire parler. Cela vous semble-t-il acceptable ?

– Oui. Mais tous les gens auxquels je parle affirment dire la vérité.

– Tout comme mes patients, répliqua-t-elle avec lassitude. Qu'ils boivent seulement telle ou telle quantité d'alcool, qu'ils fument tel ou tel nombre de cigarettes, qu'ils ne mangent jamais plus de six grains de riz par jour. » Elle le regarda droit dans les yeux. « C'est une des raisons pour lesquelles je ne supporte plus la malhonnêteté. Comprenez-vous ?

– Oui. Mais je ne suis pas certain de devoir vous croire. »

Il avait espéré la provoquer par cette remarque, sans succès. « Je ne mens pas, commissaire, affirma-t-elle, même si j'aimerais le faire. Ce serait parfois si pratique.

– Si c'est vrai, déclara Brunetti avec franchise, conformément à ses instructions, c'est très rare.

– Malheureusement, Tullio Gasparini est tout aussi incapable de mentir. Il est venu me voir et m'a dit ce qu'il savait et ce qu'il avait l'intention de faire. »

Il était trop tôt pour que Brunetti exige des précisions. Il préféra lui demander : « Comment saviez-vous qu'il ne mentait pas ?

– Par expérience. Beaucoup de gens, surtout ceux qui vont mourir et qui le savent, cessent de mentir ou en perdent le goût, ou encore le besoin. Au fil des ans, j'ai appris à reconnaître les symptômes de la vérité, tout comme ceux de la maladie.

– Et le signor Gasparini ?

– Hélas, il n'a pas appris à déceler ces mêmes traits chez les autres et il a donc refusé de me croire quand j'ai essayé de le raisonner. » Elle frotta sa joue comme s'il s'agissait d'un tic qui l'aidait à réfléchir. « Peut-être parce qu'il a travaillé toute sa vie avec les chiffres, sans jamais apprendre à lire les gens.

– Que vous a-t-il dit, dottoressa ?

– Avant de répondre, commissaire, puis-je vous demander comment vous m'avez trouvée ? »

Brunetti ne voyait pas de raison de jouer au plus malin en disant qu'il avait cherché son adresse sur Google. « J'ai appris votre lien avec le dottor Donato et j'ai décidé de venir vous parler.

– Mon lien ? répéta-t-elle et son expression s'adoucit à ce mot. Avec quelle délicatesse vous vous exprimez, commissaire. » Elle sourit pour la première fois et Brunetti constata qu'elle avait dû être très jolie avant d'essuyer les aléas de la vie, dont elle n'avait pu se prémunir par le mensonge.

« Pouvez-vous me dire comment vous l'avez rencontré ?

– C'était il y a des années. J'allais de temps en temps à sa pharmacie pour lui parler de certains de mes patients. Je voulais être sûre qu'il leur donnait par écrit des instructions sur la posologie de leurs médicaments et qu'il leur rappelait bien de consulter ce papier chaque jour.

– Ces détails ne figurent-ils pas sur l'ordonnance ? » s'étonna Brunetti.

Elle lui lança un autre regard, plus froid. « Commissaire, je vous en prie. Lorsque l'on prend six ou dix médicaments par jour, s'en souvenir devient difficile. Je lui demandais de leur écrire à chacun un planning. C'est tout.

– Était-il d'accord sur ce principe ?

– Je l'en ai persuadé. Je lui ai dit que j'avais beaucoup de patients qui étaient si âgés et confus qu'ils avaient besoin d'un pense-bête.

– Et l'a-t-il fait ?

– Oui.

– Et votre lien ? reprit Brunetti, sans conférer d'emphase particulière à ce terme.

– Cela s'est produit quelques années plus tard. » Elle marqua une pause comme un chauffeur à un carrefour, réfléchissant à la direction à prendre.

« Êtes-vous de Castello, commissaire ? l'interrogea-t-elle, soulignant le fait qu'ils n'aient pas parlé vénitien. Votre accent…

– J'habitais là-bas quand j'étais enfant. Je ne l'entends plus, mais je le garderai sans doute toute ma vie.

– On ne le perd jamais. Pas complètement. Mon père était coach vocal au Goldoni[44], il nous a donc appris à être attentifs à la voix des gens. Je n'y avais jamais réfléchi, mais c'est probablement une des raisons qui m'aident à déceler la vérité. Les voix des gens. »

Brunetti en avait pris conscience dès le début de sa carrière, mais s'abstint de tout commentaire.

« Nous étions en train de parler du dottor Donato, dottoressa, lui rappela-t-il.

– Oui, excusez-moi. Je dois être en train de gagner du temps. Étant vénitien, vous savez combien cette ville est petite. »

Brunetti opina du chef.

« Vous pourrez donc vérifier facilement tout ce que je vous dirai. Pratiquement tout se sait dans une petite ville. J'ai été mariée un certain nombre d'années et je suis maintenant divorcée. J'ai un fils qui a un grave handicap physique et mental. Je suis médecin, je sais donc combien il est diminué et quelle va être la progression de sa maladie, mais je n'ignore pas non plus ce que sera sa… vie sociale.

– Je suis désolé pour votre fils, signora », dit Brunetti.

Elle sourit de nouveau. « Merci, commissaire. En l'occurrence, cet aveu n'est pas un appel à la pitié, c'est un élément qu'il vous faut connaître. »

Brunetti fit un autre signe d'assentiment.

« Mon fils, Teodoro, est placé dans un institut privé car, étant docteur, je sais comment certains de mes patients sont traités dans les institutions publiques. Je suis médecin de famille. J'ai donc plus de patients que je ne peux en soigner avec un horaire normal. Je fais plus d'heures pour gagner plus. Mais le plus souvent,

44. Célèbre théâtre de Venise.

ce n'est pas assez pour payer les soins de Teo. » Voyant que Brunetti s'apprêtait à intervenir, elle leva une main. « Non, je ne perçois rien de mon ancien mari, comme vous alliez me le demander. Je ne suis pas inquiète pour moi, mais pour mon enfant. Mon mari aussi est médecin. Il s'est remarié et travaille maintenant à Dubaï. Un juge l'a enjoint à payer la moitié des frais médicaux de Teo, mais il s'y refuse. Tant qu'il sera là-bas, la justice n'aura aucun moyen de pression sur lui. »

Pour Brunetti, Dubaï était un détail nouveau, mais la situation, elle, était des plus courantes.

« Comme je le disais, Venise est une petite ville et je suppose que mon histoire est de notoriété publique dans le monde de la médecine. Dont le dottor Donato fait partie. Il y a deux ans – je venais de manquer à plusieurs paiements pour les traitements de Teo –, il m'a proposé de prescrire à mes patients un certain type de médicament, en disant qu'il leur en donnerait en fait un autre. J'ai refusé et lui ai demandé de partir. J'ai bien peur d'être montée sur mes grands chevaux – je lui ai dit que j'avais prêté serment de ne jamais faire le moindre mal à mes patients, mais il a insisté en me disant que ce qu'il avait en tête ne nuirait à personne. »

Brunetti avait remarqué, au cours de sa longue expérience, que la plupart des gens qui lui parlaient, sachant qu'il était de la police, trahissaient leur nervosité de manières différentes : ils gigotaient sur leurs chaises, se passaient sans cesse les doigts dans les cheveux, se touchaient le visage, ou encore croisaient et décroisaient les mains. La dottoressa Ruberti, au contraire, le regardait dans les yeux et restait immobile.

« Que vous a-t-il proposé, concrètement ?

– Il m'a dit que si je prescrivais dans mes ordonnances les médicaments les plus chers, il sélectionnerait de son côté les meilleurs génériques correspondant à ces médicaments et me promettait de les fournir à mes patients. Il irait même jusqu'à faire en sorte qu'ils soient parfaitement identiques aux médicaments les plus onéreux.

– Comment comptait-il s'y prendre ? s'enquit Brunetti, qui avait ses soupçons.

– Il a refusé de me l'expliquer en détail. Il m'a simplement dit qu'il avait des amis parmi les vendeurs de certaines de ces sociétés pharmaceutiques et m'a fait la promesse qu'ils s'occuperaient des approvisionnements. Comme je continuais de refuser, il m'a assuré – sans jamais le dire directement – que les boîtes proviendraient de la société qui produisait les médicaments les plus chers et que leurs codes-barres seraient authentiques. »

Brunetti opina du chef. Le stratagème n'était pas neuf.

« Quelle offre vous a-t-il faite ?

– Trente pour cent de la différence entre ce qu'il payait véritablement pour les génériques et ce que le service de santé lui remboursait pour les médicaments coûteux. J'ai insisté sur le fait que mes patients devaient obtenir un médicament égal en efficacité à celui que j'avais prescrit.

– Et le risque ?

– Aucun. Il leur donnait un médicament qui était dans les mêmes boîtes et avait les mêmes effets que le médicament que j'avais prescrit dans l'ordonnance.

– Et donc ?

– Je lui ai demandé un jour de réflexion. Je suis rentrée chez moi et je suis devenue – même si je ne le connaissais pas à l'époque – une sorte de Tullio Gasparini.

– C'est-à-dire ?

– C'est-à-dire que j'ai passé la nuit à exa[…]ner les chiffres : ce que les soins de Teo me coûte[…]nt en cinq ans, puis en dix ans ; combien je gagne[…] à ce moment-là et si j'en avais les moyens. Et les […]fres m'ont dit que je ne pouvais pas me le perm[…] ce qui signifiait que Teo, tôt ou tard, finirait d[…]ne institution publique. » Elle le regarda de nouve[…]e ne lui demanda pas s'il avait des enfants. Elle n[…] mença pas à lui dire que, en tant que mère… I[…] lui demanda pas de se mettre à sa place.

« Le lendemain, je suis passée à la pharmacie […] ai dit que j'étais d'accord. Il m'a donné une lis[…]s médicaments que j'étais censée prescrire pour un[…] tain nombre de maladies et m'a dit qu'il me laissa[…] soin de convaincre mes patients d'aller les achet[…] sa pharmacie.

– Au fin fond de Cannaregio », nota Brunetti.

Elle lui lança un regard ferme, suivi d'un petit signe de résignation. Ainsi, semblait-elle dire, il savait cela.

« Effectivement. Au fin fond de Cannaregio.

– Quand s'est-il mis à voir plus grand ? »

Surprise, elle répondit : « Vous le connaissez ?

– Je connais ce genre d'individu, se permit-il de répondre.

– Oui. Comme nous tous. Quelques mois plus tard, il m'a demandé d'établir d'autres ordonnances très chères et de les lui donner personnellement, et pas au patient pour qui elles avaient été établies. Il avait évidemment repéré mes patients les moins aptes à prêter attention, ou à se souvenir de ce qui leur avait été prescrit, ou qui vivaient seuls. Je n'avais qu'à rédiger les ordonnances que lui se chargeait d'exécuter : elles passaient à travers le filet du système sans difficultés et lui touchait l'argent pour des médicaments qu'il n'avait jamais vendus.

– ... était certainement plus pratique pour vos pati... », observa Brunetti en songeant au trajet jusqu'à Ca...egio qu'il évitait ainsi à ces personnes âgées.

... se pencha légèrement, s'attendant peut-être à ce ...ajoute une remarque ironique. Comme il s'en abs... , elle poursuivit : « Et plus fructueux pour moi. »

...runetti résista à l'envie de faire un commentaire. Se ...émorant soudain ses cours de logique au lycée et ... paradoxe préféré, la *reductio ad absurdum*[45], il se ...ça dans une comparaison insensée : « C'est pour ce ...nre de raison qu'un remplacement de hanche prend ...x mois ? »

Elle sursauta et leva les yeux, prête visiblement à se mettre en colère. Mais en voyant qu'il se montrait délibérément provocateur, elle ne lui répondit pas.

« Que se serait-il passé si quelqu'un s'en était aperçu ? demanda Brunetti.

– C'était impossible, déclara-t-elle avec la plus grande conviction. Les seules personnes au courant étaient le dottor Donato et moi.

– C'était très astucieux, reconnut Brunetti comme si “astucieux” était un gros mot.

– Et très banal, ajouta-t-elle.

– Mais Gasparini l'a découvert », dit-il enfin.

Elle lui fit un petit sourire pathétique. « Ça n'avait rien à voir avec les ordonnances. Du moins, en ce qui me concernait », précisa-t-elle.

Brunetti émit un grognement qui n'engageait à rien.

Elle prit appui contre le bord de son bureau pour mieux s'enfoncer dans son fauteuil. « C'était de la cupidité, spécifia-t-elle. Donato est un homme cupide et j'avais décidé de fermer les yeux.

45. Raisonnement par l'absurde.

– Les coupons ? suggéra Brunetti, pour lui donner une idée des éléments dont il était en possession.

– Oui. Il en voulait toujours plus. Je ne connaissais pas ce trafic et je croyais qu'il ne trompait que l'État. Mais il s'avère qu'il trompait aussi ces personnes âgées. » Il était clair, à ses mots, qu'elle établissait une énorme distinction entre ces deux faits.

« Les trompait comment ? insista Brunetti, non pas tant parce qu'il ignorait les manigances de Donato que pour voir comment elle définissait ce terme.

– Si elles oubliaient leurs ordonnances, il se faisait régler en espèces et leur donnait un coupon équivalent à la valeur du médicament. Quatre-vingts euros, soixante. Cent soixante. Cela n'avait aucune importance pour lui, du moment qu'elles payaient. Il leur donnait donc un coupon, payait les 2 euros pour l'exécution de l'ordonnance et gardait le reste de la somme pour lui. Le temps qu'ils reviennent pour se faire rembourser – un jour, deux jours, une semaine, un mois –, ils avaient oublié ce qu'il leur avait dit et il leur expliquait, de sa voix rassurante, qu'il n'avait cherché qu'à leur rendre service, qu'il leur avait bien précisé que les coupons ne pouvaient pas être échangés contre de l'argent ou des médicaments, mais qu'ils pouvaient en récupérer le montant en se procurant d'autres produits. »

Elle posa les mains aux coins de sa bouche et tira la peau vers l'arrière.

« Oh, c'est un petit malin. Il savait qu'ils n'avoueraient jamais ne pas s'en souvenir. Confirmer leur oubli, c'était confirmer mon diagnostic et beaucoup de mes patients ne le peuvent pas ou ne le veulent pas. »

Elle retira ses mains et les rides réapparurent de chaque côté de ses lèvres.

« Pour leur éviter de se sentir flouées ou peut-être pour les empêcher d'en parler à quelqu'un susceptible de flairer l'affaire, il a inventé l'astuce des vingt pour cent en plus. Au lieu de se dire qu'ils avaient malencontreusement payé quatre-vingts euros, ou cinquante-cinq, pour un médicament qui aurait dû leur en coûter deux, ils se sentaient privilégiés d'avoir reçu un bonus de vingt pour cent, alors que c'était une manière de les forcer à acheter des produits qui lui garantissaient une plus grande marge de bénéfice. À condition bien sûr qu'ils se souviennent de ce qu'étaient les coupons. » Il la vit se demander si elle devait pousser plus loin les aveux et prit soin de ne rien dire.

Elle regarda Brunetti en face et son expression devint glaciale. « Une de mes patientes m'a raconté que le dottor Donato se montrait toujours très généreux envers elle.

– Est-ce ainsi que vous avez appris la situation ?

– Non. Je n'en ai rien su jusqu'au jour où Gasparini est venu m'interroger à ce sujet. Après l'avoir entendu de la bouche de sa tante, il avait discuté avec une de ses amies qui lui avait raconté la même histoire.

– Et pour ce qui est des patients décédés ? s'informa Brunetti, curieux de voir comment Donato expliquait la situation.

– C'était… » Elle baissa les yeux et toussa légèrement. « C'était son idée. Il m'a dit que le mari d'une de mes patientes lui avait appris le décès de sa femme et l'avait invité à l'enterrement. Je l'ai croisé là-bas. Deux jours après les funérailles, il m'a demandé de prescrire des ordonnances pour elle. » Elle le regarda soudain. « J'ai essayé de m'y opposer. »

Brunetti se limita à soutenir son regard et elle baissa les yeux de nouveau.

« Il m'a proposé la moitié, expliqua-t-elle en parlant très vite, comme si elle avait hâte d'en finir avec cette confession. Alors j'ai accepté. »

Brunetti attendit qu'elle se justifie en invoquant des frais en plus pour son fils, ou un besoin immédiat d'argent, mais elle n'ajouta rien sur le sujet.

« J'ai ouvert un compte bancaire au nom de Teo. Tout l'argent versé par le dottor Donato – il me paie toujours en espèces – est déposé sur ce compte, ainsi que tout ce que j'ai commencé à épargner après avoir accepté le futur qui attendait Teo.

– Votre fils est-il légalement capable de..., commença Brunetti sans parvenir à trouver le terme approprié.

– Non. Mais un de mes amis a une procuration sur ce compte et veillera à ce qu'il soit utilisé pour le bien de Teodoro jusqu'au dernier centime.

– Êtes-vous prête pour la suite des événements ? demanda Brunetti.

– Je le suis depuis que j'ai commencé à prescrire ces ordonnances, commissaire. Je ne pourrai jamais plus exercer la médecine après ça. » Son expression devint distante, comme si elle se perdait dans ses pensées. « Comme c'est étrange d'avoir fait cela, alors que je savais où cela pouvait me mener. »

Brunetti n'était pas d'accord : il connaissait des cas où les chirurgiens avaient effectué des opérations inutiles sans que leur carrière en pâtisse aucunement. « Mais...

– Dois-je vous rappeler, commissaire, que vous êtes en train d'oublier le signor Gasparini ? » coupa-t-elle.

Il n'avait pas oublié ; il avait simplement retardé le moment d'aborder le sujet. Même s'il avait suivi le fil d'Ariane aboutissant à l'implication du médecin dans l'affaire des ordonnances, même s'il avait été ému par l'histoire de son fils, Brunetti avait gardé à l'esprit la ligne droite qui l'avait conduit à cet endroit.

« Voulez-vous bien me parler de lui, dottoressa ?

– Vraiment, il n'y a pas grand-chose à dire. Il est venu me voir il y a quelques semaines et m'a demandé si je connaissais le dottor Donato, le pharmacien de sa tante. J'ai dit que oui. Il m'a demandé si beaucoup de mes patients allaient à cette pharmacie et j'ai répondu que c'était bien possible car je le croyais très compétent, ce qui est vrai. Puis il m'a demandé si j'avais entendu parler des coupons que ce pharmacien délivrait à ses clients et j'étais soulagée de pouvoir lui répondre que je ne savais pas de quoi il parlait. Il m'a remerciée et il est parti, mais je savais que je le reverrais.

– Qu'est-ce qui vous le faisait penser, dottoressa ?

– Parce que j'ai vu quel genre d'homme c'était. Et parce que je savais quel genre d'homme était le dottor Donato : il serait capable de détourner les soupçons de Gasparini contre moi. Et c'est précisément ce qu'il a fait. »

Brunetti pensa qu'il valait mieux garder le silence.

« Il est revenu une semaine plus tard. En colère. Donato lui avait dit, semblait-il, que c'était moi qui lui avais suggéré l'idée des coupons. J'ai essayé d'expliquer que je n'avais rien à voir avec cette histoire, mais le signor Gasparini ne voulait pas m'écouter. Le dottor Donato l'avait persuadé que j'étais la coupable : une femme divorcée, vivant seule, avec un fils placé dans une institution privée au lieu des hospices publics où la plupart des gens doivent se résoudre à envoyer leurs enfants… » Elle haussa les épaules. « Une conversation d'homme à homme. Il avait tout avalé. Lorsque je lui ai demandé comment j'aurais pu tirer profit des coupons, il a refusé d'écouter.

– Que s'est-il passé ?

– Il m'a appelée un jour – poussé par son sens de la justice, je suppose – et il m'a dit qu'il irait trouver la police. S'ils commençaient à enquêter sur les coupons, je ne pouvais plus cacher le reste, ce qui signifiait la fin de ma carrière, n'est-ce pas ? » Comme Brunetti ne réagissait pas, elle répéta : « N'est-ce pas ?

– Qu'avez-vous fait ? questionna-t-il, au lieu de lui répondre.

– J'ai essayé de garder mon calme et je lui ai demandé si nous pouvions nous voir avant. Je lui ai dit que c'était la moindre des choses. » Elle secoua la tête, comme surprise d'avoir pu tomber si bas. « Il a dit que nous pouvions nous voir près de chez lui le lendemain soir, tard, après sa journée de travail. Pas dans un endroit public, parce que les gens du quartier le connaissaient et trouveraient bizarre qu'il ait rendez-vous avec une femme dans un bar à une heure aussi tardive. » Elle regarda de nouveau Brunetti, les yeux écarquillés par l'incrédulité.

« Nous nous sommes mis d'accord pour nous rencontrer sur le pont, à minuit moins le quart. Je suis arrivée en avance. J'avais envisagé de lui apporter le dossier médical de Teo, mais j'ai décidé de ne pas m'en encombrer, car cela n'aurait rien changé pour lui. Je n'étais qu'une personne de plus vivant aux crochets de l'État, en me remplissant les poches avec de l'argent volé. Je méritais d'être punie. Pour lui, ça n'allait pas plus loin. Peut-être parce qu'il a travaillé toute sa vie avec des chiffres.

– C'est possible, admit Brunetti. Que s'est-il passé ensuite ? »

De nouveau, elle porta les mains à son visage, tira sa peau vers l'arrière, puis laissa revenir les marques de l'âge.

« Il était à l'heure et il n'y avait personne pour nous voir. » Elle esquissa un sourire sinistre. « J'ai essayé de lui expliquer que je n'étais pas impliquée dans l'affaire des coupons, mais il ne voulait toujours pas m'écouter. Il ne me laissait même pas parler. Il a recommencé avec son refrain sur les gens qui n'avaient aucun respect pour l'État, qui crachaient dans l'assiette où nous étions tous censés manger et qui la pillaient pour eux-mêmes. » Face à l'expression de Brunetti, elle marqua une pause, puis reprit : « Oui. C'est en ces termes qu'il parlait. Puis il m'a dit qu'il en avait déjà assez fait en venant à ce rendez-vous et que maintenant il rentrait chez lui. Nous n'avions pas cessé de nous déplacer pendant cette conversation, si bien que je lui barrais le chemin. » Elle leva les deux mains devant elle, paumes tournées en avant, tel un enfant jouant à un-deux-trois-soleil. « Il devait me contourner pour descendre le pont. » Elle sembla s'apercevoir de son geste et, surprise, reposa les mains sur ses genoux. « Et en passant près de moi, il a dit que c'était choquant, pour un médecin comme moi, de voler les plus faibles et les plus vulnérables, et de justifier cela avec l'histoire de mon fils, qui serait parfaitement bien traité dans une institution publique. »

Son regard s'égara, retourna peut-être à cette nuit fatidique. « Je dois avoir levé une main pour l'arrêter. Il l'a saisie et l'a repoussée. J'ai pressé l'autre contre sa poitrine et il m'a redit que je devrais avoir honte de me servir de mon fils comme prétexte à mon avidité. »

Elle respirait difficilement et parlait à un rythme anormal, irrégulier. « Je ne me souviens pas de ce que j'ai fait. Il a voulu me contourner et m'a poussée sur le côté. Alors je l'ai attrapé. Je voulais juste l'écarter, ou peut-être lui faire mal. Il est parti d'un coup et j'ai compris qu'il était en train de tomber, pas de descendre les marches. »

Elle se tut et, après avoir réussi à se calmer, elle regarda Brunetti droit dans les yeux. « Mais il y a bien une infamie que j'ai commise en toute conscience.

– Laquelle ?

– Je l'ai laissé là. »

Brunetti ne savait que dire.

« Je suis médecin, et je l'ai laissé là.

– Pourquoi ?

– J'ai entendu le vaporetto s'arrêter à San Stae, puis des gens sur le *campo*. Je pouvais distinguer leurs voix qui venaient dans ma direction. Dans notre direction. Je savais qu'ils le verraient. Ou peut-être simplement que je l'espérais et j'ai estimé que cela suffisait. Je ne sais pas. Je me suis enfuie. Je suis repartie vers Rialto. J'ai couru jusqu'au premier angle de rue, puis je suis revenue sur mes pas. J'ai gagné le ponton et environ dix minutes plus tard, j'ai entendu arriver une ambulance. J'ai attendu qu'elle tourne dans le rio di Ca' Pesaro. Quand elle s'est éloignée, je suis rentrée chez moi. »

Elle s'arrêta, regarda Brunetti, puis baissa les yeux.

Il remarqua ses mains, sagement croisées, comme celles d'une écolière sur son pupitre. Elles étaient lisses, pas encore tavelées. Il pensa à ses yeux ambre et à sa peau pâle. Elle avait eu raison d'éviter de bronzer. Certes, elle était médecin et, aujourd'hui, les médecins n'ont de cesse de mettre en garde contre le soleil. Quel dommage qu'elle n'ait pas su éviter les autres risques auxquels la vie l'avait exposée. Quel dommage, finalement, que Gasparini n'ait pas été un maître-chanteur : elle lui aurait tout bonnement reversé une part de ses gains illicites, obtenus grâce à sa violation du serment d'Hippocrate. Combien de drames auraient été ainsi évités.

« Tout pour soulager les souffrances. » Qui avait-elle fait souffrir ? Le système de santé était une fontaine où chacun pouvait s'abreuver à son gré. Enlever les durillons d'un patient pour lui permettre de marcher. Lui mettre une prothèse de hanche pour la même raison. Chacun payait ; chacun était soigné.

Brunetti sortit de sa rêverie et regarda la dottoressa Ruberti. Elle semblait distraite et il se demanda si elle aussi réfléchissait aux choix qu'elle avait faits ou évité de faire.

Elle décroisa les mains et le regarda. « Que va-t-il m'arriver maintenant ?

– Je ne saurais vous le dire, dottoressa. Tout va dépendre de la manière dont les juges analyseront les faits et le mobile. »

Elle inclina la tête sur la droite et leva les yeux en cherchant à les focaliser, pensa-t-il, sur un élément situé par-delà sa personne. Il s'écoula un long moment, sans qu'il pût lui apporter le moindre réconfort.

Elle finit par demander : « Que dois-je faire jusqu'à ce que la machine se mette en route ?

– Continuer votre vie, dottoressa.

– Comment ça ? s'emporta-t-elle soudain, comme si Brunetti avait voulu la provoquer. Vous ne m'arrêtez pas ?

– Je voudrais que vous veniez à la questure avec moi, afin de faire une déposition auprès d'un magistrat et de la signer. C'est à lui de statuer si vous êtes autorisée ou non à rentrer chez vous.

– Et ensuite ?

– Il ne m'appartient pas d'en décider », répondit Brunetti.

Elle sombra à nouveau dans le silence et regarda par la fenêtre.

Combien de questions devait-elle se poser, combien d'incertitudes devaient s'emparer d'elle ? Comme sa vie était proche maintenant de celle de la signora Crosera : toutes deux dépendaient désormais de Gasparini, de sa survie ou de sa mort, ou de son état mental s'il sortait du coma. Qu'en était-il de leurs enfants ? De leurs professions ? De leur avenir ?

C'étaient des femmes qui semblaient droites et honnêtes, même si dans le cas de la dottoressa Ruberti, ce jugement devait être désormais remis en question. Comme son fils portait le nom de famille du père, la signorina Elettra pourrait se procurer son dossier médical. La dottoressa Ruberti avait probablement eu la naïveté d'ouvrir le compte bancaire de son enfant dans le même établissement que le sien ; il serait ainsi facile de le trouver, du moins pour une personne au courant de l'existence de ce compte et suffisamment informée pour le chercher sous le patronyme paternel.

Brunetti se surprit à penser que si elle ne faisait pas allusion à ce compte pendant son interrogatoire, il pourrait rester caché et intact, et servir à soigner son fils le jour où elle n'aurait plus du tout de ressources. En revanche, si elle le mentionnait au magistrat, pourquoi les juges ne déclareraient-ils pas que ces bénéfices, provenant de revenus illicites, revenaient de droit à l'État ? Prendrait-on soin de séparer le bon grain de l'ivraie ? Existait-il un fonctionnaire d'État suffisamment fin pour percevoir la différence entre l'argent qu'elle avait dérobé et celui qu'elle avait gagné ? Ils confisqueraient le tout, décréteraient l'affaire classée, et tant pis pour son fils.

Le signaler au magistrat signifiait tout perdre.

« Dottoressa… », commença-t-il, tenté de lui conseiller la voie à suivre.

Elle continuait à fixer la fenêtre, comme si elle avait oublié la présence de Brunetti.

« Dottoressa », répéta-t-il. Cette fois, elle leva les yeux, en réaction peut-être à l'urgence soudain perceptible dans la voix du commissaire.

Il marqua une pause pour réfléchir à ce qu'il voulait dire, puis se souvint de l'aiguille enfoncée dans la chair du signor Gasparini. « Si vous êtes prête, nous pouvons aller à la questure. »

Elle se leva et lui emboîta le pas. Le trajet leur prit vingt minutes, sans qu'ils échangent un seul mot. Une fois à la questure, Brunetti la confia à l'agent préposé à l'accueil, lui dit au revoir et monta parler au magistrat chargé de l'interrogatoire.

DU MÊME AUTEUR

Mort à La Fenice
Calmann-Lévy, 1997
et « Points Policier », n° P514

Mort en terre étrangère
Calmann-Lévy, 1997
et « Points Policier », n° P572

Un Vénitien anonyme
Calmann-Lévy, 1998
et « Points Policier », n° P618

Le Prix de la chair
Calmann-Lévy, 1998
et « Points Policier », n° P686

Entre deux eaux
Calmann-Lévy, 1999
et « Points Policier », n° P734

Péchés mortels
Calmann-Lévy, 2000
et « Points Policier », n° P859

Noblesse oblige
Calmann-Lévy, 2001
et « Points Policier », n° P990

L'Affaire Paola
Calmann-Lévy, 2002
et « Points Policier », n° P1089

Des amis haut placés
Calmann-Lévy, 2003
et « Points Policier », n° P1225

Mortes-eaux
Calmann-Lévy, 2004
et « Points Policier », n° P1331

Une question d'honneur
Calmann-Lévy, 2005
et « Points Policier », n° P1452

Le Meilleur de nos fils
Calmann-Lévy, 2006
et « Points Policier », n° P1661

Sans Brunetti
Essais, 1972-2006
Calmann-Lévy, 2007

Dissimulation de preuves
Calmann-Lévy, 2007
et « Points Policier », n° P1883

De sang et d'ébène
Calmann-Lévy, 2008
et « Points Policier », n° P2056

Requiem pour une cité de verre
Calmann-Lévy, 2009
et « Points Policier », n° P2291

Le Cantique des innocents
Calmann-Lévy, 2010
et « Points Policier », n° P2525

Brunetti passe à table
Recettes et récits
(avec Roberta Pianaro)
Calmann-Lévy, 2011
et « Points Policier », n° P2753

La Petite fille de ses rêves
Calmann-Lévy, 2011
et « Points Policier », n° P2742

Le Bestiaire de Haendel
À la recherche des animaux dans les opéras de Haendel
Calmann-Lévy, 2012

La Femme au masque de chair
Calmann-Lévy, 2012
et « Points Policier », n° P2937

Les Joyaux du paradis
Calmann-Lévy, 2012
et « Points Policier », n° P3091

Curiosités vénitiennes
Calmann-Lévy, 2013

Brunetti et le mauvais augure
Calmann-Lévy, 2013
et « Points Policier », n° P3163

Gondoles
Histoires, peintures, chansons
Calmann-Lévy, 2014

Deux veuves pour un testament
Calmann-Lévy, 2014
et « Points Policier », n° P3399

L'Inconnu du Grand Canal
Calmann-Lévy, 2014
et « Points Policier », n° P4225

Le Garçon qui ne parlait pas
Calmann-Lévy, 2015
et « Points Policier », n° P4352

Brunetti entre les lignes
Calmann-Lévy, 2016
et « Points Policier », n° P4486

Brunetti en trois actes
Calmann-Lévy, 2016
et « Points Policier », n° P4649

Minuit sur le canal San Boldo
Calmann-Lévy, 2017
et « Points Policier », n° P4861

Les Disparus de la lagune
Calmann-Lévy, 2018
et « Points Policier », n° P5068

Quand un fils nous est donné
Calmann-Lévy, 2020

RÉALISATION : NORD COMPO À VILLENEUVE-D'ASCQ
IMPRESSION : CPI FRANCE
DÉPÔT LÉGAL : SEPTEMBRE 2020. N° 142513-5 (3044143)
IMPRIMÉ EN FRANCE